人文新视野（第 19 辑）

2021年第2辑

人文新视野（第 19 辑）

New Perspectives in Humanities N° 19

史忠义　尹晓煌　臧小佳　主　编

中国社会科学出版社

图书在版编目(CIP)数据

人文新视野．第19辑/史忠义，尹晓煌，臧小佳主编．—北京：中国社会科学出版社，2021.12

ISBN 978-7-5203-9330-0

Ⅰ.①人…　Ⅱ.①史…②尹…③臧…　Ⅲ.①文艺理论—西方国家　Ⅳ.①I0

中国版本图书馆CIP数据核字(2021)第234636号

出 版 人　赵剑英
选题策划　郭晓鸿
责任编辑　张　玥
责任校对　闫　萃
责任印制　戴　宽

出　　版　中国社会科学出版社
社　　址　北京鼓楼西大街甲158号
邮　　编　100720
网　　址　http://www.csspw.cn
发 行 部　010-84083685
门 市 部　010-84029450
经　　销　新华书店及其他书店

印　　刷　北京明恒达印务有限公司
装　　订　廊坊市广阳区广增装订厂
版　　次　2021年12月第1版
印　　次　2021年12月第1次印刷

开　　本　710×1000　1/16
印　　张　17.5
插　　页　2
字　　数　263千字
定　　价　89.00元

编委会成员

人文新视野

2021 年第 2 辑

总第 19 辑

New Perspectives in Humanities

N° 19

合　办

中国社会科学院比较文学研究中心
Center of Comparative Literature
Chinese Academy of Social Sciences
西北工业大学外国语学院
School of Foreign Studies
Northwestern Polytechnical University

主　编

史忠义　尹晓煌　臧小佳

目　录

诗学和比较诗学研究

神话学研究

俄罗斯文学研究

法国现当代文学研究

非洲作家研究

比较研究

翻译研究

学术总结与展望

诗学和比较诗学研究

中世纪法国文学之美浅探

武汉大学外国语言文学学院　广西桂林旅游学院外国语学院
■罗国祥　周　金

【摘　要】中世纪之初，西罗马帝国社会精英无视古代科学与哲学，迷信基督教教义和永生信念，被后世称作“黑暗的中世纪”。但从11—12世纪开始，“十字军东征”带来了东罗马（拜占庭）帝国精英们所传承的古希腊理性精神，以及大量来自东方的科学技术和文化，使法国出现了一批表现当时法兰西基督教信仰、爱国情怀、征战艳遇、发家致富的优秀文学作品，为后世法国文学艺术之美乃至理性开放的政治经济思想奠定了一定的基础。

【关键词】法国中世纪文学美学

【Abstract】The early Middle Ages in which the social elite of the Western Roman Empire ignored ancient science and philosophy and superstitiously believed in Christian teachings and concepts of eternality was called the “Dark Ages” by later generations. But from the 11th to the 12th century on, the Crusades brought the ancient Greek rational spirit inherited by the elites of the East Roman (Byzantine) Empire, as well a great deal of science and technology and culture from the East, so that in France appeared a number of outstanding literary works that featured the French Christian faith, patriotism, romantic affairs in the course of the war, and fortune-making, thus laying some foundation for the beauty of French literature and art and even rational and open political and economic thought.

【Key words】France　Medieval Age　Literature　Aesthetics

文学艺术意义上的法国乃至欧洲“中世纪”概念有别于历史学意义上的法国和欧洲“中世纪”。

历史学意义上的法国中世纪一般指公元476年西罗马帝国的解体到“意大利战争”（la Guerre d'Italie，1494—1559）结束之时。法国成为这场战争的胜利者之一，使“法国人接触到了阿尔卑斯山那一边的文明。”① 即是说，以这次战争的结束为标志，法国人较为系统地接触到了东方的文明。法国人作为十字军东征的主要倡导者和领导者，在长达数百年的西欧十字军东征中，对被称为东罗马帝国的拜占庭帝国从古希腊时代传承下来的理性与科学精神及东方的文化吸收得最为全面②。因此意大利的许多文艺复兴巨匠被法国挖了墙脚，为日后法国文学艺术、政治经济乃至科学技术的辉煌灿烂立下了汗马功劳。

法国文学艺术意义上的“中世纪”则晚了许多个世纪，历时也短了许多（12—15世纪）。这是因为从罗马帝国吞并大体上相当于当代法国国土的高卢部落以来直到11世纪末12世纪初，法国文学的形成无疑与法语的成形密切相关。但从高卢土语到古法语的形成用了好几个世纪的时间，“和意大利语、西班牙语或罗马尼亚语一样，法语起源于罗马语系（langue romane）。”③ 以拉丁语为起点的罗马语系（现在一般称作“拉丁语系”——笔者）中的古法语在凯撒占领高卢全境（公元前51年）便已开始将下层拉丁语和高卢口语（无文字）混用，公元4世纪左右日耳曼人入侵（蛮族入侵）罗马占领高卢后又融入了日耳曼口语（无

① P. -G. Castex，P. Surer，G. Becker，*Manuel Des Études Lititteraires Francaises*，*Moyen Age*，Librairie Hachette，Paris，1980，p. 1.

② 意大利本来有很大一部分就处于拜占庭帝国范围内，因此复兴古希腊理性与科学精神的文艺复兴运动最早在意大利展开。“法国接触到意大利那边的文化”即是说，接触到了东方拜占庭文化，学习意大利，展开了文艺复兴运动。——笔者

③ Dominique MAITRT Lsabelle RABVT，*HISTOZRE DE LA CIVILISATLON ET DE LA LITTERATURE FRANCAISES*，Societe Des Editions Culfnrelles Interhationales，1986，p. 29.

文字）后，形成了古法语雏形罗曼语（langue romane），但是第一个真正形成文字的（古）法语文献“直到9世纪的《斯特拉斯堡誓辞》（*les serment de Strasbourg*）才正式出现。”① 至此，作为古法语的罗曼语逐渐开始替代拉丁语成为一些文学作品、特别是叙事作品的重要载体。而至今有据可查的法国以罗曼语作为载体的，“可称作文学的作品只出现在12、13、14和15世纪，因为公元1100年前的罗曼语文本基本都不是文学作品。”②

同时，在文学艺术意义上的法国中世纪，“文学体裁”的概念是很模糊的，宗教剧（théatre religieux）、英雄史诗（la chanson de geste）、短歌（le lai）、韵文故事（le fabliau）和“小说”（le roman）其实都是同样的文学体裁，即讲述故事的语音文字和图像文字的组合。

一　“傻子的《圣经》”

我们知道，公元3世纪左右，基督教成为古罗马帝国国教，《圣经》从希伯来文译成拉丁文进行传播，然而当时的法国（罗马帝国占领下的高卢）绝大多数民众只讲高卢土语，不懂宗教和上流社会通行的拉丁文，令基督教教士们十分头痛；终于在10世纪左右，一些教士开始将《圣经》的主要故事改编成瞻礼剧（théâtre liturgique），复活节、圣诞节等重大宗教节日时在教堂中边表演边吟唱《圣经》故事（布道）：

> 神父或僧侣们穿上《圣经》人物中的各种服装，沿着祭坛根据故事剧情时而自言自语，时而一问一答，引起信众心中无声的应和：
>
> 时而，扮演牧羊人、法师的神父们在星辰的指引下走向诞下耶稣的马槽；时而，一些扮演女圣徒的女子来到看守耶稣空墓的天使

① ［法］多米尼克·梅涛、伊丽莎白·拉比：《简明法国文化文学史》（法文），国际文化出版公司1986年版，第29页。

② P. －G. Castex，P. Surer，G. Becker，*Manuel Des Études Lititteraires Francaises*，*Moyen Age*，Librairie Hachette，Paris，1980，p. 1.

面前，询问耶稣的近况。①

众多的这类戏剧文学表演说唱，使一些不懂拉丁文的信众从教士僧侣们的表演中领会到基督教教义。这种以戏剧表演形式进行基督教教义宣教的方式在越来越多的教堂中流行，被改编成剧本的《圣经》故事越来越多，人物角色逐渐增多，对话更加丰富多彩，表演艺术日臻完美。他们：

> 不仅再现基督的诞生和复活等故事，而且逐渐开始在一些节庆日，在教堂里表演有关圣徒的日常生活故事。从12世纪开始，宗教剧舞台开始多样化：人们在圣坛周围布置了多种背景，演员们可以根据剧情不断变换位置了。②

最有名的宗教瞻礼剧是无名氏的《亚当剧》（Jeux d'Adam）。这个剧出现在12世纪末，从首演以后一直到中世纪结束，这幕剧一直持续在教堂里演出，是最典型的宗教瞻礼剧之一：祭坛左边的背景是天堂，右边则被布置成地狱，天堂和地狱之间则是象征世俗社会的祭坛——众多现世中人经常出入的场所。

到了12世纪中叶，法国出现了古法语写成的半瞻礼剧（le trame semi-liturgique français）。所谓“半瞻礼剧”，就是一种既有宗教仪式教育内容，又有“丰富的世俗内容”的戏剧，表演的场所也从教堂内祭坛前逐渐改成教堂前的广场，演员也不全是教士僧侣，观众也不仅仅限于基督徒，许多在俗的市民也常常前来看戏。到后来还出现了露天剧场（tréteaux），这就是法国最早区别于古罗马剧场或斗兽场的、真正的文学剧本演出场所——剧院的前身。

半瞻礼宗教剧中的世俗内容逐渐演变成稍后出现的平民文学中的各

① P. -G. Castex, P. Surer, G. Becker, *Manuel Des Études Lititteraires Francaises*, *Moyen Age*, Librairie Hachette, Paris, 1980, p. 45.

② P. -G. Castex, P. Surer, G. Becker, *Manuel Des Études Lititteraires Francaises*, *Moyen Age*, Librairie Hachette, Paris, 1980, p. 45.

种市民戏剧和各种故事诗（fabliau）。[1]

11—12 世纪，也正是法国乃至欧洲大兴土木、修建哥特式教堂的时代。为了解决教堂内的照明（为“上帝之光永照”），建筑师们采用了开玻璃窗的办法，但当时玻璃工艺很差，整块玻璃的面积小且色泽斑驳。聪明的建筑师们便把它们拼接成五彩斑斓的圆窗（玫瑰窗）或细长的“柳叶窗”（统称 vitrail）。更为重要的是，这些玻璃窗块不是随意拼接而成，而是精心设计的，构成一幅幅五颜六色、活灵活现的《圣经》故事画面。这样不但解决了教堂内的照明，表达了教士们向往天国的内心追求，而且让不能读也听不懂拉丁文布道的文盲信众们随时直观地瞻仰基督，领略上帝的教导。所以，这些美轮美奂的教堂玻璃窗画，和此前早已出现的各种在教堂内外演出的宗教剧一起，常常被人形象地称作“傻子的《圣经》”。

无论是戏剧还是叙事诗，除了部分作家、作者是以拉丁文写作外，中世纪的文学作者大部分是用当时流行的罗曼语（roman）（一种下层拉丁语、高卢语和凯尔特语混杂而成的语言）进行创作，因此所有以此种语言写成的文学作品便统称为“roman”（小说），故我国在 20 世纪上半叶，不少译者便把“roman”音译为“罗曼司”（中世纪法国人将下层拉丁语称作“romanice”）[2]。而当时法国的罗曼语也存在着诸多方言，主要分为以南部普鲁旺斯为中心的“朗多克”（langue d'Oc）和北方以布列坦尼地区为中心的“朗格多伊”（langue d'Oï）两大方言。用“朗多克”语进行创作的文学家被称为“南方行吟诗人”（troubadour），用北方“朗格多伊”语写作的作家则被称为“北方行吟诗人”。他们进行的文学创作往往都是从写英雄史诗开始的。

二　可爱的法兰西

无论是南方还是北方的英雄史诗，它们的主题大多是围绕基督徒与

① P. – G. Castex, P. Surer, G. Becker, *Manuel Des Études Lititteraires Francaises*, *Moyen Age*, Librairie Hachette, Paris, 1980, p. 47.

② Lexis, *Dictionnaire de la Langue Française* Librairie Larousse, Paris, 1975, p. 1575.

异教徒间的战争以及基督教骑士们忠君爱国事迹展开的宏大叙事。

《圣经》（《新约》）记载，耶稣在回答犹太人是否应该向罗马政府纳税时说："凯撒的物当归给凯撒，神的物当归给神。"[①] 正是这句话造成了东、西罗马帝国影响巨大的、深远的大辩论：偶像之争。因为自公元3世纪基督教成为罗马帝国国教后，宗教一度主宰一切，罗马教廷权力一度凌驾于皇帝（或国王）之上，以至于像宗教剧那样，一切艺术形式特别是绘画雕塑都应仅限于基督教主题范围，可以绘画和用其他形式表现的只有基督和圣徒。这种偶像崇拜极大地刺激了世俗政权的最高代表——罗马皇帝。公元725年，东罗马皇帝里奥三世（君士坦丁五世的父亲）颁布法令禁止偶像崇拜。世俗政权得到极大的加强，下层世俗百姓获得较大程度的政治、经济和文化保护。正是在这种背景下，以歌颂世俗帝王和世俗国家主权和世俗社会生活的文学作品——骑士文学便应运而生。

中世纪的法国文学，无论是哪一种体裁都以韵文的形式写成。从半瞻礼剧出现以后，其他体裁的文学作品逐渐完全以古法语写成，特别是自瞻礼剧之后占据法国文学主流的非宗教题材文学作品尤为如此。较早出现的是各种歌颂帝王和祖国的各种"英雄史诗"（chanson de geste），也有文学史将英雄史诗称为"史诗文学"（la littérature épique）或将所有这些与上流社会贵族阶层相关的文学统称为"骑士文学"（littérature chevalier），只是"英雄史诗"写的是忠君爱国的英勇事迹，而此外的"骑士文学"则被称为"宫廷文学"（la littérature chevaleresque）而已（详见下节内容）。因为那个时代从事文学创作和传播者，无论写的是什么内容，他们都往往是一些有文化却又比较贫穷潦倒的破落贵族，他们或收集，或杜撰勇敢忠诚的英雄史诗故事，或者创作动人的"短歌"，或者讲述或者编造哀婉动人的骑士与贵妇人的爱情故事，以说唱的方式，从一个城堡到另一个城堡，讲述（有时配以竖琴等乐器进行说唱表演）这些故事，或歌颂查理曼大帝和他勇敢的骑士们开疆拓土，与异教徒斗

① 《圣经·马太福音》第22章。

争的英勇事迹，或讲述神奇却哀婉的骑士爱情故事，供王公贵族特别是贵妇人们欣赏解闷。

法国的英雄史诗分为三大系列：“帝王系列”（le cycle de Roi）、“洛林系列”（le cycle des Lorraine）和“十字军系列”（Le cycle de Croisade）：

“帝王系列”中以《罗兰之歌》（*Chanson de Roland*）最为著名。

现存《罗兰之歌》有多个手抄本，其中最全的是现藏于牛津图书馆的版本，全书以十音节韵文写成，成书时间约为1170年，共4002行，291节。但此后各个时代均出现过各种版本，尤其有许多散文缩写本，大大方便了广大读者对中世纪文学的了解和欣赏。[①]

缩写得较好的一部《罗兰之歌》全诗分为23部分，简述查理曼大帝用7年时间征服了被伊斯兰“异教徒”（基督教的敌人）占领的西班牙，以及在攻打地方国王马西勒（Marsile）盘踞的最后城池时，查理曼的爱将（也是其侄儿）罗兰因与大臣加奈隆（Ganelon）发生争执，后者怀恨在心，与敌国国王勾结，设计让血气方刚的罗兰陷入马西勒设下的层层包围，最后英勇战死的故事：

罗兰感到他的生命将尽，
拼死将头转向敌方阵地，
……
无力地躺倒在青松树下，
将铁甲右臂呈献给上帝，[②]
天使们向英雄簇拥飞来。
……
无数记忆涌入他的心头：
他曾奋力夺回无数土地，
是为他最可爱的法兰西，

① 笔者所在的武汉大学图书馆便藏有仅以1500个法文基本词汇精心改写成的《罗兰之歌》，是几乎所有法语学习者的必读书。

② 中世纪常见的骑士向领主表忠心的典型礼仪动作，这里的“上帝”实际指君王。

是为了恩公查理曼大帝
也为他珍贵的伯爵荣誉！①

英雄史诗中表现出的是中世纪早期骑士“高、大、上”的美感。

首先，这些史诗虽然篇幅巨大，然而结构却十分简单（simplification），往往只是选择一个事件，交代其最重要的几个故事发展阶段，如《罗兰之歌》的四千多行诗句只讲了战前叛徒与敌方勾结、罗兰的先锋部队在进军中遭敌伏击英勇奋战，全体壮烈牺牲；查理曼大帝为罗兰及其战友复仇，全歼敌军，惩办叛徒三个阶段。其中最主要的篇幅是罗兰和战友们如何英勇奋战的过程。史诗英雄们的心理活动很少很简单，甚至讲话也很少，几乎完全没有心理描写，仅仅有如“（罗兰）勇敢，（奥利维）理智”这样的形容词出现。

其次，英雄史诗的另一美学特征是“拔高”（agrandissement）。上述的“简单”是一种有力的“集中”，非常有利于突出英雄们英勇战斗的惨烈和勇武：勇士们在战斗中超出常人的力量还常常会得到神助：罗兰能用他那具有神奇功能的宝剑“杜兰达尔”（Durandal）将穿着铁盔铁甲的敌人一剑从头到脚劈作两半；同时，罗兰在数十倍于自己的敌人面前十分镇定，他蔑视强敌，蔑视死亡，真正的视死如归：在战死前挣扎着冲向敌方，表明与敌人决一死战的决心；当罗兰的“灵魂渐渐离开他的躯体”时，天使们飞来陪伴在他身边，以此烘托出罗兰崇高神圣的英雄形象和“升天堂”的归宿。

这种近乎神奇的勇武首先来源于中世纪骑士普遍追求的封建荣耀（Honneur féodal）。欧洲中世纪，国王将国土封给战功卓著的贵族，这些贵族则在战争发生时自带武器给养等打仗“勤王”。封地时有一系列庄严复杂的仪式：接受封地的臣子（大贵族）单膝跪地，宣示效忠国王，接受封赏；大贵族到达封地后，当地的小贵族（一般骑士）

① Pierre Abraham, Roland Desne, *Histoire littéraire de la France I Des origines à* 1600, les Editions sociales, Paris, 1976, p. 102.

则在领主面前进行同样的仪式，领主承诺为其提供包括武器给养在内的一切衣食住行，骑士则承诺在有战事时誓死履行保卫领地（或祖国）的责任。出色履行诺言者被人尊敬赞美甚至崇拜，由此构成上述“封建荣誉感”。因此骑士们平时刻苦练习武功，战时誓死保卫领主、国王或祖国。罗兰的壮烈牺牲，便是遵守诺言，维护骑士尊严的英雄壮举。

这种大大小小领地上实行的封建分封制度下生成的骑士封建荣耀，逐渐演变升华为国家民族层面上的爱国主义情怀（Dévouement patriotique）。在英雄史诗中，真正的骑士永远是国王或领主忠诚的战士，对国王和祖国充满热爱之情，临危临死之时想到的都是祖国、国王或领主的尊严，以及自己的一切行为是否有辱于自己作为祖国、国王或领主卫士的忠义之誉。罗兰在受重伤临死前想的不是他在祖国的未婚妻、不是他死后出卖他的叛徒的下场，而是基督教法兰西祖国的统一，是希冀查理曼大帝领兵攻下伊斯兰教徒占领下的西班牙最后城池。临终前以生命最后能量在内心画出（回忆）自己为神圣“可爱的法兰西、为将自己养大的国王查理曼大帝，为自己伯爵贵族头衔的尊严荣誉所做的一切。”（De plusurs choses a remenbrer li prist，De tantes teres cum li bers cunquist，De dulce France，des hmes de sen ligne，De Chalemagne，sun seignor kil nurrit.）。[①] 这是整部《罗兰之歌》4002 行诗句中唯一的一段人物内心独白。这一方面表明法国英雄史诗“高、大、上”的美学特征，另一方面也可见作家所处时代的政治社会风尚，同时也是早期法国文学史上宏大叙事作品中人物心理描写独特美文技巧的良好开端。“中世纪的英雄史诗是一所宣讲伟大、忠诚和奉献的大学校”。[②]

中世纪的法国南部和欧洲南部甚至西亚和北非的一部分，基本上就

---

① Lagarde et Michare，*Le français en classe de 3éme*，Bordas 1968，Paris，p. 15. 这里的原文引用摘自法国高中语文教材，由此可见法国初中级教育中的爱国主义和英雄主义（法国中学教材中占比较大的，除《罗兰之歌》选段外，还有《圣女贞德》《最后一课》等）。——笔者

② P. – G. Castex，P. Surer，G. Becker，*Manuel Des Études Lititteraires Francaises*，*Moyen Age*，Librairie Hachette，Paris，1980，p. 16.

是“异教徒”（伊斯兰教徒）和基督教徒的“广阔战场”[①]，英雄史诗中，对祖国、国王或领主的忠诚，与对“异教徒”的蔑视、仇恨和无情打击往往交织在一起，效忠查理曼大帝的勇敢骑士罗兰在战死时，一群天使便来到他身边，迎接他虔诚高贵的灵魂进入天国。所以，骑士荣耀中很重要的一部分就是“为上帝效力”（service de Dieu）。从12世纪到15世纪，法国的诗人们不停地将这些骑士传奇故事反复改编传唱。“中世纪游侠故事成了一种国际性文学形式，因为，所有的欧洲国家都在模仿我们的英雄史诗。”[②]

这样的“游侠故事”实际上就是我们前面所提到的英雄史诗的“十字军系列”（Le cyclede la Croisade）。

历史上第一批基督教“十字军战士”的先驱，并非是一些破落贵族骑士，而是一些权高位重，信仰基督教的罗马皇帝。“西拉克流斯（Héraclius）[③] 统治期间，波斯国王霍思劳二世的军队侵略了巴勒斯坦。随着十年战乱的结束，信仰基督教的罗马皇帝最终取得了胜利，他把曾被蛮族掠去的真十字架归还给耶路撒冷圣堂，他甚至还背负着人类受难的刑具，赤脚走在圣城中，直到骷髅地。”[④] 这个事件后来演变成一个基督教宗教仪式至今，更是西欧基督徒“朝圣”乃至长达二百余年“东征”的起因。其后的8世纪初，高卢主教圣·阿居夫（saint Arcuphe）千里迢迢到耶路撒冷朝圣；9世纪的查理曼大帝虽然出于政治考虑曾与伊斯兰教的哈里发“互通使节，互赠奇异珍宝……哈伦·拉希德还派人将圣城之中圣墓的钥匙送给了查理曼大帝。但这种和谐相处蕴含着一种政治思想，透露了十字军东征的模糊预感。”[⑤]

“十字军系列”英雄史诗中最著名的是《安蒂俄什之歌》（*La Chan-*

---

① G. Lanson, *Histoire de la Littérature Française* Remaniée et Complétée Pour la Période 1850—1950 par Paul Tuffrau, Librairie Hachette, Paris, 1970, p. 45.

② P. –G. Castex, P. Surer, G. Becker, *Manuel Des Études Lititteraires Francaises*, *Moyen Age*, Librairie Hachette, Paris, 1980, p. 16.

③ 西拉克流斯，东罗马帝国皇帝，公元610年至641年在位。

④ ［法］米肖·普如拉：《十字军东征简史》，杨小雪译，北京时代华文书局2018年版，第2页。

⑤ ［法］米肖·普如拉：《十字军东征简史》，杨小雪译，北京时代华文书局2018年版，第3页。

son d'Antioche)。这部十字军骑士英雄史诗篇幅长达 9500 行，讲述第一次 6 万余人的十字军东征故事（历史）遭遇惨败逃回，再次集结起更多的骑士部队，最终击败伊斯兰教徒军队，占领了今处土耳其境内的安蒂俄什城。25 年后，又出现了一部《征服耶路撒冷》（*La Conquête de Jérusalcm*），但它们的主人公基本上是同一批人，特别是布永的“伟大的戈德弗洛瓦”（Godefroiy de Boullion）。这位法国洛林公爵的母亲是查理曼大帝的后裔，他：“年轻时，手下的朋党被视为渎圣者，必须去耶路撒冷朝圣，才能洗清罪过。根据当时史家记述，戈德弗洛瓦既有英雄的英勇品格，又有修士般的单纯善良，他身体健壮，谨慎谦虚，忠实虔诚。无可挑剔的谨慎让他成为道德上的权威，也成了十字军真正的领导者。”[①] 因此他成为众多十字军东征史诗中的中心人物，他带领着成分极为复杂（破落贵族、英勇的骑士、囚犯、虔诚的修士等）的队伍经历了无数艰苦卓绝、流血牺牲的战斗，终于攻克耶路撒冷。戈德弗洛瓦成为耶路撒冷的国王。而且他（还有其他十字军领袖或教士）还常常在武力上战胜异教徒后，在精神上彻底摧毁他们原来的宗教偶像，“让他们懂得基督教的道理高于一切，他们应该且只能成为基督教上帝的盟友。”[②]

讲述长达 200 余年的十字军东征故事的骑士史诗中，自然不乏为传说中的东方财富而踏上征途的冒险者和掠夺者，他们的故事甚至被一些史诗作者“嫁接”到了像查理曼大帝这样的伟大君王身上，使得虔诚崇高、英勇无畏的崇高尚武精神（esprit épique）逐渐发生变异，其中最突出的就是无名氏的《查理曼大帝朝圣记》（*Le pèlerinage de Charlemagne*）。这部史诗由 870 行亚历山大体诗句组成，一向伟大崇高的帝王形象被写成一个爱好虚荣，滑稽荒唐的人物。作为西罗马帝国的皇帝，他听说君士坦丁堡的雨格大帝（Hugh Ⅲ，？—1284）是个漂亮皇帝，觉得“自己盖世的漂亮形象受到挑战”，于是借口去耶路撒冷寻找圣迹，实际上是

① ［法］米肖·普如拉：《十字军东征简史》，杨小雪译，北京时代华文书局 2018 年版，第 20 页。

② Pierre Abraham，Roland Desne，*Histoire littéraire de la France I Des origines à 1600*，les Editions sociales，Paris，1990，p. 131.

要去看看雨格大帝究竟有没有自己漂亮。于是带了 12 名最英俊的廷臣（其中包括我们前面提到过的罗兰和奥利维，有的版本说同时带了一支 8 万之众的十字军部队）来到耶路撒冷。大名鼎鼎的查理曼大帝和他的廷臣们在耶路撒冷受到主教的热情招待，并且满足了大帝的要求，赠给他所索取的神圣遗物，包括耶稣最后晚餐用过的圣杯。这些圣物全都具有神圣的力量……接着一行人来到君士坦丁堡，见到了漂亮皇帝雨格，受到后者热情款待。晚上住在君士坦丁堡最金碧辉煌的宫殿中，喝得醉醺醺的查理曼大帝和 12 位廷臣法兰西秉性大发，开始了骑士阶层聚会常见的“半认真半开玩笑的自吹自擂”：查理曼大帝开头，说自己的宝剑可以穿透雨格大帝的两层盔甲；罗兰说自己只要一吹那只象牙号角，就能将君士坦丁堡全城夷为平地；奥利维则说如果雨格大帝愿意把漂亮的公主借给他一天，他能在当夜占有她一百次；另一位廷臣奥兰治的威廉说他可以用那只镶着金银的大铁球击穿雨格皇宫 160 多腕尺的城墙……这一夜的自吹自擂被雨格大帝的密探听得一清二楚。雨格大帝大怒。第二天一早，雨格大帝向查理曼大帝宣布，要他当场至少证明一项狂言，不然就将他及其十二廷臣斩首。查理曼大吃一惊，心里暗暗祷告，希望像往常一样受到神助。果然，当奥兰治的威廉在神的帮助下一锤将雨格皇宫 160 腕尺的坚固城墙击穿时，雨格大帝立刻甘拜下风，大摆筵席，臣服于查理曼大帝……

如前所述，查理曼大帝确曾获赠耶路撒冷城市和圣墓钥匙，但他从来未去过耶路撒冷，也没见过雨格大帝，更没有他与手下的 12 位廷臣（骑士）干过的那些荒唐事。虽然和《罗兰之歌》一样，英雄史诗并非完全依据历史事件写就，而是加入了作者及其时代社会主流思想形态的主观想象和希冀。但同样被列为“帝王系列”的《查理曼大帝朝圣记》却与此前的英雄史诗故事内容大相径庭。查理曼大帝不再英明伟大；罗兰骄傲自大到离谱；理性聪明的奥利维成为一个恬不知耻的色魔；骑士们的勇武不再用于效忠受到上帝眷顾的祖国和君王，不是对圣地圣迹的敬仰向往，而是对那些被世人视为无价之宝的圣物的觊觎和贪图。法国中世纪上流社会争强斗狠、夸夸其谈、附庸风雅、暧昧贪色的风气随着时代的发展逐渐风行起来。可以说，这部《查理曼大帝朝圣记》就是“骑士文学”（La littérature chevaleresque）或“宫廷艳情文学”（La littérature courtoise）的开端。

三 “我到天堂里去干什么?”

英国著名美学史家鲍桑葵在评述法国骑士韵文小说《奥卡逊和尼科莱特》（*Aucassin et Nicolette*）时写道：“有人威胁奥卡逊说，如果他把尼科莱特当作他的情妇，他就要被摒弃于天国之外，劝告他的人说：‘你就永远进不了天堂了。’奥卡逊回答说：‘我到天堂里去干什么？我并不想进天堂。我只想得到尼科莱特，我所深深爱恋的心上人。’”①

法国“十字军系列”叙事诗是英雄史诗向宫廷文学或艳情文学过渡的文学题材。十字军东征实质上是中世纪处于“黑暗”中的西部基督徒劫掠同为基督徒的东方拜占庭帝国财富之举，但却在二百余年的漫长征战中潜移默化的“东化”，将拜占庭帝国保存较好的古希腊罗马理性与科学的精神文化带回了西方，以至于产生了被后人称为“十二世纪的文艺复兴”的某种自由气氛，因为正如我们前面所述，其实在英雄史诗中，虽然上帝仍有一定地位（为祖国和君王效忠者可进天国），但英雄们为之英勇战斗流血牺牲的主要是人间的祖国而非上帝的天国，是世俗的君主而非十字架上的耶稣。所以英雄史诗中的“十字军系列”又称“拜占庭系列”（Les romans bysantines），如《查理曼大帝朝圣记》这样的英雄史诗直接可以跨“界”列入世俗自由平等精神更为突出浓烈的骑士文学或宫廷艳情文学范畴。

法国“宫廷文学”或“艳情文学”分为北方行吟诗人（trouveurs）和南方行吟诗人（trubadours）讲述的骑士爱情和冒险故事。北方骑士爱情故事主要围绕传说中的不列颠国王亚瑟（Arthur）展开。据说亚瑟王从王后格尼薇儿的陪嫁中得到一张巨大的圆桌。亚瑟王尊崇老岳父赋予

① ［英］鲍桑葵：《美学史》，张今译，商务印书馆1985年版，第162页。

圆桌“自由、平等”的寓意，每当有重大国事特别是战争时，便把手下骑士招来围坐在圆桌旁，自由发表看法，制订作战计划；战争结束后，最勇敢的骑士往往能获得坐在平时虚位以待的位置上，有时甚至可以得到一个最高奖赏：轻轻吻一下王后！

《特里斯坦与伊瑟》（*Le Roman de Tristant et Yseut*）的主人公特里斯坦是马克国王的外甥，是骑士中的佼佼者。马克国王膝下无子，欲传位给外甥；众臣妒忌，劝国王娶金发伊瑟为妻。特里斯坦自告奋勇前往为舅父迎亲。他历经千辛万苦，战胜了怪兽强敌和伊瑟身边的小人，护送伊瑟回国成婚。过英吉利海峡时炎热难挨，特里斯坦和伊瑟都喝下了伊瑟母亲为她准备的神奇饮料，彼此顿生倾心爱慕之情，不能自已。伊瑟和国王结婚了，但伊瑟和特里斯坦仍常常不由自主私下相会。国王得知大怒，下令将特里斯坦处以火刑，伊瑟打入麻风病人窟。特里斯坦逃出，救出伊瑟，潜入密林；生活虽艰苦但十分甜蜜幸福。马克国王不久得讯连夜跟踪而来，见二人正在熟睡中，他们的身体之间隔着一把宝剑。国王感动了，轻轻地用自己的剑换下了特里斯坦的剑。二人醒来，深感国王圣恩，特里斯坦将伊瑟送回王宫后独自远行。他周游列国，最后来到布列塔尼，娶了一位公主也叫伊瑟，唤作玉手伊瑟。但他发誓与她永不近身。不久敌军来犯，特里斯坦奋勇杀敌，身负重伤，他知道只有金发伊瑟才能救他，遂托友人告知她自己的伤情并说如果随友人前来便挂白帆，若不来便挂黑帆。金发伊瑟不顾宫廷礼数毅然立马启程。然而玉手伊瑟看见海上白帆时顿生妒意，谎称来船挂的是黑帆。特里斯坦听了不胜悲伤，绝望而死。金发伊瑟上岸，伏在特里斯坦身上气绝身亡。马克国王唏嘘感叹于这对年轻人纯真之情，下旨将他们各自安葬在教堂两侧。此后，每当夜里，特里斯坦的墓上都会长出一枝常春藤，伸到教堂另一面伊瑟的墓上。枝条剪去，转天重生，一样的青葱，一样的顽强……

那么，特里斯坦和伊瑟之间被后人称作高尚的“柏拉图式爱情”（Amour platonique）之间的纯洁无瑕的骑士与贵夫人之间的“宫廷爱情”之美何在呢？

我们前面提到的“圆桌骑士”旁举行的聚会内容，并不全是政治或军事，而大部分的聚会主题都是十字军骑士们带回的，由东方拜占庭帝国较好传承下来的古希腊罗马时代浓厚的文学艺术氛围和高尚精致的文化礼仪与技艺。欧洲中世纪骑士出身于社会上层，称为贵族（noble），不仅仅是因为这个社会群体属于统治阶级和高人一等的地位。Noble 这个词更是意为“高贵、高尚、庄重、典雅”等，贵族家的男孩从七岁起就要开始接受严酷的击剑、狩猎、骑术训练，称为侍童（page，亦译作“见习骑士”）。顾名思义，他还必须在宫廷里一边为贵妇人们服务，端饭送茶，洒扫庭除，以及形象礼仪甚至个人卫生习惯都要严格训练学习；此外一个重要任务是他还必须学习文化知识：人生哲理、文学艺术（七弦琴几乎不是必修课），会讲述吟唱甚至创作文学作品；到了十六岁如果考核合格才可以如前述那样举行宣示效忠领主仪式，正式成为一名贵族骑士，才有资格围坐圆桌，高谈阔论，向心仪的贵夫人献殷勤。法国的宫廷文学便是在这样的社会氛围中形成的，故而其中许多作品充满了自由却又典雅，风流倜傥却又纯洁高尚之美。《特里斯坦与伊瑟》便是属于这一类佳作。

而南方行吟诗人笔下的骑士爱情文学比之北方骑士爱情文学因其地理文化（临近地中海的朗格多克——普鲁旺斯与东方拜占庭无需十字军东征便与东方的希腊和中东有更早更多交往）因素，受东方拜占庭文化包容性的影响更大，时间更久远。古希腊罗马的文学艺术传承在拜占庭帝国中后期得到持续发展，在此基础上对基督教《圣经》进行选择性解读，如从《旧约》中选择性地推崇耶稣“把凯撒的物给凯撒，把神的物给神”，反对“偶像崇拜”，强调世俗政权和人本身的重要性，成为宗教改革和文艺复兴的重要起因。加上“圆桌骑士文化”精神的广泛传播，包括法国南方在内的整个法兰西帝国的文学艺术和人文精神中，骑士靠战争和武功即个人奋斗获得财富和贵妇人青睐的精神大行其道，他们不再像特里斯坦和伊瑟那样把个人情爱深深地藏在心中，显示其将宗教、王权（国家）的利益放在至尊地位的崇高品格，同时也维护当时盛行的英雄美人纯洁高雅精神爱情的神圣性，而是像奥卡逊和尼科莱特那样，为了世俗情欲之爱而放弃进入天国的宗教追求和为了世俗王权的效忠品格；奥卡逊摆脱了宗教偏见，爱上了被俘虏的异教徒尼科莱特并为此和基督徒父亲进行了坚决的斗争；而尼科莱特在发现自己本是迦太基的公主（迦太基人长期信仰被基督徒称为异教的古希腊和古埃及宗教），并被要求嫁给一位王子时，她毅然选择逃离高贵的家庭，化装成行吟诗人，千辛万苦，寻找逃离伯爵府寻找自己的奥卡逊；终于在奥卡逊遇难之时及时赶到，治好他的伤后亮出自己身份。二人终于结为夫妻……

几乎在这种“另类”骑士精神逐渐产生的同时，处于贵族和农奴之间的城市自由民（les bourgeois）在乱世中靠辛苦劳动和精明的头脑为贵族战争生产军事装备，给养物资，乘机发家致富而逐渐富裕起来。发展壮大起来的平民开始表达自己的精神甚至政治追求，首先出现的是所谓最初由地位不高且贫穷潦倒因而对宗教和贵族制度心生不满的下层贵族，和一些因富裕起来学了文化的平民诗人创作的“平民文学”（La littérature bourgeoise）作品。成为反映中世纪政治经济、社会文化重要的文学题材之一。

四　“锦袍”之美

如上所述，西欧中世纪中后期，不但宗教腐败黑暗，本来较为严肃上进的贵族精神也江河日下，除了靠武力掠夺维持巨大的奢华开销，还以各种花样“开源创收”，如卖官鬻爵（La Vénalité）。新兴的富裕平民阶层乘机花钱买贵族爵位，提高自己的社会地位。这些新贵族被称为“穿袍贵族”（le noble de robe），区别于那些穷得只剩一把宝剑的世袭穷贵族（le noble d’épée）。中世纪封建分封制社会中的这些相较农奴地位稍高的自由民（即城镇平民 bourgeois）以给封建贵族提供日常生活中的手工业产品、军需品等生产和商贸活动发家致富，学习文化，除了用钱买贵族爵位显示“尊贵”，更重要的是开始在政治上要求一定程度的自治权和思想上的自由权；其中，一些写作能力较强者开始创作一些反映本阶级诉求的文学作品，所以被称为“平民文学”；又由于这些“平民”大都是本地人即古高卢人，他们的作品风格也不同于征服高卢的拉丁贵族英雄史诗和骑士爱情文学的风格，他们的作品中出现的人物和故事多为平民，人物性格粗野豪放，语言通俗、粗鲁下流，嬉笑怒骂，挖苦讽刺特征明显，初显现实主义风格和社会批判意识。中世纪这部分文学便被译为“平民文学”“市民文学”甚或“资产阶级文学”，但法文原文均为 la litterature bourgeoise。

我国几乎家喻户晓的《列那狐的故事》（*Le Roman de Renart*[①]）于8世纪由查理曼大帝身边的一名教士以拉丁文写成，是一部“讲授伦理道德的教材”[②]，服务于查理曼大帝决心摆脱文盲和野蛮、“文明治国”之目的。但是与查理曼大帝推广此书初衷不同的是，此后几百年中，不断有西欧各国作家的各种语言版本出现，书中的坏人列那狐狡猾奸诈，无恶不作，却总能化险为夷，常常在艰难险阻的环境中如鱼得水，成为平民文学的主角——“平民英雄”。各种经过改写的《列那狐的故事》主题、人物和故事情节大体一致：狮王开庭审案，罪犯是作恶多端的列那狐，他弄瞎了狼伊桑格兰姆斯孩子的眼睛，为野兔做祷告时咬住他的脖子想吃了他，骗走公鸡的孩子饱餐了一顿。狮王先后派了熊卜吕安、猫贝尔蒂去传唤列那狐，都被他设计逃脱，只有獾格兰巴德成功将列那狐骗到狮王面前受审，被判绞刑。列那狐此时痛苦地忏悔说自己有罪：有了许多金银财宝还一个劲儿想捞钱；但是他诚心诚意地忠于狮王，想在临死前把所有财产献给狮王。狮王贪财，放列那狐先去朝觐教皇请求上帝赦免对他的诅咒。列那狐逃脱，再次无恶不作。狮王再一次派武功高强也最恨列那狐的狼伊桑格兰姆斯去抓列那狐，但列那狐在姑妈猿帮助下战胜狼，并再次以献出全部财产为诱饵，成功使狮王赦免他所有罪行，并当上了王国最高大法官。从此后，“森林中的那些强者就总是俯首屈从于那些狡猾的弱者了。”

法国当代文学史家皮埃尔·亚伯拉罕（Pierre Abraham）和罗兰·戴斯恩（Roland Desné）认为：（这些动物）“构成了一个当时的人类

① 亦有文献作 Le Roman de Renard。

② ［美］麦吉尔：《世界名著鉴赏大辞典》（诗歌卷），王志远等编译，中国书籍出版社1990年版，第107页。

社会。”[1] 贵族、僧侣、城市平民和农奴（唯一的人形象，但很少有他们的身影），包括狮王在内的熊、狼等动物属于贵族，其他小动物则是城市平民，其中列那狐是市民阶层中最狡猾者，也是最“成功者”（arrivé）。列那狐早年还做过不少好事比如给人治病（因此有评论家认为他是僧侣的化身），但后来在那个乱世中，他依靠其狡猾奸诈，心狠手辣不断获得成功，当上王国重臣（因此评论者认为他代表小贵族）。然而实际上，如果从文学社会学角度来看中世纪西欧社会政治，列那狐这个人物当属既不属于传统贵族，也非处于社会底层的农民（paysan），而是享有一定自由活动空间的城镇（bourg）居民（bourgeois）。这个社会群体是中世纪社会阶层中不可或缺的群体。如前所述，他们具有为贵族提供衣物、家具等日常生活用具、武器装备等的社会功能，因此统治阶级往往对他们“网开一面”，给其一定的自由权，故也被称为“自由民”（相对“农奴”而言）；他们则依靠自己的聪明、狡诈、勤劳、智慧等禀赋，成为甚至比贵族更为富裕的阶级，有的还花钱购买了贵族头衔，像列那狐那样成为尊贵富裕，穿着“锦袍”（robe）的贵族。在诸如猫、獾、鸟等弱势群体面前，列那狐是威风八面的，他虽非贵族但却能给狮王带来比其他贵族所能给的好处更多，所以狮王让他做了大法官；因为在狮王眼里，列那狐是“有用的”。如上所述，中世纪的西欧社会因十字军东征等原因受古希腊思想的影响与日俱增，如苏格拉底的“美德即知识，愚昧是罪恶之源”甚至“好习惯是一个人在社交场所中能够穿着最佳的服饰。”这些关于美的思想不仅是感觉学意义上的美学，更重要的是伦理学甚至政治经济学意义上的美学，也是欧洲在东方拜占庭美学影响下产生文艺复兴运动重要的思想准备，也是始于中世纪，普遍流行于古典主义时期欧洲宫廷文化礼仪美学规范的雏形之一（此种美之寻踪觅迹，另文详述）。

如果说“锦袍”之美是欧洲中世纪社会中由英雄史诗的忠君爱国、

---

① Pierre Abraham et Roland Desne, *Histoire Littéraire de la France*, （I）, Les Editions Sociales, Paris, 1966, p. 276.

英勇善战和英雄美人间纯洁高雅爱情之美，逐渐转向勤劳智慧甚至狡黠无赖之“美”，那么，同属“平民文学”的《玫瑰传奇》则可称为文学本身（美的文字学）意义上的佳作。

《玫瑰传奇》（*Le Roman de la Rose*）共分为两部分，第一部分写于1225年至1245年，一共4058[①]行十音节诗句，作者名为吉约姆·德·洛里斯（Guillaume de Lorris，生卒年不详）；第二部分写作于1275年至1280年间，共17772行十音节诗句，作者名为让·德·默恩（Jean de Meung，约1235—1280）。《玫瑰传奇》第一部将爱情拟化为一个果园，园中有一朵玫瑰使诗人一见钟情，但也受到了不利于爱情的十种情绪（人物）如“嫉妒”“坏嘴”“羞耻”“恐惧”等的威胁；诗人为了和玫瑰谈情说爱而制定了一系列规定，例如“温情”“希望”“蜜语”“媚眼”等来反制打击爱情的坏人。诗人（情人）冲破种种阻碍终于吻到了玫瑰，但被坏嘴看见了并偷偷告诉嫉妒、羞耻和恐惧等人，于是他们合谋将玫瑰囚禁于塔楼，使情人痛苦万分。第二部分则讲的是爱情、社会，以及科学哲学等问题，其中的人物是“理性”“友谊”“虚伪”“自然”“才能”“艺术”“财富”“死亡”“腐败”等。第二部接续第一部的故事情节：情人不听理性的劝阻，在爱神的帮助下前往塔楼，冲破危险、恐惧等人的阻击，不顾嫉妒、理性和财富、死亡等人的阻挠，终于与玫瑰结合。

《玫瑰传奇》是一部“爱情的艺术和哲学之作”[②]。爱的基础和理由是“自然”，“自然”创造人，与“死亡”和“腐败”作斗争，在爱神和维纳斯的帮助下，人们冲进塔楼，摧毁了男女心中的“贞洁”，还原了爱的世俗人文和“自然”属性。此外，正如郑克鲁先生所指出的：“让·德·默恩站在市民阶级的立场上，猛烈抨击了贵族门第观念。‘自然’这样宣称：‘许多例子都将证明，出身低微但有作为；比起多少王

① 此处的数据与文学史记载不尽一致，本文依据的是P. -G. Castex, *Manuel Des Études Littéraires Françaises*, *Moyen Age*, Librairie Hachette, 1967, Paris, p. 55.

② P. -G. Castex, *Manuel Des Études Littéraires Françaises*, *Moyen Age*, Librairie Hachette, 1967, Paris, p. 55.

子伯爵，他们更加勇敢尊贵。’”①

如果说将同样有血有肉的动物拟人化并非艺术创新（早已有《伊索寓言》）的话，《玫瑰传奇》的作者将抽象的哲学、社会学、自然美学中的种种抽象概念拟人化，并把它们勾画演绎成为一个个活灵活现的生动故事。这种艺术创作手法不但在当时，即使在此后的近千年中也是不多见的。这不能不说是《玫瑰传奇》的两位作者对于文字之美的重大发现。古希腊罗马时代学者和政治家们的论辩术（修辞学）让文字传达出的抽象概念以语音的形式在听者和观众的听觉中引起情绪波动，而《玫瑰传奇》却能将这些抽象概念具象化（拟人化），让他们以流动的图像符号形式，五彩缤纷、活灵活现地展现在读者的视觉中。这些形象使抽象文字符号（非象形文字）神奇地展现出万般风情。作者将这些流动的拟人化抽象概念嵌入共约20000多行的十音节诗行中，读者每看一遍甚至浏览一两个片段，它们（文字符号）都会因为它们的“人化”“言行”而不同程度地再现一遍，给人带来无限的感官享受与想象。可以说，《玫瑰传奇》是世界文学史上少数能将文字符号、其能指和所指形象化和灵动化，甚至可以如现代高科技条件下数字影像般随意“回放”的美的文字艺术品，是中世纪文学之美的巅峰之作。

【作者简介】

罗国祥，武汉大学外国语言文学学院教授，广西民族大学相思湖讲席教授，主要研究方向为法国语言与文化。

周金，广西桂林旅游学院外国语学院讲师，主要研究方向为西方文学与旅游。

① 郑克鲁：《法国文学史》（上卷），上海外语教育出版社2003年版，第66—67页。

试论中西方本体思想的差异

浙江越秀外国语学院
■史忠义　栾　栋

【摘　要】西方从柏拉图、亚里士多德直到20世纪的海德格尔的本体思想，都一直追求必然，而华夏民族远在高古时代就走出了必然王国，而追求自由王国，具体体现为三易、道家和远古文化的辟思辟学和辟文精神。西方本体思想的神学根基是上帝创世说，哲学根基是逻各斯中心主义，而中国辟思辟学辟文的推手除了三易和道家思想，还有神性诗歌和人性诗歌。西方非此即彼的思维逻辑一再导致悖论性困境及科学与形而上学的两难处境，而华夏学人的和谐追求在认识本体中发挥了积极作用。

【关键词】本体思想　柏拉图　亚里士多德　海德格尔　必然王国　自由王国　辟思辟学辟文　三易　道家　神性诗歌　人性诗歌　悖论性困境　和谐

本体包含人与物质。本体思想即如何认识人和物质的思想。我们通常所说的西方的本体论，只是西方本体思想的一部分，且常常是互相矛盾、不易确立的一部分。①

毛泽东曾经说过："人类的历史，就是一个不断地从必然王国走向自由王国的历史。"② 这本是一个适用于全人类的论述，但是我们在具体

① 参见史忠义《试论西方本体思想的悖论性困境》，《江西社会科学》2019年第9期。

② 中共中央文献研究室编：《毛泽东著作专题摘编（上）》，中央文献出版社2003年版，第74页。

观照中西方的本体思想史的历史事实中却发现，西方从柏拉图、亚里士多德直到20世纪的海德格尔，都一直追求必然，奉必然为金科玉律，而华夏民族远在高古时代，就走出了必然王国，追求自由王国。

必然性是西方本体思想的主导概念，即探寻唯一的、单义的、消除了感性矛盾的、确凿无疑的、绝对统一的东西。这种思想与毛泽东所说的必然王国的基本词义是相同的。毛泽东说的是受制于必然王国的束缚，而西方的本体思想一直在追求必然。

柏拉图的理念论和实质论名闻遐迩。意思是说，当人们询问“何谓X”时，X的理念或实质反馈到知性世界，而X的物体本身属于感性世界。逻各斯的排他性是它的必然性，这等于说，排他性的必然性定义逻各斯。柏拉图称之为证明的毋庸置疑性（*apodicticité*，*apodeixis*）。柏拉图渴望这种逻各斯，以避免意见的多重性和感性混沌的不确定性，他以为苏格拉底重视询问的思想必然导致意见纷繁、不知所终的结局，使人们无法行动。

笔者以为，柏拉图在谈论美诺悖论时①，其实把问题绝对化了：问代表着全然无知，知就是完全知道，根本无须提问。这种思维逻辑本身就是一种必然性的体现。其实在大千世界中，人们思想的存在真相恰恰在这两者之间。知之不多，尚有不少疑惑，提问完全是自然而然的事情；获得一些回答之后，可能还没有完全解决问题，或者后边还会碰到其他问题，所以再提问也是很自然的事情。

亚里士多德从认识论的角度认为，美诺悖论是必须解决的二律背反现象，他把这个矛盾也视为绝对根本性的矛盾，这说明他把这个问题也看得很严重。亚里士多德认为，科学知识以毋庸置疑的必然真理为宗旨。从永远假设并具有偶然属性的感性世界出发，建立科学、建立知识既是不可能的，也是不能接受的，两者都不可能是科学知识（《分析续论》/les*Secondes Analytiques*）。这是他对科学知识性质的认识。亚里士多德提

① 即当人们像苏格拉底那样询问“何谓X”时，其实并不知道想找什么，想获得什么；如果肯定以这种或那种方式知道什么是X，为什么还要询问呢？（《美诺篇》/*Ménon* 80d－e）。

出了他的命题理论。一方面，这是知识界的一场真正的革命：抛弃只知道必然性的理念论，促进一种以整合多元性、偶发性和可以是非 A 的 A 为核心的新视野，这种新视野没有使非本体因此而获得“公民权”。另一方面，本体的东西必然是自我的东西，怎么可能又是他者呢？单一性本体至少先验性地从内在可能性方面是多重的，但并未停止其自身属性，即停止自己的必然性。它不可能在同一关系（不矛盾律）下既是一又是多。亚里士多德解释说，本体从主体身份而言是一，从谓语身份而言是多。谓语的多重性被归结为几大组，他称之为（本体的）类型。

命题主义是在不矛盾律的支持下出现的：P/非 P 的交替并非像人们可能担心的那样是同一个问题的表达。P 和非 P 最好时可以相继用作主语 S 的谓语，在这种情况下，每次只能有一个命题，或者只能有一个真正的命题和一个错误的、被排除的命题，必然如此。逻各斯保留着作为规范性毋庸置疑性，因为主体的兼爱（*pathos*，情感）的多重性毁灭在主体（必然的）统一性中。亚里士多德就这样用命题理论调和了必然性与偶然性的矛盾，既抛弃了只知道必然性的理念论，又保持主体（主语）的必然性。亚里士多德的后两重思想提出了命题论，用主体是一、谓语是多的机巧思想论证逻各斯的规范性，体现了他的灵活性。然而，主语的同一性似乎是形式上的一种必然性，它的大部分表语只能是偶然性的，似乎都吸纳在主语的强制性的统一性中。

更有甚者，判断范畴的四大律则即不矛盾律、理由律、同一律和排中律本身也是有问题的，它们的基本特征和缺陷就是预期理由、循环性，包括整体的循环、基石的循环和存在的循环。循环性即不断地互相论证、自圆其说，不一定符合实在和真实，即不一定反映客观真理。命题主义的前提本身是假设的，假设的东西怎么可能必然导致客观真理呢？但是从亚里士多德起，这是西方自然科学研究的基本路径，而西方自然科学研究沿着这种路径取得了大量的成果。怎么解释这种悖论现象呢？笔者以为，那是因为命题主义性质的自然科学研究的假设实际上建立在以前大量研究的基础上，不是一种随意的假设；加上西方的自然科学研究一直重视实验，用实验验证研究结果，所以能够获得大量的科研成果。即令如此，如果基础发生变化，大量的科研成果都会被重新阐释，都会显示出它们暂时真理而非终极真理的真相。量子力学的出现就颠覆了以前大量的所谓“科学结论”。所以比利时布鲁塞尔自由大学的哲学兼修辞学教授米歇尔·梅耶（Michel Meyer）就从问题学哲学和历史性概念的视野出发，把判断范畴的四大律则重新解释并改造为真正的回答范畴的四大律则，并恰当地指出，判断范畴是回答范畴的一种特殊情况①。

海德格尔想通过打碎“一与多”的同一性而解决主语的强制性统一与大部分表语只能是偶然的这个矛盾，把所是命题化。统一性的本体将是本是（*Sein*），而多重性将被称作“现是”（“此在”，*l'étant*，*das Seiende*）。海德格尔这种做法等于同时提出了如何接触本是的问题（这个问题被亚里士多德通过“主语是谓语”、由谓语承担的命题性对等具体解决了）。由于这个做法，在海德格尔那里，本是超越了言语，它是本体。现是是本体的表象。本体是本质性的存在，现是是阶段性的、当下的物质显现。人们不再可能通过“默听”而与本体关联起来，必然通过现是。在第一阶段，海德格尔确实采纳了一种更合乎理性的方法，把与本体（本是，存在）关联的可能性置于“人类的实在”（*Dasein*，现是，此在）中。我们从那里重新找到了分析与综合、从我们心中某种先前性出发的认识秩序与拥有另一类型的先前性、即分析所导致的自身先前性出发的物质秩序的古老分离。感觉、感性，一言以蔽之，人文拥有的根基不同于物质秩序自身固有的根基，后者传统上以上帝为绝对根基。在海德格尔那里，这种双重结构像在所有命题主义那里一样。本体真正的第一被隐藏在似乎向我们显现的第一（此在）里。作为现是的本体隐藏起来了，同时又展示出来，但是通过一种预先的感性关系，它永远被作为“现是”（此在）。被很好理解的命题主义会导向主要管理“逻辑—实验—验证”这种程序的科学，而非导向本体论，而本体论仍然关注命题主义的建立，把本体陈述为任何根基、任何必然性的源泉。形而上学就是这样建立的场域。

① Michel Meyer, *Questionnement et Historicité*, Paris, PUF, 2000, pp. 1 – 2.

在这里，亚里士多德与海德格尔的路径不再重合：海德格尔选择了本体论来抨击命题性和认识基（*l'épistémè*），而亚里士多德则进行了相反的选择，但是我们发现，命题主义与本体论是分不开的。不管是亚里士多德还是海德格尔，都无法躲开他们拒斥的交替现象。换言之，时代的差距使他们未能找到相同的语言来表达近乎同样的内涵。海德格尔称作本体论的东西、本是与现是的差异、彰显了人文秩序和物质秩序双重更复杂关系的东西，亚里士多德谓之曰命题主义或主谓语的同一。

但是，华夏文明的高古时代，已经走出了必然王国，而在自由王国中徜徉。这主要体现为《连山》《归藏》和《周易》的辟思运动。夏继《连山》、商用《归藏》、周演《周易》，辟思的艺术在不断出新。郑玄在《易赞》中说："《连山》者，象山之出云，连连不绝。《归藏》者，万物莫不归藏于其中。《周易》者，言易道周普，无所不备。"《连山》具有引导性的核心观念是天地人神时的辟开辟合。我们还可从神性诗歌的角度视之。神话和传说中的伏羲、黄帝、炎帝、蚩尤都是吟诗的高手，至少从那时起，包括风雨大地在内的神性，是贯穿诗歌史的基本线索之一。

华夏民族的人性诗歌也可以追溯到很古老的年代。从《尚书·尧典》中可以看出，四方之"神"已经变成四方之"民"，诗歌之"神"变成了诗言之"志"。人性诗歌也有自己的岁月遗痕，尧舜时代的人性诗歌是其第一个回合，周孔时段的人性诗歌是其第二个轴心，近代以来亦中亦西的人性诗歌纷繁，可以看作第三个回合。

神性诗歌为主调之时，人性诗歌处于"谐音"；而当人性诗歌畅行九州大地时，神性诗歌变为"潜龙"。从远古到西周，"三易"是神性诗歌的主旋律。从《诗经》到当今，情志是人性诗歌的高格调。

诗性的渊薮在哪里？在缘域。缘域不设置必然，没有必然的锁链。天启地孕中有缘域，自然人文间有缘域，人文自然中有缘域，歌谣俚语中也有缘域。就在远古时代上古人类对世界的想象而言，许许多多的故事开显了缘域。盘古化出了宇宙，宙斯统领着众神，伊甸园里情窦初开，山海间精灵出没，还有女娲的补天造人，夸父的逐日弃杖，如许神话与巫话，无不蕴含着自然人文里的山林荒诞。《论语》里仁，《诗经》无邪，《楚辞》忧伤，《史记》孤愤，此类古代典籍，见得出人文自然中的社稷史诗。而如《周易》几神，荷马行吟，《老子》无为，《庄子》逍遥，《旧约》创世，《新约》拯救，其中的出神入化，也可看作天地神人间的交相养护。不论荒诞的神话，社稷的史诗，抑或乾坤的厚爱，宗教的超升，在诗性智慧的意义上，都可以归之于神思。神思与缘域，互为表里，都透露着自由精神。对缘域深入的解析，莫过于对神思的探讨。神思者，神骏、神游和神化之谓也。诗性的开拓，神思的精髓，中西方是相同的。

另一项运动，便是春秋战国时百花齐放百家争鸣的思想生成运动。其最突出的文献就是《道德经》《论语》《孟子》《列子》《庄子》《山海经》《荀子》《国语》等典籍。思想的生发是根本性的辟思，可概括为天地心、圣贤心和百姓心。三心是文心或道心的体现。文心是天地心、圣贤心、百姓心的和衷共济。这个时期以柏拉图和亚里士多德为代表的西方思想运动则着力建构以必然性为核心的逻各斯。

笔者曾经在其他地方说过，除了运动变化的思想外，易的感应思想的前提是感物，这说明易本身即是中国古代的辩证唯物论思想。我们现在不妨再补充说，易所包含的生生不息的思想即是西方的生命哲学，易蕴含着物质不灭的思想，蕴含着西方的差异和历史性思想，蕴含着叩问、回答、再叩问以至无穷的辩证思想。

阴阳既包括一分为二，也包括合二而一。阴阳是对立统一的体现。过去把一分为二与合二而一对立起来是匪夷所思的事情。它们是事物存在、变化的两种形态和两种解释。

道乃宇宙之道，大自然之道，人文之道，德之道，国家社稷和社会群体之道。道可以把《诗经》《尚书》《仪礼》《乐经》《周易》《春秋》六经囊括在内。中国文化中既没有秘索思概念，也没有逻各斯概念。道把它们囊括融会在一起。道既是一元论，也是多元论，一即是多，多即是一。易和道都是辟文化现象。

中国远古的原始文化就有辟思的因子。八千年前内蒙古赤峰附近的兴隆洼文化、六千年前安徽的凌家滩文化、陕西蓝田的旧石器遗址、云南元谋、北京周口店、湖南永州道县玉蟾洞原始文化遗址的考古均说明，中国原始社会的居民在采摘、渔猎、养殖、耕作等方面均有不凡的起点。永州道县玉蟾洞考古发现证明，早在一万二千多年前，这里就有了相对成熟的原始农业和原始制陶业，远古文明已相当发达。后来各地涌现出的原始文化，都让人震惊不已。河姆渡以玉琮为象征的盖天文化，牛河梁以玉龙、玉龟为标志的红山文化，河南、陕西以渔猎为特征的仰韶文化，青海、甘肃以蛙纹和舞蹈图案为主题的马家窑文化，都披露出一个重要信息，中国原始文化经历过一个满天星斗式的辟创生发时期。①

文源于道，是中国古代思想家对文学本源问题最深切的理解。道是缘域化境的启蔽，是阴阳差异的通变，是形上形下的冥合，是本真灵气的诗化。因而，道不是逻各斯，也不是认知论的主客观，所谓“形而上者谓之道，形而下者谓之器”乃是战国学者对道的分解。道器互化，可备一说，但是分道于上下，离道已远。观于古易，这一层不难理解。老子和孔子深谙化感通变的缘域消息。《淮南子》（又名《淮南鸿烈》）、《文心雕龙》等古代元典对此恪守不渝。纪昀盛赞刘勰“原道”即“明道”，实在是一个真知灼见。原道与源道，名异而实通。原道是正本清源，源道是源头起解。两个提法殊途同归于道之根本处。“明道”则是体道、悟道而且与道俱化的行为。以“明道”释“原道”，是把原点与终点、来龙与去脉、目的与手段，小处予以圆融，大处通和致化。“文原于道，明其本然，识其本乃不逐其末。”②

西方以必然论为核心的本体思想的神学根基是上帝创世说。上帝创世说视上帝为宇宙万物和人类的创造者，而宇宙万物和人类则是上帝所造之物。这种宇宙观以执一为必然，视众多为附属。西方的神话资源非常丰富，神话思维非常活跃，然万变不离其宗，都是在上帝造物的套路上发展演变的。

① 参见栾栋《文学通化论》，商务印书馆 2017 年版，第 100 页。

② 纪晓岚：《纪晓岚评〈文心雕龙〉》，江苏广陵古籍刻印社 1997 年版，第 21—22 页。

西方本体思想的哲学根基是逻各斯中心主义。《文化通化论》详细陈述了逻各斯的发展历程和精神实质：

逻各斯是何方神圣？它是西方文化的塑形魔方，也是西方思想的网络机制。它虽然隐而不显，但实际上是西方思想文化成为现今形态的看不见的推手。西方的语言之为语言，宗教之为宗教，文学之为文学，史学之为史学，哲学之为哲学，都能从逻各斯中找出原因。由于它是西方语言之为语言的前提和核心，各系语言的语法和修辞都能从它那里找出规矩。由于它是西方宗教神学体系化的圭臬，一些神教的深层机制从它那里定型。由于它是西方文史哲分门别类的思想根据，所以它像一个理念漏斗下方的多头管道，给文类群科定性而且定位。由于它是逻辑思维的茧形母胎，西方的历代哲学家无不凭借它而成蛹、破壳、变蛾，而且一代又一代思想家都根据它来剥茧抽丝，组织辞令，编制体系。逻各斯如何生成？这要从它的来龙去脉观察。逻各斯是地中海文化从公元前4000年到公元纪年开始之间的产物。东西欧、近中东的文化在这里汇集。温暖的气候，天然的良港，丰富的物产，繁荣的商贸，加上多元的智慧和犬牙交错的战争，促成了那样一种思想环境和文化土壤，既需要而且也产生了整合人文理念的思维机制。这种思维机制不可能在古印度梵文化的释空道无中产生，也不可能在两河流域神政混一体制中崛起，更不可能在东欧、中欧地区的部落文明中胜出，而地中海这个物华天宝、思成大器的天时地利人和之境域，便是其生成的摇篮。周遭的古文化给了它以滋养，整合的急迫性和可能性给了它以生机，史诗氛围和商战文化给了它以催动，特别是意气风发的流派纷争局面，更是这种逻各斯文化的思想作坊。给思想找到决定性的原点是逻各斯思维的重要特征。以泰勒斯（Thales，约公元前624年—公元前546年，被称为“科学和哲学之祖”）为创始人的米利都学派，以毕达哥拉斯（Pythagoras，公元前580年—公元前500年）为代表的理性神学组织即数理派，以赫拉克利特（Heraclitus，约公元前535年—

公元前475年）为代表的爱菲斯学派，是逻各斯机制得以产生的奠基性思想群体。探索世界本源，研究宇宙奥秘和追求永恒原因的不同路径，使物、数、火、神等看点，都向思想网罗的逻各斯归结。给思维套上“一”和悖谬思考逆证的笼头，是逻各斯机制的核心所在。以巴门尼德（Parmenides，约公元前515年—公元前5世纪中叶）为首的爱利亚思辨派，以芝诺（Zeno，约公元前490年—公元前430年）、普罗泰戈拉（Protagoras，约公元前490年—公元前420年）为代表的智者派，以高尔吉亚（Gorgias，约公元前483年—公元前375年）为代表的谬辩派，在“一”与多、正与反的思辨方面打造了“真理的漏斗”，过滤掉了所有与逻各斯相左的成分。以留基伯（Leucippus，约公元前500年—公元前440年）、德谟克利特（Demokritos，约公元前460年—公元前370年）和伊壁鸠鲁（Epicurus，公元前341年—公元前270年）为代表的原子派，在这方面也给了很大的推动。而以苏格拉底（Socrates，公元前469年—公元前399年）、柏拉图（Plato，约公元前427年—公元前347年）、亚里士多德（Aristotle，公元前384年—公元前322年）为代表的爱知派，则是运用逻各斯思维机制的高手，前两者的理念至上论和后者的思辨神圣说，都是逻各斯思想的现身说法。古希腊哲学家们在一些具体观点上或有差异甚至对立，但是在成就和运作逻各斯方面却异曲同工，众派归一。可以说，他们共同促成并且操作了这样一种思维创制。逻各斯生成其来有自，而这种机制的能量则远远超出人们的想象。逻各斯为什么有这么大的能量？这个问题要从其基本特征去解答：一是思维的一统性。追求元一，工于整合，语不臻一死不休，这是逻各斯的基本特征。二是思辨性与实体性的同一。古希腊的所有思想家无不推崇“思辨的神性”，思想被视为实体，是当时主导性的观念，逻各斯恰恰成为这两方面合二为一的理据。三是其直奔对象核心的抽象思索特点，由之产生了西方的本源性思维大端，即父本型思维方法——早期辩证法。四是集四面八方文化之长，而又可超脱于各种文化之上，由此具备了思想压缩器功能，一旦形成规模，即便生成期的载体不在，也可在他时异地的民族文化中生根开花。五是隐身效应。按说如此强有力的根本性西式思维机制，应该是实体实用的物化性存在，然而事实恰恰相反。它使语言言语自思而不落言筌，使宗教成为神学而自身销声匿迹，使文史哲成为门类而理路隐然其内，使思想成为思想然而其机栝却不留痕迹。这就是为什么古希腊思想家都是用智慧乃至血肉之躯铸造了逻各斯，可是在他们的字里行间或言谈举止中，却很难找到逻各斯的裸露之处。这也是为什么西方和世界各国都有过“言必称希腊”的现象，然而言者只取其一隅，论者只高攀史诗、悲剧或哲学，却忽略了对这种文化样式后面的隐形机制做必要的透视。逻各斯是实体性的隐性思维，但是它从不吃素，也从不就虚。它像上帝一样，自身不露真容，却让人相信一切从它那里批发。它不让你建造巴别塔，于是让每一种语言分门别类。它给各种学科以理念的图谱和思想的格局，各类疆域从此生分，并且逐渐深沟高垒。前文学以及人们津津乐道的广义的秘索斯，作为一片人文错杂的思想丛林，也逃不过逻各斯的法掌。在古希腊的逻各斯生成之前，文学文史浑然而不成学，人们在两河流域的史前文化中或可辨认出今之所谓文学的那些文学远流，但是在古希腊文化的古典时期到泛希腊化过程中，语言文字逐渐向语法修辞集结，才情想象逐渐向史诗悲剧靠拢，相关理论逐渐向审美诗学聚焦。文学之为文学的格局在酝酿中，文学之为文学的理论在形成中。用今之文学概念所理解的文学，在那个时期已经生根开花。逻各斯让爱智者着迷，哲人、修辞学家、伦理学家动用了思辨的工具在文苑徘徊，究竟是按逻各斯修剪，抑或保留诗情文化的原生本态？犹疑与争执展示了议题阶段的模棱两可。①

用终生致力于批判逻各斯中心主义的德里达的思想来概括，逻各斯

① 栾栋：《文学通化论》，商务印书馆2017年版，第12—14页。

就是长期形成的西方人的思维规范本身和西方理性本身。这并不是说西方没有自由王国的思维运动。西方自由王国的思维运动是在传统和正统的本体思想之外，在诗歌和文学幻想（rêverie littéraire）范畴内实现的。尤其是资产阶级大革命和浪漫主义文学运动以降。

事实上，柏拉图广而言之西方学人非此即彼的思维方式脱离了现实。非此即彼的思维逻辑往往陷入悖论，它抛弃了两者之间最广泛的询问的可能性。如上所述，人类的实际情况是，当我们不知道某事时，经常并非绝对的不知，而是略知一点，例如听说过名称，但不知底细，所以可以提出问题；而我们知道某事时，通常也不是行家里手，即使专家学者，也有深化的可能。所以两者之间原本有着最广泛的询问的可能性，却被西方早期的大哲学家柏拉图放弃了，并对后代学人的思维产生了极大的不良影响。

华夏民族自始祖起，思考问题时总追求和谐，不经意间避免了很多问题。但是，孔子讲“君子和而不同，小人同而不和”，“君子而不仁者有矣夫，未有小人而仁者也。”① “唯上知与下愚不移”，② 仁学思想本质上似乎并不主张全面和谐。

与孔子的“克己复礼”相反，老子取得和谐的方式是“无为”。“万物负阴而抱阳，充气以为和”。③ “清净为天下正”，人们只须“守静”，一切顺应自然，社会就会自动地达成和谐美满。④ 老子的和谐观之所以有限，在于它太过消极。

先秦时期，五行家的和谐观比较接近于全面和谐。五行是一种多元思维体系，主张多样社会主体和多重社会关系共生、共存，以建立普遍和谐。在五行家看来，组成社会的各种要素之间只有特性的不同，没有高低贵贱之分。和谐的对象是全体社会成员和社会要素。这种和谐趋向在认识本体中发挥了积极作用。

---

① 杨伯峻：《论语译注》，中华书局 2014 年版，第 145 页。

② 杨伯峻：《论语译注》，中华书局 2014 年版，第 179 页。

③ 杨润根：《道德经》，华夏出版社 2003 年版，第 212 页。

④ 参见杨润根《道德经》，华夏出版社 2003 年版，第 223、266 页。

【作者简介】

史忠义（1951—　），浙江越秀外国语学院外国语言文化研究院首席研究员、中国社科院外文所研究员、社科院研究生院外文系博士生导师、中国外国文学学会法语文学分会会长、法国 *Nouvelles Humanités. Chine et Occident*（《中西新人文》）杂志第一主编。主要研究方向：中西比较诗学，中西思想史的比较研究。

栾栋（1953—　），浙江越秀外国语学院外国语言文化研究院首席研究员、广东外语外贸大学资深教授、博士生导师，兼治文史哲。

联系方式：史忠义　手机：15910934088　shizhongyi51@126. com

通讯地址：北京建国门内大街5号中国社科院外文所，邮编：100732。

神话学研究

神话学的反种族主义
——当代思想史学习导引

上海交通大学文科资深教授　中国社会科学院研究员
■叶舒宪

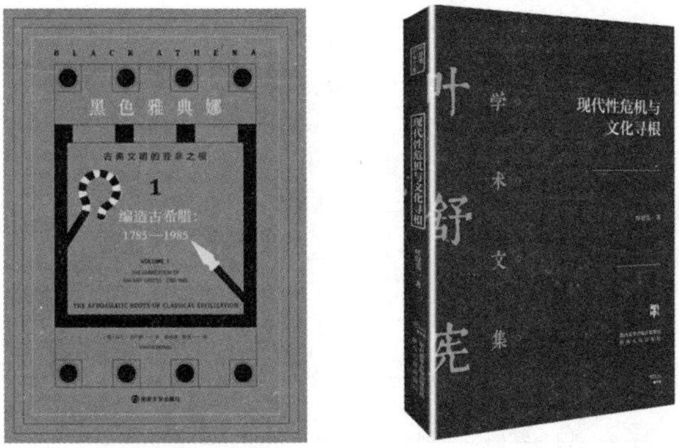

图1　《黑色雅典娜》与《现代性危机与文化寻根》

2020 年 11 月 14 日，上海交通大学神话学研究院举办“神话学与反种族主义”高端论坛，暨两部新书的发布——马丁·贝尔纳《黑色雅典娜》中文译本第一版（南京大学出版社 2020 年版）与叶舒宪《现代性危机与文化寻根》第二版（陕西人民出版社 2019 年版）。策划“神话学与反种族主义”这个论题，为的是给 2020 年这个不太平的年份，留下一种永久的学术纪念。

一　本论坛源起：学术背景和当下语境

种族主义是一种以自我种族为中心的偏见话语，认为人类群体彼此之间与生俱来的生理差异造成优劣高下之分，并据此认为自己所属的人种、民族或国家优越于其他的。

一般认为，作为一种意识形态的种族主义形成于19世纪，可以看作是帝国主义和殖民主义的意识形态毒瘤，二百年来在国际舞台上屡屡发作，也是当今时代建构人类命运共同体安全系数的主要威胁。经历过两次世界大战的人类，目睹过奥斯维辛集中营对犹太人的灭族屠杀惨剧，应该不会忘记种族主义价值观直接导致战争和屠杀的历史教训。正是在战后时代，出于对“二战”爆发的纳粹意识形态根源的深切理论反思，催生了一批具有极强批判精神的思想者。

或许有人以为中国境内只有为数极少的犹太人，也没有遭遇过德国法西斯的灭绝犹太人的血泪史体验；但是中国人民不会轻易忘记日本帝国主义犯下的同类法西斯罪行，并且每年都要悼念南京大屠杀的数十万同胞之冤魂。鸦片战争以来帝国主义列强，将中国人称为“东亚病夫”或“支那人”，其措辞中隐含的种族主义蔑视心理，昭然若揭。

本论坛首先要效法钱学森之问，发出我们的追问：为什么中国学界，学者人数众多，却没有人写出像《现代性与大屠杀》（1989）这样的警世大著？该书作者齐格蒙特·鲍曼（Zygmunt Bauman，1925—2017）原籍波兰，在反犹太运动中被解职和驱逐，流亡英国，以50多部著作跻身于当代最著名的社会理论大师之列。鲍曼对现代性社会制度之合法性的大胆质疑，充分继承了19世纪马克思对资本主义的批判质疑精神，也给《现代性危机与文化寻根》的写作带来重要启迪。这部书的写作属于2002年立项的中国社会科学院重大项目“新世纪全球文化格局与中国人文建设”子课题。

在全球反种族主义浪潮日益高涨的2020年，上海交大神话学研究院举办这次“神话学与反种族主义”专家论坛，其宗旨就是要旗帜鲜明地批判帝国主义殖民主义时代留下的种族主义意识形态之危害，尤其是要反思鸦片战争背景下发生的西学东渐运动，一百多年来遗留在中国现代教育中的欧洲中心主义。迄今为止，国内在这方面还没有任何规模性的和具有影响力的反思批判举措，而国际的学术史上已经树立起里程碑式的著作，非常值得借鉴。

20年前，笔者从西方文化自我再寻根的意义上，聚焦到人类学的《金枝》和后殖民批判的《黑色雅典娜》。20年后，本论坛再聚焦的是：贝尔纳的一个著述——《黑色雅典娜》（1987）和德里达与罗伯特·扬的两个著述——《白色神话》。（后者为：Robert Young，*White Mythologies*：*Writing History and the West*，1990）。前者认为，西方文明发生的根，不仅在希腊半岛的城邦，也在西亚和北非的更早文明；后者更尖锐地指出，由于帝国主义霸权话语的作用，迄今为止的世界史是欧洲中心主义支配下的白人征服世界的神话史。未来的世界史，有待于觉醒的第三世界和第四世界共同参与。

本论坛的策划，围绕《黑色雅典娜》在中国学界的传播史而展开，其三卷五册中文全译本在2020年之春的抗疫环境下问世。早在20年之前就向国内引荐这部英文书第一卷的评论文章《从〈金枝〉到〈黑色雅典娜〉》，在2009年拓展为专著（山东教育出版社2009年版），并在2020年得以再版，这就是陕西人民出版社新近推出的"叶舒宪学术文集"之一：《现代性危机与文化寻根》。

该书对当今的全球化社会提出风险预警式的判断，最大的风险有两个：瘟疫和战争。瘟疫的罕见大流行，出于人与自然之间关系的紧张和失衡；战争的起因，则在于人与人之间关系的紧张和失衡，其导火索往往是形形色色的种族主义。

回顾即将过去的2020年，瘟疫和战争这两大阴云笼罩全球，人类遭遇到的社会危机是前所未有的。走出危机的希望，除了公共卫生方面，也必然包括思想文化领域对抗政治病毒的严肃斗争。当某大国领导人公然宣称"某国优先"的处世态度时，其逆全球化的表态背后有一条潜藏的逻辑，这和"二战"发动时的"日耳曼族优先"逻辑，何其相似也。

人文学者如果面对这些严重威胁人类命运共同体的思想病毒视若无睹、无动于衷，那就会有失职之嫌。在"种族主义和民族主义VS国际主义"的二元对立中，马克思主义者毫无疑问始终站在国际主义一边，并将解放全人类作为共产主义的终极目标。

二　神话学的反种族主义：案例说明

为何说种族主义是帝国主义、殖民主义的思想观念毒瘤呢？这要从战后涌现出的这一批坚定的反殖民立场的思想者说起：

1.《黑色雅典娜》作者在“前言与致谢”中透露：自己写作这部书的故事，足以成为知识社会学研究的有趣个案。其个人教育背景是英国的中国学，即我们说的西方汉学。为什么一个即将冉冉升起的汉学家，其父亲还是李约瑟的密友，他自己也在“大跃进”年代来北京大学学习。却在后来完全放弃了中国研究，转向犹太历史研究呢？他隐约暗示的原因是，他自己就有犹太血统。在研究中他意识到，犹太史需要和埃及史、近东史相结合的视角。这样的视角转换，给自己带来重审希腊史渊源的新课题。

《黑色雅典娜》中译本序，还和《白色神话》作者一样，在反讽的贬义词意义上使用“神话”这个术语：

> 但很久以后，古希腊人在历史编撰上深深陷入 19 世纪北欧制造的“神话”中，这一神话使得他们迥然相异于他们南面和东面说闪米特语和埃及语的文化。（马丁·贝尔纳《黑色雅典娜》，郝田虎、程英译，南京大学出版社 2020 年版，第 2 页）

本文开篇已经说明，种族主义作为一种帝国主义意识形态，兴起于 19 世纪。贝尔纳为何要点明现代西方史学“在历史编撰上深深陷入 19 世纪北欧制造的‘神话’”？他之所以在书中尖锐批评的所谓“雅利安模式”，和德国纳粹标榜日耳曼民族代表纯种雅利安人的种族主义偏见，难道会没有因果关联吗？

我们先看看这部书目录中的部分小标题：

第 1 卷：

· 作为“进步”的欧洲

- 种族主义
- 19 世纪初期的种族主义
- 古埃及人是什么肤色?
- 反犹主义
- 20 世纪的雅利安主义

第 3 卷:

- 雅典是赛斯的一个殖民地?

这些小标题已经清楚表明作者的反种族主义立场和态度。按照贝尔纳的看法，是欧洲中心主义的历史编纂，有意地切断了古希腊历史与西亚北非历史的有机联系。而《黑色雅典娜》的副标题，就是《古典文明的亚非之根》。这个副标题的中译文，若能在“古典文明”前加上定语“西方”或“古希腊罗马”，就会更加意义精确。为什么这位具有犹太血统的英国白人学者，要为西方文明起源的人种肤色问题，大做翻案文章呢?

根据考古新发现的材料，揭示出孕育希腊文明的整个地中海文明的复杂脉络，这和中国学者在 20 世纪后期以来对中国文明寻根的考古学新认识，如出一辙。中国考古学界针对黄河流域的中原地区孕育出华夏文明国家的传统旧观念，重新提出一种称为“满天星斗”的理论模式，以苏秉琦先生的《中国文明起源新探》为代表，这和《黑色雅典娜》面对整个地中海文明为西方文明再寻根到西亚和北非的做法，有异曲同工的对照之妙。在此基础上，上海交大神话学研究院团队更进一步，不断拓展“中华文明探源的神话学研究”理论范式，于 2018 年提出“玉文化先统一长三角，再统一中国”的重要新命题，在 2019 年再提出“万年中国”说，给华夏文明的寻根的大课题带来另一种新思路。

2.《白色神话》，原为法国思想家德里达 1972 年发表的长篇论文当代标题。十八年后，后殖民理论的宗师罗伯特·扬，借用这个题目写出专书。在德里达和罗伯特·扬二位理论家的意识和潜意识中，犹太人的特殊历史命运都是始终挥之不去的。为什么两位作者要非常勇猛地批判攻击西方文明引以为自豪的核心价值观（逻各思）呢?莫非他们的个人出身和撰写《黑色雅典娜》的贝尔纳有什么相似之处吗?

图2　《白色神话》

3. 罗伯特·扬《白色神话》的第一页引述如下，对于上面的问题即使没有正面回答，也至少提供了解答的线索。其第一章“白色神话”开篇，是从追溯当代法兰西国家的后结构主义之历史背景入手的。一般的认识是上溯到1968年的五月革命，而罗伯特·扬则认为更重要的关注点是被法国殖民的非洲北部国家阿尔及利亚的独立战争。且看，一场反叛欧洲殖民统治的非洲国家的民族独立运动，如何牵动当代学术思想的敏感神经。

在这个方面，意味深长的是，除了其他人之外，萨特、阿尔都塞、德里达及利奥塔都或者出生于阿尔及利亚，或者个人卷入了那场战争事件。不过，让我们从海列娜·西苏的著名描述开始，这是一个阿尔及利亚裔法国犹太女孩对于那个时代的成长记忆：

> 我看见白色的（法国人）、上等的、有钱有势的、文明的世界怎样将自己的权力建立在对于底层的压迫之上，无产阶级、移民工人、没有好“肤色”的少数民族，突然变得可不见了。……
>
> 历史的常识是：存在着两个种族：即主人和奴隶。（罗伯特·扬《白色神话》，赵稀方译，北京大学出版社2014年版，第1页）

这位犹太裔女性思想家海列娜·西苏，从自己早年的殖民生活经验中，解读出黑格尔的“主人与奴隶”的辩证法。她所面对的压迫形式众多：殖民主义，种族主义、反犹主义和男性中心主义。她能够成为当代思想界最激进的女性主义学术代言人之一，绝非偶然。

不彻底解除此种主人与奴隶关系所造成的意识形态压迫，被奴役民族的文化自觉和文化自信，就无从谈起。此处需要链接另一位非洲裔法国思想家法农《黑皮肤，白面具》一书中的论断：

> 一切被殖民的民族——即一切由于地方文化的独创性进入坟墓而内部产生自卑感的民族——都面对开化民族的语言，即面对宗主国的文化。被殖民者尤其因为把宗主国的文化价值变为自己的二更要逃离他的穷乡僻壤了。他越是抛弃自己的黑肤色、自己的穷乡僻壤，便越是白人。（法农《黑皮肤，白面具》，万冰译，译林出版社2005年版，第9页）

法农所论说的这个道理，对于一切殖民地和半殖民地国家的人们，应该都是有效的。因为他们都面临着改变殖民主义世界观和本土文化再自觉的难题。若不经历一场彻底的解殖民化的再教育，就无法从根本上扭转由帝国主义和殖民主义奴化教育带来的殖民心态。近代以来中国建立的最早一批大学，都是在鸦片战争以来的帝国列强殖民化背景中孕育的。庚子赔款成为某些一流高校诞生的条件。但是迄今为止，我们的高等教育中还没有规模性的解殖民批判运动。欧洲中心主义观念也没有得到严肃的清理。多数人按照习以为常的惯性，在学术实践中不自觉地复制生产着、充斥着似是而非的外来殖民话语。以一百多年来中国文学史编撰的西方现代文学理论范式为例，中国古代根本就不存在诗歌与散文二分的文类范式。但是所有的文学史编写都不加分析地套用这个反映西方现代文学理论的二分模式，结果就将完全出于口传文化语境的《论语》错误地当成圣人孔子写下的散文！殊不知《论语》根本就不是出于孔子的手笔，而是其孔门弟子的再传弟子，在战国时代竹简书写出现之后的才被追记下来，成为文字文本的。2008 年北京奥运会开幕式，著名中国导演张艺谋导演的奥运会开幕式，让三千演员再现孔门教学的壮观景象，每人手持一部竹简书《论语》并高呼“有朋自远方来不亦乐乎”的欢迎词。这是完全弄错时代的误导和误判，迄今为止的中国考古学所发掘的竹简，还没有一片是属于春秋时代的。换言之，孔子所处春秋时代还不存在私人著书立说的媒介条件。《论语》这两个汉字都从“言”，即口说的意思。《论语》文本中也充斥着“子曰诗云”的口头文化之鲜明标记，却被殖民化语境中西学东渐带来的学术误导作用，变成所谓“散文”了！这是何种张冠李戴的荒唐戏剧啊，我们不能再让它继续上演下去，误导无数的中国学生和编剧导演们。本神话学研究院新成果《〈论语〉：大传统视野的新认识》（湖北人民出版社 2020 年版）就是为此解殖民批判的长远目标而推出的。这个案例表明，德里达所说的“白色神话”不只是西方学术界的痼疾顽疾，也早已经伴随着殖民时代以来的西学东渐的文化传播，成为中国近现代学术的痼疾顽疾。

图 3　《论语》：大传统视野的新认识

4. 从法国的黑人思想家法农，回到“白色神话”这个充满张力的专业词语的初创者——德里达，再从知人论世的意义上审视一下德里达本人的出身情况，尖锐的反种族主义的思想斗士“为什么是他”的问题，以及解构主义和后结构主义、后现代主义的诸多思想背景问题，就都可以迎刃而解。

以下一段，类似罗伯特·扬《白色神话》第一页的内容，出自国内学者魏柯灵所翻译的《德里达传》一书译后记：

> 实际上，从殖民到独立（1830—1962），阿尔及利亚经历了与法国上百年难解的纠葛，对于20世纪法国知识人造成了巨大的冲击，尤其是人生经验与其相关者，如加缪、阿尔都塞、布尔迪厄、德里达、利奥塔、西克苏，而其中一些之所以成为所谓“后现代”的一代大师，与此经历不无关系。德里达生于阿尔及利亚，12岁时因犹太身份被逐出学校，19岁第一次抵达巴黎，不久经历了阿尔及利亚独立战争所带来的巨大困扰与撕裂。（伯努瓦·皮特斯《德里达传》，魏柯灵译，中国人民大学出版社2014年版，第538页）

如此知人论世的历史语境的说明，非常有助于国内读书人去理解：以西方文明社会的“局外人”自居的文学家们，以倡导“他者”哲学而著称的思想家们，其思想发生的族群认同背景是怎样的。20世纪后期国内掀起的“后学”译介热潮，由于缺失对这种解殖民批判现实语境的充分认识，在某种程度上流于昙花一现，难以为继。今天有必要对解构主义和“后学”的解殖民批判精神加以重估和弘扬，激发和促进各个殖民地与半殖民地国家的本土文化自觉运动。

2001年德里达的中国之行，有三个站点：北京、南京和上海。笔者有幸在2001年9月8日在北京王府饭店会见德里达，并参加了四人访谈（照片：当时四人是：德里达、其著作的中文译者张宁、清华大学教授王宁和本人）。笔者在2009年提出“神话中国”说的理论命题，这是对德里达在上海讲学时公开表示的观点“中国没有哲学”命题的直接回应（德里达的法国同行弗朗索瓦·于连也对此命题做出理论发挥）：如果我们中国自身的古代传统中没有哲学，也没有哲学（没有逻各斯），那我们有什么呢？答案一定是“神话”（秘索斯，mythos）。2019年，

图4　德里达在北京，笔者摄于2001年9月8日

图5　2001年9月8日　访谈德里达（北京）

“神话中国”从论文标题，拓展为专书的书名，即三联书店新书《神话中国》（谭佳主编，生活·读书·新知三联书店2019年版。）可以将此视为：解殖民批判的学术运动，在中国的现在进行时。德里达在

2001 年上海的一个咖啡馆的电视里目睹了 911 惨剧，他在《9 月 11 日的概念》一书中公开表示对马克思的深切怀念；而如今打出“神话学反种族主义”旗号的我们，则在 19 年之后的上海，一边怀念马克思，一边怀念德里达。

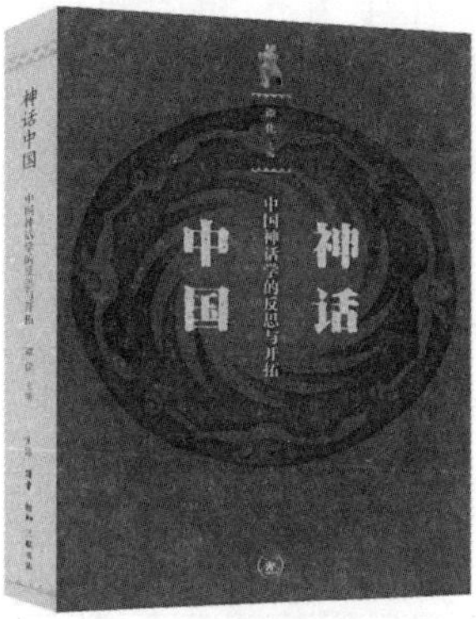

图 6　《中国神话》

三　全球主义：思想前瞻

按照“他山之石，可以攻玉”的中国逻辑，我们亚洲黄种人，虽然不会直接面对种族主义与反种族主义斗争的“黑白”二元选择，但是毕竟也有我们自己传统的辩证法呈现方式：即“中心与边缘”的二元对应模式，以《山海经》提供的天下大一统河山全覆盖的神话地理志为原初模型，划分为由内向外拓展空间的《五藏山经》和《海经》《大荒经》。如果中国多民族的神话学研究能够借助于这场发端于欧美的解殖民批判大潮的启迪，反思我们现行的学术范式和学术话语中根深蒂固的欧洲中心主义意识形态偏见，并且同时发现和反思中国传统的中原中心主义偏见意识形态和大汉族主义的话语霸权现象（参见叶舒宪《文学人类学教程》，中国社会科学出版社 2010 年版，第二章的相关批判认识。这是迄今国内文学研究界十分罕见的解殖民批判的本土实践。），努力尝试摸索出能够让每个族群获得本土性文化自觉的契机和渠道，这将是本论坛的学术拓展与现实意义的所在。

“合久必分，分久必合”，是中国古人的智慧金言。

从大历史和大传统视野来看，近年以来的分子人类学进展，已经根据基因测序数据百分之九十九的重合度，重新认定当今全世界人群的同源同种属性，即所谓“走出非洲”的人类起源论。六七万年以来，走出非洲的智人，依次向东和向北迁徙，他们是后来分布在五大洲的三大人种（白人、黑人和黄种人）的共同祖先。分子人类学和遗传学对人类起源问题的科学认知，给人类命运共同体的建构伟业带来巨大的思想观念动力（参看悉达多·穆克吉《基因传》，马向涛译，中信出版社2018年版；尤瓦尔·赫拉利《人类简史》，林俊宏译，中信出版社2014年版）。

为什么同源同根的人类会分化成不同的人种？又为什么在分化数万年之后，在经历近代以来民族国家的历史阶段后，借助于全球化发展的大趋势，又将重新整合为一个地球村居民的整体？五千年来没有中断的文明体中国，作为当今世界人口最多的大国，将以何种姿态迎接正在到来的全球市场产业链，如何调试其内循环与外循环的总体关系，对抗逆全球化而动的、不断“退群”的美国霸权，如何为一种“没有国界的世界”（莱斯特·布朗的著作名）做好心理的和价值观方面的准备？如何将马克思时代的国际主义精神，创造性的拓展为更加适应新时代的全球主义精神？

从文化寻根的学术意义看，世界神话学的丰富资源，将为思考这些未来学问题带来智慧和借鉴。卡梅隆导演的《阿凡达》已经将反种族主义的鲜明主题演绎为世界电影史的里程碑巨制。他让黑人演员出演潘多拉星球的纳威人女主人公，并给处于生态危机和生存危机中的地球人，重新点燃移民外星世界以便继续生存的希望。由此可以预期，“人类学想象”和“反种族主义”的变奏，将给未来全球的文艺创作和创意产品，带来的思想观念的双引擎。

【作者简介】

叶舒宪，文学博士，上海交通大学资深教授，文学人类学研究中心主任，曾任中国社会科学院比较文学中心主任，兼任中国民间文艺家协会副主席，文学人类学研究会会长，中国神话学会会长，中国比较文学学会副会长兼学术委员会主任。国家社科基金专家评审组成员。1999—2000 年美国耶鲁大学客座教授；2001 年英国学术院、剑桥大学访问教授；2003 年、2010 年荷兰皇家学院访问教授。2006 年新西兰奥塔哥大学讲座教授。2009 年台湾中兴大学客座教授。所倡导的文学人类学已形成新流派。出版《文学与人类学——知识全球化时代的文学研究》《中国神话哲学》《〈诗经〉的文化阐释》《庄子的文化解析》《高唐神女与维纳斯：中西文化中的爱与美主题》《原型与跨文化阐释》《图说中华文明发生史》《中华文明探源的神话学研究》《玉石神话信仰与华夏精神》等专著 50 部、译著《旧约中的民间传说》《活着的女神》等 6 部。

图 7　新神话主义的反种族主义

《阿凡达》：人类学想象与第四世界

通讯地址：上海市上海交通大学闵行校区东川路800号人文学院306办公室

联系方式：ye6208@163. com

【同意上传知网等网络】：同意，并在后边签名。

ANTIRACISME, MYTHOLOGIE ET CRITIQUE DE LA«MYTHOLOGIE BLANCHE»

——Éléments pour une histoire de la pensée critique contemporaine, en Occident et en Chine

YE Shuxian

L'Institut de la Mythologie de l'Université Jiaotong de Shanghai a tenu un grand forum«Mythologie et antiracisme»① le 14 novembre 2020. Ce forum a, de plus, donné lieu à une conférence de presse sur la publication de deux ouvrages: la traduction en chinois d'*Athènes noire* de Martin Bernal② et *Crise de la modernité et recherches des origines culturelles* de nous-même, YE Shuxian③.

C'est afin de laisser un souvenir ineffaçable des recherches menées durant l'année 2020, une année qui n'a pas été paisible, que nous avons choisi de reprendre ici le thème de ce forum.

---

① Mythologie renvoie ici à la mythologie blanche, telle qu'elle a été caractérisée par Robert C. Young.

② 1e édition, Presses de l'Université de Nanjing, 2020.

③ YE Shuxian, *Crise de la modernité et recherches des origines culturelles* («现代性危机与文化寻根»), 2e édition, éditions du Peuple du Shaanxi, 2020; première édition, Presses de l'éducation du Shandong, Jinan, 2009. En effet, ce livre est, l'un des ouvrages de la série académique de YE Shuxian récemment mise à jour par les éditions du Peuple du Shaanxi. Je pense qu'on pourrait supprimer ce qui est en jaune-précision qui n'aura pas beaucoup d'intérêt pour un lecteur occidental, étranger au détail des publications en Chine.

I. Contexte et situation actuelle de la recherche sur l'antiracisme et la«mythologie blanche»

Le racisme est un discours nourri de préjugés centrés sur la race de celui qui tient ce discours. Un tel discours considère que les différences physiques innées entre groupes humains conduisent à concevoir la division entre races supérieures et races inférieures. Les racistes concluent que leur propre race-il faut aussi dire leur nation ou leur état-est supérieure aux autres.

On considère en général que le racisme comme idéologie s'est formé au XIXe siècle et qu'il peut être vu comme un cancer de l'impérialisme et du colonialisme. Il réapparaît régulièrement sur la scène internationale depuis deux cents ans; il est aussi une menace importante pour la sécurité de la construction d'une communauté humaine de destin, aujourd'hui. Après les épreuves des deux guerres mondiales, les hommes, qui savent ce qu'a été le génocide des Juifs dans les camps d'extermination, ne doivent oublier ni les leçons historiques de ces guerres, ni les massacres qu'ont directement causés les«valeurs» du racisme. Après la Seconde Guerre mondiale, un ensemble de penseurs au très fort esprit critique a mené une profonde réflexion théorique sur l'origine de l'idéologie nazie, développée pendant cette guerre.

Certes, beaucoup estiment qu'il y a très peu de Juifs en Chine, que les Chinois n'ont pas connu l'histoire de sang et de larmes des Juifs exterminés par les fascistes allemands. Mais le peuple chinois ne peut facilement oublier les crimes fascistes du même ordre commis par les impérialistes japonais. Tous les ans, on pleure la disparition des centaines de milliers de compatriotes dans le grand massacre de Nanjing. Depuis la Guerre de l'Opium, les puissances impérialistes appellent les Chinois《les malades de l'Asie de l'est》ou《les Shinajins》. Le mépris raciste, que portent ces termes, est évident.

Tout d'abord, notre forum, comme l'a fait M. QIAN Xuesen (钱学森), a posé cette question: Pourquoi dans les milieux universitaires chinois, où les savants ne manquent pas, personne n'a rédigé un ouvrage tel que celui de Zygmunt Bauman, *Modernité et holocauste*①, une grande œuvre aux leçons importantes? Zygmunt Bauman (1925—2017) est d'origine polonaise. En 1968, dans le contexte de persécutions antisémites en Pologne, il s'exile en Israël, puis en Angleterre. Auteur d'une cinquantaine d'ouvrages, il compte, aujourd'hui, parmi les grands maîtres de la théorie sociale. Bauman a mis en question la légitimité du système social de la modernité. Héritier de la pensée de Karl Marx, critique du capitalisme du XIXe siècle, il a inspiré la rédaction de notre *Crise de la modernité et recherche des origines culturelles*. Ce livre appartient à un important projet de recherche soutenu en 2002 par l'Académie des Sciences Sociales de Chine: «Nouvelle organisation culturelle du monde en ce nouveau siècle et construction humaine de la Chine».

En 2020, alors qu'une vague antiraciste prend de l'ampleur dans le monde entier et répond au racisme, le forum «Mythologie et antiracisme» a entendu critiquer les crimes racistes et leurs idéologies, qui appartiennent au temps de l'impérialisme et du colonialisme. Ce forum a aussi entendu proposer une réflexion, d'une part, sur la diffusion des sciences et des systèmes de pensée occidentaux en Chine dans le contexte de la Guerre de l'Opium et, d'autre part, sur l'eurocentrisme rémanent dans l'enseignement chinois depuis une centaine d'années. Jusqu'à aujourd'hui, dans ce domaine, aucune réflexion, aucune critique, importantes et influentes, n'ont été conduites en Chine, alors que la recherche internationale est riche d'ouvrages qui ont fait date et offrent des réflexions qui peuvent être reprises.

Il y a vingt ans, j'ai porté une grande attention au *Rameau d'or*, ouvrage d'anthropologie, et à *Athènes noire* de Martin Bernal ②, qui appartient à la critique postcoloniale et reconsidère les origines culturelles de l'Occident. En 2020, notre forum s'est attaché à *Athènes noire*, à «La mythologie blanche» de

① Zygmunt Bauman, *Modernity and the Holocaust*, Ithaca, N. Y., Cornell University Press, 1989.

② Martin Bernal, *Black Athena. The Afroasiatic Roots of Classical Civilization*, trois volumes, Rutgers University Press, New Brunswick, New Jersey, vol. 1, 1987, vol. 2, 1991, vol. 3, 2006.

Jacques Derrida[①] et à *White Mythologies*: *Writing History and the West* de Robert J. C. Young[②].

Athènes noire montre que la civilisation occidentale s'enracine non seulement dans les cités-états de la péninsule grecque, mais aussi dans les civilisations plus anciennes de l'Asie occidentale et de l'Afrique septentrionale. «Mythologie blanche» et *White Mythology* exposent d'une manière plus mordante que, jusqu'à nos jours, l'histoire mondiale est une histoire mythologique de la conquête du monde par les Blancs-cette histoire est dominée par l'eurocentrisme. L'histoire du monde dans l'avenir sera celle de l'intervention du tiers-monde et du quart-monde, réveillés.

Ce forum a aussi examiné la diffusion d'*Athènes noire* dans les milieux intellectuels chinois. La version chinoise complète de cet ouvrage (trois livres en cinq tomes) est parue au printemps 2020. Mon article «Du *Rameau d'or* à *Athènes noire*» a présenté le premier tome de cet ouvrage anglais en Chine, et est devenu, sous ma plume, un livre en 2009, *Crise de la modernité et recherche des origines culturelles.*

Ce même livre alerte sur les risques que fait courir la société mondialisée d'aujourd'hui. Les deux les plus grands sont les épidémies et la guerre. Les épidémies, peu fréquentes, sont causées par la tension et les déséquilibres entre l'homme et la nature. Les guerres sont provoquées par les tensions et les déséquilibres entre les hommes, et elles sont déclenchées souvent par toutes sortes de racismes. Les hommes se sont trouvés face à une crise sociale sans précédent, crise liée à la pandémie mais également aux racismes qui risquent de déclencher une grande guerre. Outre les solutions qui relèvent de la santé publique, l'espoir de sortir de la crise inclut certainement une lutte sérieuse

① Jacques Derrida, «La mythologie blanche», dans *Marges de la philosophie*, Paris, Minuit, 1972, pp. 247 – 324. Première version dans *Poétique*, 1971.

② Robert J. C. Young, *White Mythologies*: *Writing History and the West*, Londres, Routledge, 1990.

contre le virus politique dans le domaine idéo-culturel. Quand le dirigeant de tel grand pays déclare ouvertement ce que sera son attitude face au monde entier, et qui se formule en«X pays d'abord», il y a là une attitude qui va à rebours de la mondialisation, et cache un principe d'action politique similaire à celui qui prévalait en Allemagne lors du déclenchement de la Seconde Guerre mondiale: le principe de«la primauté de la race germanique».

Si les gens de savoir humanistes restaient indifférents à ces «virus idéologiques» gravement préjudiciables à la communauté de destin de l'humanité, ils seraient soupçonnés d'avoir manqué à leurs devoirs. Face à la dualité qui oppose«le racisme, le nationalisme et l'internationalisme», sans nul doute, les marxistes se placent toujours, sans nul doute, du côté de l'internationalisme et voient dans la libération de toute l'humanité le but suprême du communisme.

II. Mythologie et antiracisme: analyses de cas

Pourquoi dit-on que le racisme est un cancer idéologique de l'impérialisme et du colonialisme? Pour y répondre, il faut d'abord considérer des penseurs qui, après la Seconde Guerre mondiale, ont fermement protesté contre le colonialisme.

1. L'auteur d'*Athènes noire* note dans sa préface et dans ses remerciements: l'histoire de la rédaction de son livre est sans conteste un cas intéressant pour la recherche sociologique sur le savoir. Martin Bernal a suivi un cursus d'études chinoises en Angleterre-ce que nous appelons la sinologie occidentale. Une question s'impose: pourquoi un jeune sinologue brillant, dont le père était très lié à Joseph Needham, et qui était venu parfaire ses études à l'Université de Beijing durant la période du grand bond en avant, a-t-il abandonné les recherches sur la Chine et s'est-il tourné vers la recherche sur l'histoire des Juifs? La raison qu'il a implicitement indiquée est la suivante: il est lui-même d'origine juive. Au cours de ses recherches, il a pris conscience que les études sur l'histoire juive doivent

s'inscrire dans les perspectives de l'histoire de l'égypte et dans celles de l'histoire du Proche-Orient. Ce changement des orientations de la recherche a suscité un nouveau projet: réexaminer les origines de l'histoire grecque.

Comme le fait l'auteur de *La Mythologie blanche*, Martin Bernal utilise ironiquement, dans la préface qu'il a écrite spécialement pour la version chinoise d'*Athènes noire*, le terme de«mythe», compris de manière péjorative:

> Mais longtemps après, dans la rédaction de leur histoire, les anciens Grecs ont été profondément enfoncés dans«les mythes»du type de ceux produits par l'Europe du nord au XIXe siècle. Ces mythes les distinguent nettement des cultures sémitique et égyptienne au sud et à l'est de leur territoire. ①

Au début de cet article, nous avons rappelé que le racisme, compris comme une idéologie impérialiste, était apparu au XIXe siècle. Pourquoi Martin Bernal a-t-il indiqué que, dans l'écriture de l'histoire, l'historiographie occidentale moderne s'est profondément enfoncée dans«les mythes», du type de ceux qui ont été produits par l'Europe du nord au XIXe siècle? N'y a-t-il pas un lien de causalité entre le prétendu«modèle aryen», qu'il critique vivement dans son livre, et le préjugé raciste que les nazis allemands célèbrent (les Germains représentent les purs Aryens)?

Considérons d'abord les sous-titres de certains chapitres que l'on trouve dans la table des matières de cet ouvrage:

> Livre I
> - L'Europe continent du progrès (sous-titre du chapitre 4)
> - Le racisme (sous-titre du chapitre 4)

① Martin Bernal, *Athènes noire*, traduit par HAO Tianhu (郝田虎) et CHENG Ying (程英), Nanjing, Presses de l'Université de Nanjing, 2000, p. 2.

- Le racisme au début du XIX^{e}siècle (sous-titre du chapitre 5)
- Quelle était la couleur de peau des anciens égyptiens? (*ibid.*)
- Les Phéniciens et l'antisémitisme (sous-titre du chapitre 8)
- L'aryanisme au XXe siècle (sous-titre du chapitre 9)

Livre Ⅲ

- Athènes est une colonie de Seth (sous-titre du chapitre 22)

Tous ces sous-titres montrent clairement en quoi consistent la position et l'attitude antiracistes de Martin Bernal. Pour lui, l'historiographie euro-centriste a coupé à dessein les liens organiques entre l'histoire de la Grèce antique et celle de l'Asie occidentale et de l'Afrique septentrionale. *Athènes noire* a pour sous-titre«L'origine afro-asiatique de la civilisation classique». Si l'on ajoute l'épithète«occidentale» ou«gréco-romaine»à《la civilisation classique》 dans la traduction chinoise de ce sous-titre, le sens devient plus précis. Pourquoi ce savant anglais blanc, d'origine juive, pose-t-il le problème de la couleur de la peau, de la race de ceux qui sont à l'origine de la civilisation occidentale?

Les découvertes archéologiques récentes ont dévoilé le tissu complexe de toute la civilisation méditerranéenne qui a engendré la civilisation grecque. Ces résultats sont analogues à ceux qu'ont apportés les nouvelles recherches archéologiques sur l'origine de la civilisation chinoise, menées par les experts chinois depuis la fin du XXe siècle. Les archéologues chinois proposent un nouveau modèle de l'histoire de la Chine ancienne, nommé«un ciel étoilé». Ce modèle s'oppose à la manière ancienne et traditionnelle de caractériser l'état civilisé chinois, conçu et développé dans les plaines centrales du bassin du Fleuve Jaune. *Nouvelle recherche sur l'origine de la civilisation chinoise* de M. SU Bingqi (苏秉琦)① illustre l'application de ce nouveau modèle. Cet ouvrage fait

① SU Bingqi (苏秉琦), *Nouvelle recherche sur l'origine de la civilisation chinoise* («中国文明起源新探»), Beijing, éditions Sanlian, 2019 (la première édition date de la fin des années quatre-vingts du siècle précédent).

écho à *Athènes noire*, qui a cherché dans l'ensemble de la civilisation méditerranéenne l'origine de la civilisation occidentale. à partir de ce nouveau modèle du développement de l'état chinois, l'Institut de la Mythologie de l'Université Jiaotong de Shanghai a sans cesse enrichi le modèle et la théorie des «études mythologiques dans le cadre de la recherche sur l'origine de la civilisation chinoise». Nous avons proposé en 2018 un nouveau thème de recherche important, suivant lequel «la culture de jade s'étend d'abord dans le Delta du Fleuve Yangtzé, puis dans toute la Chine». En 2019, nous avons proposé une nouvelle perspective de recherche: «la Chine a une histoire de dix mille ans». Cette perspective a permis d'appuyer sur une logique originale ce qui est un grand thème de recherche: les origines de la civilisation chinoise.

2. L'expression «Mythologie blanche» est originellement le titre d'un long article publié en 1971 par Jacques Derrida. Dix-huit ans plus tard, Robert Young, grand maître de la théorie postcoloniale, reprend ce titre. Dans la conscience et le subconscient de ces deux théoriciens, Jacques Derrida et Robert J. C. Young, le destin historique des Juifs est omniprésent. Pourquoi ces deux auteurs critiquent-ils violemment le *logos*, tenu pour être le fondement de la civilisation occidentale? Leurs expériences personnelles ressemblent-elles à celles de Martin Bernal, auteur d'*Athènes noire*?

3. Je cite ci-dessous la première page du premier chapitre de *La Mythologie blanche* de Robert J. C. Young. Même si elle ne répond pas directement aux questions qui viennent d'être posées, elle offre tout au moins ce qui est leur clef. Cette page remonte aux circonstances historiques du poststructuralisme français. En général, on remonte au mouvement de Mai 68, mais Robert Young pense qu'il faut attacher plus d'importance à la Guerre d'Indépendance de l'Algérie, pays de l'Afrique du nord colonisé par la France. Voyez comment le mouvement d'indépendance nationale d'un pays africain, dirigé contre la colonisation européenne, a eu une influence sur la sensibilité et l'esprit de chercheurs contemporains.

Il est à ce propos significatif que, parmi d'autres, Sartre, Althusser, Derrida et Lyotard, sont soit nés en Algérie, soit personnellement engagés dans cette guerre. Mais commençons par la remarquable description, donnée par Hélène Cixous, de ce à quoi ressemblait à cette époque le fait de grandir en tant que jeune fille judéo-française et algérienne:

«J'ai vu comment le monde blanc (les Français), ploutocratique, civilisé, a fondé son pourvoir sur la répression des populations devenues invisibles, les prolétaires, les travailleurs immigrés, les minorités qui n'avaient pas la bonne couleur de peau.

[…]

Attitude banale dans l'Histoire: il faut qu'il y ait *deux* races, les maîtres, les esclaves». ① L'original anglais dit les maîtres Et ce qui est entre guillemets est entièrement une citation tirée de Cixous par Young.

Hélène Cixous, penseur d'origine juive, a interprété la dialectique hégélienne du «maître et de l'esclave» à partir de ce qu'était sa vie quotidienne dans l'Algérie coloniale de sa jeunesse. Elle considère plusieurs formes d'oppression: le colonialisme, le racisme, l'antisémitisme et le patriarcat. Ce n'est pas un hasard qu'elle ait pu devenir une des porte-paroles du féminisme, parmi les plus radicales du monde intellectuel contemporain.

Si on ne se débarrasse pas radicalement de l'oppression idéologique causée par la relation entre maitres et esclaves, la conscience et la confiance culturelles ne seront pas possibles pour les nations qui ont été asservies. Il faut ici mentionner ces remarques de Frantz Fanon, penseur français d'origine antillaise, dans son livre *Peau noire, masques blancs*:

① Robert Young, *La Mythologie blanche*, traduit par ZHAO Xifang (赵稀方), Beijing, Presses de l'Université de Béjing, 2014, p. 1.

> Tout peuple colonisé – c'est-à-dire tout peuple au sein duquel a pris naissance un complexe d'infériorité, du fait de la mise au tombeau de l'originalité culturelle locale – se situe vis-à-vis du langage de la nation civilisatrice, c'est-à-dire de la culture métropolitaine. Le colonisé se sera d'autant plus échappé de sa brousse qu'il aura fait siennes les valeurs culturelles de la métropole. Il sera d'autant plus blanc qu'il aura rejeté sa noirceur, sa brousse. ①

L'argument de Fanon s'applique aux peuples de toutes les colonies et de tous les états semi-coloniaux, parce que ces peuples affrontent les difficiles problèmes du passage d'une vision colonialiste d'eux-mêmes à la conscience qu'ils peuvent avoir de leur culture locale propre. Il faut une rééducation complète, menée sous le signe de la décolonisation, pour radicalement effacer la psychologie de l'état de colonisés, qu'ont causée l'impérialisme et une éducation indissociable de l'asservissement colonial.

Les premières universités chinoises modernes sont nées, après la Guerre de l'Opium, dans le contexte de la colonisation menée par les puissances impérialistes. Les indemnités de *Gengzi* ② ont permis d'établir certaines des meilleures universités du pays. Mais jusqu'à aujourd'hui, il n'y a eu aucun mouvement de critique décolonisatrice de grande envergure dans notre enseignement supérieur. L'eurocentrisme n'a pas été sérieusement mis en évidence. La plupart des universitaires chinois se sont inconsciemment habitués, dans leurs recherches, à reproduire des discours coloniaux spécieux. Ainsi, prend-on, depuis une centaine d'années, pour modèles les paradigmes critiques des littératures occidentales modernes et contemporaines afin d'écrire l'histoire de la littérature

① Frantz Fanon, *Peau noire, masques blancs*, Paris, Le Seuil, 1952. édition électronique, Classiques des sciences sociales, Université du Québec à Chicoutimi, pp. 37 – 38.

② La Chine fut contrainte de signer un traité humiliant selon lequel elle devait payer une grosse indemnité en 1900, année *Gengzi* dans le calendrier lunaire chinois. Note du traducteur.

chinoise. La Chine ancienne ne connaît pas la dichotomie de la poésie et de la prose. Mais toutes les histoires de la littérature chinoise appliquent mécaniquement, sans aucune analyse, ce modèle de la dichotomie, et reflètent ainsi la critique littéraire occidentale moderne. D'autres dichotomies, par exemple, celle de l'oral et de l'écrit, sont utilisées à tort. Ainsi, prend-on faussement *Les Entretiens* de Confucius, qui appartiennent complètement à une culture de tradition orale, pour des proses écrites par le saint Confucius ! Or, *Les Entretiens* n'ont pas été rédigés par Confucius, mais recueillis par les arrières-disciples de ses disciples après que l'écriture fut apparue sur les tablettes de bambou durant la Période des Royaumes Combattants. Les paroles de Confucius sont ainsi devenues des textes écrits. Lors de la cérémonie d'ouverture des Jeux Olympiques de Beijing en 2008, ZHANG Yimou (张艺谋), réalisateur chinois très connu, a reconstitué, avec trois mille acteurs, la magnifique scène de l'enseignement de l'école de Confucius. Chacun de ces acteurs crie à haute voix les paroles de bienvenue-«Si des amis viennent de loin recevoir ses leçons, n'éprouve-t-il pas une grande joie?» – – en ayant en main un volume des *Entretiens de Confucius* en tablettes de bambou. ZHANG Yimou s'est trompé d'époque; il est dans une erreur totale. Encore aujourd'hui, aucune tablette de bambou qui appartienne à la Période des Printemps et Automnes, n'a été découverte par les archéologues chinois. En d'autres termes, dans la Période des Printemps et Automnes, celle où vivait Confucius, il n'existait pas des objets qui auraient permis à quiconque de composer des ouvrages et d'exposer une doctrine, quelle qu'elle fût. Les deux caractères chinois "论" (lún) et "语" (yǔ) ont une part commune "言" (yán), qui veut dire parler. *Les Entretiens de Confucius* sont constellés d'expressions telles que «Confucius dit», «*Le classique des vers* dit», toutes des marques claires de la culture orale. Ce classique est cependant dit être de la «prose», parce qu'il est vu selon la perspective des sciences et des systèmes de connaissance occidentaux diffusés en Chine durant la colonisation. On est comme dans une pièce de théatre ridicule! On ne doit pas permettre de continuer à se jouer d'innombrables étudiants, dramaturges et réalisateurs chinois et à les fourvoyer. Un ouvrage, *Les Entretiens: nouvelles connaissances dans la perspective de la grande tradition* (« ‹ 论语 › : 大传统视野的新认识 ») [1], est le fruit de la recherche de notre Institut de la Mythologie, menée dans la perspective à long terme d'une critique décolonisatrice. Cela montre que la mythologie blanche dont parle Derrida n'est pas seulement une maladie chronique et constante des milieux scientifiques occidentaux, mais aussi celle des milieux de la recherche moderne en Chine-il faut répéter l'influence de la diffusion culturelle des sciences et des systèmes de savoir occidentaux en Chine, depuis l'époque de la colonisation.

4. Passons de Fanon, penseur noir français, à Derrida, inventeur de l'expression riche de tensions«mythologie blanche», puis considérons la situation de Derrida, selon ce précepte: «Connaître d'abord la personne et son temps avant de connaître les raisons de ses points de vue» [2]. Ainsi, peut-on répondre facilement à ces deux questions: pourquoi a-t-il été un combattant antiraciste courageux? Comment caractériser les problèmes idéologiques du contexte du déconstructionnisme, du poststructuralisme et du post-modernisme? Parce que Derrida a effectivement été fidèle à son identité et s'est considéré comme un étranger dans la civilisation occidentale, il a pu critiquer et déstructurer la«mythologie blanche».

Le paragraphe suivant, semblable au contenu de la première page du premier chapitre de *La Mythologie blanche* de Robert J. C. Young, est tiré de la postface de WEI Keling (魏柯灵), à sa traduction de *Derrida*, biographie du philosophe français; ce paragraphe définit le lien entre divers penseurs français et le contexte colonial:

---

① YE Shuxian, XIAO Bing (萧兵), *Les Entretiens: nouvelles connaissances dans la perspective de la grande tradition* (« ‹ 论语 › : 大传统视野的新认识 »), Wuhan, éditions du Peuple du Hubei, 2020.

② C'est une maxime laissée par Mensus.

En effet, de la période coloniale à l'indépendance, l'Algérie a connu une histoire troublée de cent ans avec la France. Cela a fortement frappé les intellectuels français du XXe siècle, surtout ceux qui ont eu une expérience de vie liée à cette histoire, par exemple Camus, Althusser, Bourdieu, Derrida, Lyotard et Cixous. Si certains parmi eux sont devenus de prétendument grands maîtres post-modernes, cela n'est pas sans lien avec cette expérience. Derrida est né en Algérie, et à l'age de douze ans, il a été expulsé de son école à cause de son identité juive. Arrivé à Paris à l'age de dix-neuf ans-son premier séjour dans cette ville-, il connaît, peu de temps après, un grand désarroi et un déchirement, causés par la Guerre d'indépendance algérienne. [①] L'adverbe prétendument me gêne, en principe, il indique qu'il y a quelque chose de faux. Est-ce que cette indication d'une fausseté existe bien dans l'original en chinois «Par quoi remplacer prétendument».

Cette explication par le contexte historique, en une application du précepte «connaître d'abord la personne et son temps avant de connaître les raisons de ses points de vue», permet aujourd'hui aux intellectuels chinois de comprendre pourquoi des écrivains se sont considérés comme étrangers à leur société et à la civilisation occidentales et pourquoi des penseurs sont devenus célèbres pour avoir promu la philosophie de l'autre. Il faut dire un double contexte: celui de l'Afrique où bien de ces écrivains et penseurs sont nés, et celui de l'Occident même, terre des Blancs et de l'eurocentrisme.

A la fin du XXe siècle, l'introduction du post-colonialisme en Chine a suscité l'engouement des intellectuels chinois; mais, faute de connaissances précises du contexte réel de la critique décolonisatrice, cet engouement fut

① Postface de WEI Keling à Benoît Peeters, *Derrida*, traduit par WEI Keling, Presses de l'Université du Peuple chinois, 2014, p. 538.

éphémère. Il est aujourd'hui nécessaire de réévaluer et de promouvoir la déconstruction, l'esprit de la critique de décolonisatrice, la doctrine postcoloniale, de stimuler et d'encourager le mouvement d'une prise de conscience culturelle locale dans toutes les colonies et dans tous les pays semi-coloniaux.

En 2001, Derrida, lors d'un voyage en Chine, s'est arrêté dans trois villes: Beijing, Nanjing et Shanghai. J'ai eu l'honneur de rencontrer Derrida à l'Hôtel Palais princier de Beijing le 8 septembre 2001; et j'ai alors participé à un entretien qui, outre moi-même, comptait Derrida, ZHANG Ning/张宁, traductrice chinoise de ses œuvres, et WANG Ning/王宁, professeur à l'Université Tsinghua. En 2009, j'ai proposé pour thème de recherche un sujet à caractère théorique, «La mythologie chinoise», réponse directe à la thèse qui soutient que «la Chine n'a pas de philosophie». Cette thèse appartient manifestement à ce qu'a dit Derrida lors de sa conférence à Shanghai. François Julien, philosophe et sinologue français, a développé ce même type de thèse dans une perspective théorique. Une question s'impose: si la tradition antique de la Chine n'a connu ni la philosophie ni le logos, qu'avons-nous donc? La réponse est certainement: «le mythe» (mythos). En 2019, le titre de mon article «la mythologie chinoise»[1] est devenu celui d'un livre, *La mythologie chinoise*, publié par la Librairie *Sanlian*[2]. On peut considérer que cet ouvrage appartient au mouvement de la critique décolonisatrice, qui a actuellement cours en Chine. Derrida a vu la catastrophe du 11 septembre à la télévision, dans un café de Shanghai, en 2001. Dans «Le "concept" du 11 septembre»[3], il a rendu hommage à la mémoire de Karl Marx. Dix-neuf ans plus tard, à Shanghai, sous la bannière de «l'anti-racisme de la mythologie», nous rendons hommage non

① YE Shuxian, «L'histoire de la mythologie chinoise: de la mythologie chinoise à la Chine mythique» (《中国的神话历史——从"中国神话"到"神话中国"》), *Le Journal de l'Institut de Baise* (《百色学院学报》), 2009, n°1.

② TAN Jia/谭佳 (éd.), *La mythologie chinoise*, Beijing, Librairie *Sanlian*, 2019.

③ Jacques Derrida, Jürgen Habermas, *Le «Concept» du 11 Septembre*, Paris, Galilée, 2004.

seulement à la mémoire de Karl Marx, mais aussi à celle de Jacques Derrida.

Ⅲ. Le mondialisme: une prospective de la pensée

Selon l'adage chinois«Les avis d'autrui peuvent nous aider à rectifier nos erreurs», bien que nous, les jaunes d'Asie, n'ayons pas à choisir l'antiracisme et à refuser le racisme, nous avons notre propre dialectique traditionnelle, celle de la dualité«du centre et de la marge». De celle-ci est indissociable le modèle originel d'une géographie mythologique décrite par *Le Classique des Montagnes et des Mers* («山海经»): la géographie de l'unification du monde et du rassemblement de tous les territoires. Du *Livre des montagnes des cinq trésors* («五藏山经») au *Livre des terres au delà des mers* («海经»), puis au *Livre des vastes étendues sauvages* («大荒经»), l'espace est présenté comme s'étendant de l'intérieur vers l'extérieur. La recherche sur la mythologie multinationale propre à la Chine doit pouvoir s'inspirer et tirer profit de la vague de la critique décolonisatrice, initiée en Europe et aux états-Unis. Cette recherche doit en conséquence examiner l'idéologie et les préjugés de l'eurocentrisme, encore ancré dans nos modèles et nos discours scientifiques. Cette recherche doit, en même temps, mettre à jour l'idéologie et les préjugés du centrisme indissociable des plaines centrales et l'hégémonie et le chauvinisme du discours Han. Cette recherche doit considérer tous ces points[①], et s'évertuer à trouver les occasions et les moyens pour que soit atteinte une conscience culturelle locale propre à chaque communauté ethnique. C'est le sens, aussi bien au regard de la recherche universitaire que des réalités quotidiennes, de ce forum du 14 novembre 2020.

L'unification longue (et, en conséquence, affaiblie) passe inévitable-

① Pour des éléments connexes, voir le deuxième chapitre des *Cours d'anthropologie littéraire* («文学人类学教程») de YE Shuxian (叶舒宪), éditions des sciences sociales de Chine, 2010. Jusqu'à aujourd'hui, la pratique de la critique décolonisatrice est restée locale, et très rare dans les milieux de la recherche littéraire en Chine.

ment à la division, en revanche, la longue division passe nécessairement à la réunification. Voilà la sagesse des anciens Chinois.

Dans la perspective de la grande histoire quelle grande histoire? Celle de l'humanité? et de la grande tradition quelle grande tradition?, le progrès de l'anthropologie moléculaire de ces dernières années, avec un coefficient de chevauchement de 99% des données du séquençage du génome, a à nouveau confirmé que les peuples du monde actuel ont une même origine et sont homogènes. On revient ainsi à ce qu'on pense être l'histoire de l'origine de l'humanité et à son mouvement«out of Africa». Il y a soixante mille ou soixante-dix mille ans, Homo-Sapiens a quitté l'Afrique et s'est mis en marche vers l'est, puis vers le nord. Il est l'ancêtre commun aux trois races (les Blancs, les Noirs et les Jaunes), réparties sur les cinq continents. L'anthropologie moléculaire et la génétique, par la connaissance qu'elles apportent sur l'origine des êtres humains, motivent amplement ce qui est une grande cause: la construction d'une communauté de destin pour l'humanité. ①

Pourquoi les hommes d'une même origine se sont-ils divisés en diverses ethnies? Pourquoi après des dizaines de milliers d'années de séparation et après le temps de états nationaux-époque moderne-, les diverses ethnies se fondent-elle en un ensemble, celui des habitants du village planétaire, en mettant à profit le grand mouvement de la mondialisation? Comment la Chine, pays le plus peuplé du monde et riche d'une histoire et d'une civilisation ininterrompues de cinq mille ans, accueillera-t-elle la chaîne industrielle du marché mondial en train de se former? Comment la Chine construira-t-il les rapports entre la «circulation intérieure»et la«circulation extérieure»② pour s'opposer à l'hégémonie

① Voir Siddhartha Mukherjee, *Le Gène*, traduit par MA Xiangtao（马向涛）, Presses CITIC, 2018 et Yuval Harari, *Une histoire breve de l'humanité*, traduit par LIN Junhong（林俊宏）, Presses CITIC, 2014.

② Les termes de«Circulation intérieure»désignent la promotion des besoins domestiques de l'économie chinoise; l'accent mis sur cette promotion par les dirigeants chinois en 2020 entend marquer une opposition à la guerre commerciale déclenchée alors par l'ancien président américain. Les termes de«Circulation extérieure»désignent les échanges commerciaux internationaux usuels, gravement empêchés par la guerre commerciale qui vient d'être citée.

des états-Unis, contraire à la mondialisation et cause de l'abandon des organisations internationales par ce pays même? Comment peut-on se préparer à faire face à«un monde sans frontières» (le titre d'un livre de Lester Brown), sur le plan mental et sur celui des valeurs? Comment peut-on transformer de manière créative l'internationalisme de l'époque de Karl Marx en un mondialisme mieux adapté à la nouveauté de notre temps?

Dans la perspective de recherches sur les origines culturelles, les abondantes ressources des mythologies du monde entier offrent des réponses et des leçons de sagesse à ces questions que pose la futurologie. Le film *Avatar*, un monument de l'histoire du cinéma, réalisé par James Cameron, expose, de manière claire, le thème de l'antiracisme. James Cameron a choisi une actrice noire pour jouer l'héroïne qui vit sur la planète Pandora. Ce film a fait renaître l'espoir que les habitants de la Terre, pris dans une crise écologique et dans une crise existentielle, puissent émigrer sur les planètes extraterrestres pour continuer à vivre. Aussi, peut-on prévoir que«l'imagination de l'antropologie»et «l'antiracisme», dans leurs diverses formes, constituent deux moteurs pour la création littéraire et artistique, pour la création de produits originaux dans le monde du futur.

YE Shuxian
Professeur senior des sciences humaines
Université Jiaotong de Shanghai
et directeur de cherches à l'Académie des Sciences Sociales de Chine
Traduit par QI Zhaoyuan
Centre d'études Francophones
Université des études Internationales de Xi'an

俄罗斯文学研究

论丘特切夫诗歌中的哲理抒情

■吴　笛

【摘　要】19世纪俄国诗人丘特切夫是一位具有深邃的哲理思想和浓郁的抒情色彩的优秀诗人。他的艺术成就是多方面的，不仅是公民诗的开创者，也是自然诗的倡导者。他主张“隐匿”感情，并且让“梦想”深深地藏匿。表面上看，这似乎与浪漫主义的诗学主张相悖，实际上，该诗是用极为独特的方式呈现和丰富了浪漫主义的诗学主张。而在“杰尼西耶娃组诗”中，丘特切夫一改早期公民诗中的乐观情绪，有着浓郁的忧伤，也有着炽热心灵的真切而深沉的搏动，为俄罗斯诗歌艺术的发展增添了独特的色彩。

【关键词】丘特切夫　诗歌创作　哲理性　抒情性

The Philosophical Lyricism in Fedor Tyutchev's Poetry

(Wu Di)

【Abstract】The 19th century Russian poet Fedor Tyutchev was an excellent poet with deep philosophical ideas and strong lyricism. His artistic achievements were manifold, not only as a pioneer of civic poetry, but also as an advocate of nature poetry. He advocated the "concealment" of feelings and the deep concealment of "dreams". On the surface, this seems to be contrary to the poetics of Romanticism, but in fact, the poem presents and enriches the poetics of Romanticism in a very unique way. In "Denisieva poems", Tyutchev changed the optimistic mood of his early civic poems to one of intense sadness and the true and deep throbbing of a burning heart, adding a unique color to the development of Russian poetry.

【Key words】Fedor Tyutchev　poetic composition　philosophical ideas　lyricism

丘特切夫的诗歌主题是多方面的，他不仅是一位被车尔尼雪夫斯基等评论家称道的公民诗人，也是一位具有深邃思想的哲理诗人，还是一位崇尚自然的浪漫主义诗人，更是一位富有细腻情感的爱情抒情诗人。尤其是他所创作的“杰尼西耶娃组诗”代表了丘特切夫抒情诗的艺术成就。“他在杰尼西耶娃生前创作的诗歌以及纪念她的诗歌，一直被视为俄罗斯抒情诗的最高成就。”① 而且，无论什么题材，他都能汲取俄罗斯诗歌艺术的精髓，并且借鉴西欧诗歌的技巧，是一位善于融汇民族文学与世界文学的精华，并且具有浓郁的现代意识，无疑是西方现代主义诗歌的一个出色的先驱。

一　公民诗的开创者与自然诗的创导者

丘特切夫无论抒写什么题材，总是以深邃的哲理性和浓郁的抒情性见长。他是一位善于在蕴含浓郁情感的抒情诗中展现哲理思想的诗人。在宗教哲学主题方面，他继承杰尔查文的传统，风格崇高庄严；在社会政治主题方面，他目光锐利，笔触辛辣；在自然主题的诗篇中，他的诗受到泛神论思想的影响，风格清新，语言淳朴；而在爱情主题方面，因为所经历的独特的爱情悲剧体验，他的诗情真意切，细腻感人。

作为“公民诗人”，丘特切夫与涅克拉索夫等诗人所创作的公民诗

① Н. Берковский. "Ф. И. Тютчев". См.: Ф. И. Тютчев. *Полное собрание стихотворений*, Л.: Советский писатель, 1987. с. 38.

有许多共同之处。早在19世纪30年代，丘特切夫就掌握了“穷人”这一主题。他翻译过贝兰瑞的《我不得不在山沟里结束我的生命……》等诗篇，显然受到一定的影响。四五十年代，丘特切夫所创作的《人间的泪水，啊，人间的泪水》（1849）、《这些可怜的村庄……》（1855）和《可怜的乞丐》（1850）等诗篇，更是对那些被侮辱和被压迫的人流露出浓郁的社会同情心。

在《人间的泪水，啊，人间的泪水》一诗中，一些扬抑抑格的韵式，以及“看不见的”（незримые）、“无穷无尽的”（Неистощимые），“不可估量的”（неисчислимые）等长音节单词的连续运用，配合来自自然界雨水的运动以及来自人类泪水的流动：“你流啊流啊，永远不断流去，/就像凄凉秋天里深夜的苦雨。”[①] 这一描写，升华了人间的哭声，充满了对社会同情心的呼唤。

作为自然诗人，丘特切夫深受泛神论思想的影响，而且具有浓郁的浪漫主义情怀。正是泛神论思想的作用，丘特切夫的诗歌有了独特的张力。“从主要的能量来看，丘特切夫的抒情诗是人类灵魂和人的意识扩张的激情冲动，是它们向外部世界的无尽拓展。诗人是富有的，时间充实了他，以至于他自己的精神存在对于别人和世间万物来说都是极为充分的。丘特切夫的抒情诗向我们证实，人与在空中盘旋的风筝、与高原流动的小溪、与在水中弯腰的可怜的柳树，其身份是完全相同的。在丘特切夫的抒情诗中，整个世界都与意识和意志结合在一起。”[②] 在丘特切夫看来，自然界所存在的不仅是美，而且还有思想。在题为《诗》的抒情诗中，他表达了艺术与大自然的一体性关系：

在雷雨之中，在火焰之间，
伴着沸腾的激烈迸发的情怀，
以及自然力的灼热的纷争，

---

① ［俄］丘特切夫：《丘特切夫抒情诗选》，陈先元译，漓江出版社1986年版，第125页。

② Н. Берковский. “Ф. И. Тютчев”，См.：Ф. И. Тютчев. *Полное собрание стихотворений*，Л.：Советский писатель，1987. с. 19.

她从天空向我们疾驶而来——

上苍之女奔向大地之子，
眼神中带着蔚蓝的明晰，
于是对着汹涌澎湃的大海，
倾泻出安抚人心的香脂。①

（吴笛　译）

在《不，大自然，不是你想的那样》一诗中，他写道："自然有灵魂，自然有自由，/自然有爱情，自然有语言……"②

如同西欧抒情诗人一样，丘特切夫喜欢抒写梦境，在题为《幻象》的诗中，他写道：

夜晚的某一时刻，世界一片沉寂，
在那充满奇迹和幻象的时分，
宇宙的一辆生死攸关的战车
毫不顾忌地朝着天穹迅疾驶进。

其后夜色越发浓密，如同水中混沌，
遗忘压制着大地，如同擎天神；
唯有上帝派遣的谜一般的梦幻
搅扰着缪斯的纯洁无瑕的心灵。③

（吴笛　译）

在这首题为《幻象》的诗中，丘特切夫通过对夜的描写，表达了大自然的神秘，他不像莎士比亚在《十四行诗集》中所声称的"黑夜是死

① Ф. И. Тютчев. *Полное собрание стихотворений*，Л.：Советский писатель，1987. с. 158.
② Ф. И. Тютчев. *Лирика*，М.：Издательство Наука，1965，I，c. 81.
③ Ф. И. Тютчев. *Полное собрание стихотворений*，Л.：Советский писатель，1987. с. 79.

神的化身”，而是在黑夜表面的寂静中，捕捉其内在的充满戏剧冲突的神奇的运动。

二 “隐匿”情感的哲理抒写

在哲学主题的诗歌创作方面，丘特切夫深受谢林等哲学家的影响。丘特切夫曾经构思了一部大型的政治哲学论文，名为《俄国与西方》。根据他的论述，俄国是一个伟大的宗法帝国，是秩序的支柱，是基督教冒昧和谦逊的忏悔者。基督教的思想与丘特切夫的征服理念共存。丘特切夫甚至呼吁扩张领土，将君士坦丁堡攻占下来，按照他的理论，君士坦丁堡将成为在俄国沙皇统治之下的统一斯拉夫民族国家的一个中心。丘特切夫也在政治抒情诗中表达了类似的思想。丘特切夫的政治理想在一定程度上受到他在欧洲所经历事件的影响：基督教的温顺和仁爱要把东方从西方资产阶级社会的无政府状态中拯救出来，从那里盛行的过分的个人主义中拯救出来，宗法国家政权在丘特切夫的思想中也同样起到了一定的作用。

在丘特切夫的哲理抒情诗中，《沉默》（*Sileutium*）一诗最具代表性。诗中写道：

沉默吧，隐匿你的感情，
让你的梦想深深地藏躲！
就让它们在心灵深处
冉冉升起，又徐徐降落，
默默无言如夜空的星座。
观赏它们吧，爱抚，而沉默。

思绪如何对另一颗心说？
你的心事岂能使别人懂得？
思想一经说出就是谎，
谁理解你生命的真谛是什么？

搅翻了泉水，清泉会变浊，——
自个儿喝吧，痛饮，而沉默。

只要你会在自己之中生活，
有一个大千世界在你心窝，
魔力的神秘境界充满其中，
别让外界的喧嚣把它震破，
别让白昼的光芒把它淹没，——
倾听它的歌吧，静听，而沉默。①

（飞白　译）

浪漫主义诗歌本应敞开胸怀，直抒胸臆，张开想象的翅膀，探究神秘的梦想，然而，在这首题为《沉默》的诗中，诗人却主张“隐匿”感情，并且让“梦想”深深地藏躲。表面上看，这似乎与浪漫主义的诗学主张相悖，实际上，该诗是用极为独特的方式呈现和丰富了浪漫主义的诗学主张。正因如此，该诗才会受到普希金的器重，将其刊载在他所主办的《现代人》杂志上。在这首诗中，诗人并非否定感情和梦想，而是主张将它们“隐匿”起来，由此更会产生出相反相成的艺术效果。正是这种“隐匿”，反而导出了情感的热切和梦想的真挚。而且，通过“隐匿”更加丰富了内心世界，使得这一内心世界显得更加神秘，也更为值得探幽。更何况，情感的表达和思想的传达不仅仅是依靠话语。“思想一经说出就是谎”，此处所呈现的内涵是，思想是深沉的，情感是真挚而神秘的，它们是难以语言呈现的。而是依靠“沉默”去静静地感知，依靠“沉默”去领悟心灵的真挚和生命的本质。可见，诗人在此更要突出的是人类心灵的奥秘，以及坚守奥秘，逃避外部庸俗的孤傲与浓厚的神秘。

如果说《沉默》是以极为独特的方式抒写了浪漫主义所热衷的情感

① ［俄］丘特切夫：《沉默》，载飞白主编《世界诗库》第5卷，飞白译，花城出版社1994年版，第128—129页。

和梦想，那么《海马》一诗则是以深邃的哲理抒写了浪漫主义的又一个重要的主题——自然。该诗第一节写道：

海马呀海马，奔驰不停，
披着白绿色的马鬃；
一会儿你柔和温驯，
一会儿又顽皮放纵。
在上帝宽广的牧场上，
暴烈的龙卷是你的食粮，
上帝练得你爱跳爱蹦，
尽情驰骋，自由奔放。

读罢该诗的第一诗节，毫无悬念地令人感到，这里所描写的，一定是神话世界中由海神所驾驭的海马了，它“披着白绿色的马鬃”，一会儿温驯，一会儿放纵，在“上帝宽广的牧场”上奔驰，“尽情驰骋，自由奔放”。

然而，在第二诗节中，终于亮出了谜底：

我爱疾奔如飞的你，——
显示着你傲视一切的威力，
散乱着又长又密的鬣毛，
全身冒着汗和蒸汽，
向海岸猛烈冲击、进迫，
一声长嘶迸发出欢乐，
蹬得海岸蹄声轰响，
接着——散成一天飞沫！……①

（飞白　译）

① ［俄］丘特切夫：《海马》，载飞白主编《世界诗库》第5卷，飞白译，花城出版社1994年版，第130页。

原来，这海马不是神话世界的海马，而是现实世界的“海浪”。这汹涌的海浪，如同一匹狂放的马，“向海岸猛烈冲击”，迸发出欢乐的长嘶。随后——“散成一天飞沫”。

由此可见，《海马》作为海景诗，诗中不仅有着浪漫主义的狂放和桀骜不驯，而且，诗中通过“海”与“马”的意象和象征，突出了大自然的一体性以及与人类灵魂之间的共性。

除了哲理抒情诗和自然抒情诗，丘特切夫的诗歌艺术成就中，如同其他浪漫主义诗人一样，爱情主题是其中重要的组成部分。就爱情抒情诗而言，他早期的抒情诗《啊，我记得那黄金的时刻》便是其中的代表，该诗是献给他的初恋阿玛莉雅的，诗的开头三节写道：

啊，我记得那黄金的时刻，
我记得那心灵亲昵的地方：
临近黄昏，河边只有你我，
而多瑙河在暮色中喧响。

在远方，一座古堡的遗迹
在那小山顶上闪着白光，
你静静站着，啊，我的仙女，
倚在生满青苔的花岗石上。

与其他浪漫主义诗人所不同的是，尽管作者所采用的还是“I-tell-you style”这一典型的浪漫主义风格，但是作者并没有对恋者直接抒发感情，而是以优美的自然景致进行烘托，在舒缓地呈现大自然的优美景致的同时，不经意间将恋人的妩媚以及大自然的一体性展现出来。在接下去的三节诗中，作者写道：

你的一只纤小的脚踩在
已塌毁的一段古老的石墙上，

而告别的阳光正缓缓离开
那山顶，那古堡和你的面庞。

向晚的轻风悄悄吹过，
它把你的衣襟顽皮地舞弄，
并且把野生苹果的花朵
——朝你年轻的肩头送。

你满洒地眺望着远方……
晚天的彩霞已烟雾迷离，
白日烧尽了，河水的歌唱
在幽暗的两岸间更清沥。

我看你充满愉快的心情
度过了这幸福的一日；
而奔流的生活化为幽影，
正甜蜜地在我们头上飞逝。①

（查良铮　译）

在该诗中，情侣之间的甜美的爱情是基于美丽的自然风光的。正是在美妙的黄昏时分，在多瑙河畔，晚风轻轻地吹拂，夕阳温情地构筑彩霞，周边充满了柔情蜜意。于是，恋人“倚在生满青苔的花岗石上”，“仙女”的美丽形象与自然美景相互映衬，对自然界的崇拜与对爱情的赞美融为一体。正因如此，涅克拉索夫对这首抒情诗极为赞赏，认为它“属于全俄罗斯最优秀的诗歌之列”②。

① ［俄］丘特切夫：《丘特切夫诗选》，查良铮译，外国文学出版社 1985 年版，第 40—41 页。
② 转引自曾思艺《丘特切夫诗歌研究》，湖南文艺出版社 2000 年版，第 106 页。

三　“杰尼西耶娃组诗”中的浓郁的忧伤

在丘特切夫爱情主题的抒情诗中，最为著名的是别具一格的“杰尼西耶娃组诗”（денисьевский цикл）。俄罗斯评论家奥泽罗夫认为：“丘特切夫的抒情自白作为世界爱情诗的高峰之一，在我们今天得到了承认。它具体体现在著名的‘杰尼西耶娃’名下（这个名称不是作者取的）的组诗中，它们构成了一部独特的‘诗体长篇小说’。”①

“杰尼西耶娃组诗”确实有着长篇小说的叙事色彩，尤其是具有长篇小说心理描写的种种体验。

我们可以从组诗中的《我见过一双眼睛》一诗中看出他这份爱情是怎么通过“心灵的窗口”来体现的：

我见过一双眼睛——啊，那眼睛
我多么爱它的乌黑的光波！
它展示一片热情而迷人的夜。
被迷惑的心灵再也无法挣脱。

那神秘的一瞥啊，整个地
呈现了她深邃无底的生命
那一片柔波向人诉说着
怎样的悲哀，怎样的深情！

在那睫毛的浓浓的阴影下，
每一瞥都饱含深深的忧愁，
它温柔得有如幸福的感觉，

① ［俄］列夫·奥泽罗夫：《丘特切夫的银河系》，见《丘特切夫诗选》，莫斯科，1995 年，第 12 页；此处转引自曾思艺《丘特切夫诗歌研究》，湖南文艺出版社 2000 年版，第 108 页。

又像命定的痛苦，无尽无休。

啊，每逢我遇到她的目光，
我的心在那奇异的一刻
就无法不深深激动：看着她，
我的眼泪会不自禁地滴落。[①]

（查良铮　译）

丘特切夫与杰尼西耶娃的爱情是诗人整个晚年生活的精神寄托。1850年，丘特切夫与当年24岁的杰尼西耶娃在斯莫尔尼学院相逢，两人一见钟情，随之陷入热恋，直到1864年杰尼西耶娃逝世。杰尼西耶娃为丘特切夫生育了两男一女，而丘特切夫并未与自己原来的妻子脱离关系。他们的恋情尽管受到社会的非议，但是他们承受着巨大的压力，无比珍惜这份恋情。

1864年，杰尼西耶娃因患肺病去世，在悼念她的《我又伫立在涅瓦桥头》一诗中，诗人甚至从死者的视角，书写爱情与死亡这一世界诗歌史上的永恒主题：

我又伫立在涅瓦桥头，
像当年我也活着的时候，
凝望着这一江春水
像梦一样慢慢地流。

蓝天上不见一点星星，
苍白的夜景一片寂静。
唯有沉思的涅瓦河上
流泻着一天月色如银。

① ［俄］丘特切夫：《我见过一双眼睛》，查良铮译，参见《世界诗库》第5卷，第133页。

究竟这一切全是梦幻，
还是当真我重新看见
我俩在这轮明月之下
生前曾经见过的画面?①

（飞白　译）

丘特切夫的抒情诗《我又伫立在涅瓦桥头》是他的“杰尼西耶娃组诗”中的最为著名的一首。该诗写于杰尼西耶娃因肺病逝世四年之后的 1868 年。杰尼西耶娃逝世之后，丘特切夫为了减轻自己思念的痛苦，远离了祖国，到了瑞士等地。可是，他对杰尼西耶娃的思念依然魂牵梦萦，难以忘怀。

涅瓦桥头，是诗人和杰尼西耶娃常去的地方。如今，尽管一江春水还像往昔一样慢慢地流淌，可是，昔日的恋人却已经永远地离开，已经与他阴阳两隔。诗人孤独的心灵渴望与另一个世界的恋人进行交流，与她再次欣赏涅瓦河畔的美景。于是，他仿佛被思念的痛苦和情感的力量推向了另一个世界，现在，他是以死者的视角来审视眼前的一切：“我又伫立在涅瓦桥头，/像当年我也活着的时候”，因为正是在那“活着的时候”，他们常常共享一江美景和一天月色。正是在流泻着如银月光的夜色之下，他们享受着爱情的甜美和人生的欢乐。

然而，梦幻毕竟只是梦幻，朦胧的夜色固然神秘，但是其中却蕴涵着无尽的哀愁。隔世的恋情终究难以安抚心中的孤独和凄凉。要么还是坚信已经处于另一个世界，觉得依然与杰尼西耶娃相处在一起，在那个神秘的世界与恋人甜美地追忆着生前在皎洁的月色之下曾经见过的美丽画面？这也正是该诗感人至深的地方。

在“杰尼西耶娃组诗”中，丘特切夫并非总是以自己的视角进行叙述，而是自如地改变抒情视角，灵活地变更抒情主人公的角色。如《不

① ［俄］丘特切夫：《我又伫立在涅瓦桥头》，载飞白主编《世界诗库》第 5 卷，飞白译，第 136—137 页。

要说他像以前一样爱我》一诗便是典型的例子。该诗与前面的诗作所不同的是，抒情主体显然发生了变更，不再是以诗人自己作为抒情主人公，而是以女性的视角，来审视男性恋人的恋情：

不要说他像以前一样爱我，
并像以前一样将我珍惜……
不！他残忍地摧毁我的生命，
尽管他握刀的手在颤栗。

忧伤而又愤怒，包含着泪水，
心醉神迷，却忍着心灵的创伤，
我活在痛苦中，只为他一人而生，
然而这是生活！哦，多么悲痛！

他为我调节空气如此吝啬，
还不如对待一个恶毒的敌人，
啊，我依然十分艰难地喘息，
尽管尚能呼吸，却已不能生存。①

（吴笛　译）

在这首诗中，丘特切夫以杰尼西耶娃的角度进行发声，传达杰尼西耶娃的内在的情感世界，从中我们不难看出丘特切夫对杰尼西耶娃的愧疚之情，以及他对待这份爱情的自责的态度。

“杰尼西耶娃组诗”主要是丘特切夫在创作晚期所写的作品。他一改早期公民诗中的乐观情绪，有着浓郁的忧伤。甚至有学者认为：“丘特切夫无疑是一名伟大的悲剧诗人。丘特切夫的诗歌在音调的准确性和

① Ф. И. Тютчев. *Полное собрание стихотворений.* Л.：Сов. писатель，1987.（Библиотека поэта；Большая серия），с. 184.

细腻性方面，显得独特，反映了深沉的生活历程。他诗歌中的光与影，以极其丰富的事件以及复杂性和矛盾性，折射了现实生活中的光与影。悲剧的音符在他的19世纪50年代至70年代的作品中得以加深，这一点，与他有关的生活经历和历史事件是完全可以解释的，这位艺术家的心灵和意识深处也以自己的方式深深地感知。”① 的确，“杰尼西耶娃组诗”中有着浓郁的忧伤，尤其是其中的《我们的爱情多么毁人》《命数》《孪生子》《最后的爱情》等诗，写得极为苍凉，然而，其中同样有着炽热心灵的真切而深沉的搏动，为俄罗斯诗歌艺术的发展增添了独特的色彩。

丘特切夫的诗歌以哲理性和抒情性为主要特色，在俄罗斯诗歌发展史上，做出了十分突出的艺术贡献，他的诗歌创作不仅是19世纪上半叶俄罗斯浪漫主义文学的重要组成部分，而且与19世纪中后期唯美主义诗歌有着密切的关联，甚至被视为俄罗斯现代主义文学的先驱。此外，在俄罗斯诗歌与法德等西欧诗歌的内在的交流方面，丘特切夫也是一个发挥了重要作用的诗人。一方面，他深深接受了西欧文学的影响，另一方面，他的诗歌作品中的俄罗斯要素，也被西欧诗坛所关注，在俄罗斯诗歌与世界诗坛的交流方面，架起了一座沟通与互鉴的艺术桥梁。

【作者简介】

吴笛，文学博士，浙江越秀外国语学院外国语言文化研究院教授，主要从事英美诗歌研究、俄罗斯诗歌研究、比较文学与翻译研究，主持国家社科基金重大项目“外国文学经典生成与传播研究”等多种国家级外国文学类项目。出版《英国玄学派诗歌研究》等专著10多部，

① В. Р. Щербина Ред. *Литературное наследство. Том* 97：*Федор Иванович Тютчев.* Кн. 1，М.：Издательство Наука，1988，с. 13.

《雪莱抒情诗全集》等译著30多部，以及《外国名诗鉴赏辞典》等编著60多部。

联系方式：hzwudi@ yeah. net；13588812951；

邮址：310016　杭州市上城区清江路346号　钱江时代公寓4-3-802室。

谢尔盖·布尔加科夫神父的哲学创作里程碑

[俄] 谢·谢·霍鲁日（С. С. Хоружий）　著
万海松　译

【摘　要】谢尔盖·尼古拉耶维奇·布尔加科夫属于俄罗斯白银时代宗教哲学的思想领袖和最敏锐的批评家之一。他早期对马克思主义研究做出了很大贡献，而后期的学术研究大多聚焦并跨越哲学与宗教，不但开拓经济哲学研究的新范畴，还独创索菲亚学说（софилогия）、马利亚学说（мариология）、天使学说（ангелология）、启示录学说（апокалиптика）等。布尔加科夫既能用自由的风格阐发"论上帝、世界和人"这一主题，也擅长以严密的体系论证哲学本身及其内在局限（如《哲学的悲剧》），研究关于言语与名谓、语言与思想的关系（如《名谓哲学》）。西方新兴哲学与东正教宗教因素互不相容的主题，在布尔加科夫的创作中得到了延续和深化。

【关键词】谢·尼·布尔加科夫　宗教哲学　索菲亚学说　语言哲学　东正教

The Milestones in Philosophical Writings of Sergei Bulgakov as a Russian Orthodox Theologian

【Abstract】S. N. Bulgakov was one of the greatest ideological leaders in the field of religious philosophy and one of the most acute critics in the Silver Age of

Russian culture. He made a great contribution to the earlier Marxist research and concentrated on the study of philosophy and religion, particularly of religious philosophy for the rest of his life. He not only opened up a new area of economic philosophy, but also developed many theories of religious philosophy, such as sophiology（софилогия）, Mariology（мариология）, angelology（ангелология）and apocalyptical theory（апокалийтика）. Fond of explicating the topic of "God, world and people" in free meditations, S. N. Bulgakov was also adept in his own rigorous way at reasoning philosophy per se and its limitations (such as *The Tragedy of Philosophy*). Philosophy of language, appellation and the relations of thought and speech were his another concern (such as *The Philosophy of Appellations*). Taking up the theme of antipathies between contemporary Western philosophical ideas and Russian Orthodox elements, S. N. Bulgakov's *The Tragedy of Philosophy* carried on the Russian philosophical tradition in critically revealing the faults of all Western philosophies by pointing out their innate exhaustedness.

【Key words】S. N. Bulgakov　religious philosophy　sophiology　philosophy of language　the Russian Orthodox

谢尔盖·尼古拉耶维奇·布尔加科夫（1871—1944）的创作是俄罗斯哲学史的重要一章。但他毕生的著作并不限于哲学领域。我们所面对的谢尔盖神父是十月革命前俄罗斯文化和社会运动中举足轻重的人物之一。在俄罗斯历史的这段关键性的岁月里，布尔加科夫位于俄罗斯知识界的领袖和权威之列，同时他还是俄罗斯知识界中最敏锐的批评家之一。

在不同的作品，包括晚年所写的生活札记里，谢尔盖神父常常指出，他的出身和童年对他的一生是多么重要。两个不可动摇的基础——教会和祖国，在他的世界中贯穿始终。布尔加科夫生于俄罗斯内陆地区，奥廖尔省一个古老小镇利夫内。他的先辈中有许多代人都从事神职事业。他的父亲是圣谢尔盖苦难墓地教堂的执事。他在利夫内这样的偏僻小镇度过了童年，教堂几乎是他所有精神印象的源泉。历史、文化、艺术——

这一切都是通过教会、通过教会世界中无处不在的礼拜活动而被他接受的。毋庸置疑，在他的成人时代，教会就是他写作与生活立场的主要宗旨和主导思想。

但童年时代对信仰和教会氛围的沉迷，并未一成不变地延续到布尔加科夫后来的东正教世界观中。未来的神学家兼神父还经历了一段无神论的唯物主义时期，甚至为时还相当长。限于篇幅，我们只能关注他所经历的几次戏剧性转变，因为这些经历最能说明问题。从宗教中专毕业后，他也即将从奥廖尔的宗教学校结业。然而，1888年布尔加科夫却离开了宗教学校。因为学校的宗教制度的强制作风和形式主义破坏了他的信仰，他不再满足于对文化的向往。其主要原因还有：那一时期平民知识分子的世界观对他影响较大，而实证主义和唯物主义、进步的理想、为人民服务和反对政权的思想，则是这一世界观中必不可少的部分。他没有接着上宗教学校，而是进入叶列茨一所古典中学。毕业后，又考入莫斯科大学的法律系，1894年毕业于该校政治经济学和统计学教研室。随后几年，一直致力于这一领域的学术工作。这一时期，从信仰上来说，他是马克思主义者兼社会民主主义者。这些信仰深刻而又严肃。正如他后来所写："我努力将马克思主义作为信仰和真理。"甚至在以后他还多次承认：俄罗斯的马克思主义运动在早期取得了重大成就。按照他的观点，马克思主义是社会意识向前迈进的一大步，是一条"摆脱80年代令人难受的窒息感"的出路。此外，马克思主义在俄罗斯与其说是服务于学术教条，不如说是"满足了绝对的宗教渴望"，——根据俄罗斯激进派的不可思议的逻辑如是说。弗·索洛维约夫①的一句格言反映了这种逻辑的非逻辑色彩："人是从猴子变来的，因而就应该把自己的灵魂献给自己的兄弟姊妹……"布尔加科夫的早期作品——若干论文及《论资本主义生产中的市场》（1897）一书——都是对马克思主义研究的贡献，连欧洲人都提到过。

在谢尔盖神父那里，摆脱马克思主义的束缚这一想法于世纪之交日渐成熟。实际上，非宗教探索是他的直接动机。我们所考察的重要而又

① 弗拉基米尔·谢尔盖耶维奇·索洛维约夫（1853—1900），俄罗斯宗教哲学家。

典型的演变，可以用后来的一个过程准确地归纳为：从主流思想到唯心主义，再从唯心主义到东正教。中间这一步，“唯心主义”，在这里绝非次要的。否则，在没有走向宗教结局时，它会被认为是最后的一步。布尔加科夫的这一时期是极其引人注目的。它跨越了非常接近的 10 年——从 1902 年到 1912 年。谢尔盖神父本人曾指出这一转变的两个主要动因：第一，鉴于他本人的研究，其主流思想立场突然从内部被动摇。他用主流思想谨慎而又详尽地研究过农业问题（如《资本主义与农业》，1900），在这一问题中发现主流思想观点具有一些无法克服的缺陷：“真是有违于我的意志，经过自我斗争，我不得不承认，农业进化论根本没有我所乞求和希望的性质……不久前我还觉得如此严密和完整的一栋大厦，已经颓为几堵墙壁。”[①] 第二，则是从康德认识论的立场来批判主流思想的方法和哲学依据。从积极的意义上来看，在那些年月里，布尔加科夫开始对俄罗斯思想的理念与主题，对陀思妥耶夫斯基、弗拉基米尔·谢尔盖耶维奇·索洛维约夫的创作越来越感兴趣。1903 年布尔加科夫出版了一部论文集，这些论文反映了他的疑惑和新兴趣。作者为这部论文集起了一个简单而又风行的名字：《从马克思主义到唯心主义》。用他的话说，“是一个具有时代特色的说辞”。

与此同时，俄罗斯进入革命时期。不管这其中是否有直接的联系，但在那些年里，布尔加科夫的社会积极性明显高涨起来。正是在此阶段，他作为一名社会活动家，作为俄罗斯知识界的一位精神领袖，知名度与日俱增。1906 年，他甚至当选为第二届国家杜马议员（作为无党派的“基督教社会主义者”）。在他的第一批创作计划中，有拟定发表以现实社会为题的若干政论文章，如《论知识分子的使命》《论革命的和基督教的伦理学》《论基督教对进步理论》《文化和社会问题的立场》……他还发表演讲、领导出版界的活动，参加了很多创新性的活动，其中包括后来逐渐固定下来、被我们今天称之为“俄罗斯宗教哲学的复兴”的一

① ［俄］谢·尼·布尔加科夫：《从马克思主义到唯心主义》，圣彼得堡，1903 年，第 12 页。——作者注

些创举。在这些社会活动中，他接近了一批跟他一样从主流思想转到唯心主义的人，其中有尼·亚·别尔嘉耶夫①、谢·列·弗兰克②、彼·别·司徒卢威③。1904—1905 年间，他参与了《新路》和《生活问题》杂志的出版工作，还是出版一系列论文集的发起人和参与者之一。这些论文集中应该提到《唯心主义问题》（1909）、《宗教问题》（1906），最后还有《路标集》（1909）。《路标集》的出版，标志着谢尔盖神父的社会公务活动达到了顶峰。他发表在《路标集》中的一篇重要论文④，大胆而有力地论述了激进者意识形态和知识界好盲从的德行缺陷。

与他名字相关的不少创举全部限于哲学范畴内。在为纪念弗拉基米尔·索洛维约夫而成立于 1905 年的宗教哲学协会的工作中，以及在 1909 年由米·克·莫洛佐娃出资创刊的《道路》杂志的出版事宜上，布尔加科夫发挥了最出色的作用。在白银时代空前繁荣和丰富的哲学生活中，肯定可以把“道路”⑤ 称为最为重要的出版单位。《道路》的编辑人员有叶·尼·特鲁别茨科依⑥、尼·亚·别尔嘉耶夫、格·阿·拉钦斯基⑦和弗·弗·埃恩⑧，编辑部所领导的出版社力图发扬业已形成的、独特的俄罗斯宗教哲学的一贯传统。因此，俄罗斯思想家们——彼·雅·恰达耶夫⑨、伊·基列耶夫斯基⑩、弗·奥陀耶夫斯基⑪的第一批专著得以问

① 尼古拉·亚历山德罗维奇·别尔嘉耶夫（1874—1948），俄罗斯宗教哲学家。

② 谢苗·路德维希耶维奇·弗兰克（1877—1950），俄罗斯哲学家、直觉主义者。

③ 彼得·别尔恩加尔多维奇·司徒卢威（1870—1944），俄罗斯经济学家、哲学家、历史学家、政论家，“合法马克思主义”的理论家，立宪民主党的领导人之一。

④ 即《英雄主义与献身精神》一文。

⑤ 包括《道路》杂志和“道路”出版社。

⑥ 叶甫盖尼·尼古拉耶维奇·特鲁别茨科依（1863—1920），俄罗斯宗教哲学家、法学家。

⑦ 格奥尔基·阿列克谢耶维奇·拉钦斯基（1859—1939），俄罗斯宗教出版家、编辑、翻译家。他翻译过尼采的很多著作，也是莫斯科弗·索洛维约夫宗教—哲学协会的常任主席。

⑧ 弗拉基米尔·弗兰采维奇·埃恩（1881—1917），俄罗斯宗教哲学家。

⑨ 彼得·雅科夫列维奇·恰达耶夫（1794—1856），俄罗斯哲学家。著有《哲学书简》（1829—1831）等。

⑩ 伊万·瓦西里耶维奇·基列耶夫斯基（1806—1856），俄罗斯宗教哲学家、文学批评家、政论家。

⑪ 弗拉基米尔·费奥多罗维奇·奥陀耶夫斯基（1803—1869），俄罗斯作家、哲学家、教育家。著有小说《俄罗斯之夜》（1844）、科幻小说《4338 年》等。

世，以宗教和文化为现实题材的论文集得以出版，一批当代哲学家的全新力作陆续推出。1917 年前（这项工作只因革命而中断），《道路》成功地首次出版了弗·索洛维约夫的许多论著，叶·特鲁别茨科依论述前者的很重要的两卷集著作，以及弗洛连斯基[1]的《真理的柱石和根基》，别尔嘉耶夫的《自由哲学》，埃恩的《为逻各斯而斗争》，列·米·洛帕金[2]的文集，还有格·斯科沃罗达[3]、阿·斯·霍米亚科夫[4]、阿·亚·科兹洛夫[5]等人的专题学术著作，等等。在这一系列的新著中，布尔加科夫的著作占有最重要的位置。他在"道路"出版社出版了三本大部头著作：《双城》(1—2 卷，1911)、《经济哲学》(1912) 和《不灭之光》(1917)。毫无疑问，它们囊括了他在十月革命前所有的主要创作成果。如果说，这三部著作中的第一部类似于《从马克思主义到唯心主义》，是关于哲学和历史文化主题的论文集，那其余两部的性质则截然不同。它们都系统地发展了布尔加科夫所独创的哲学学说：上帝和世界的基督教哲学，为上帝的智慧（索菲亚）这一主题奠定了基础（遵照索洛维约夫和弗洛连斯基的说法）。

作者的思想演变集中反映在他的学说中。布尔加科夫从经济上进行哲学推论，开始建立索菲亚学说（софилогия），立场是全新的和出人意料的！《经济哲学》罕见地融汇了东正教和政治经济学的各种理论，以及所有德国古典哲学家——康德、黑格尔、谢林等人的最优秀的哲学观点。该书的主要任务是对经济学领域进行宗教思考。书中从经济哲学的各个方面和全部范畴——劳动、生产、需求——合乎逻辑地揭示了人类经济活动的"索菲亚学说之根基"。这就必然触及许多同类的话题——关于科学、艺术和其他活动形式的"索菲亚学说之根基"，它们最终归

---

① 巴维尔·亚历山德罗维奇·弗洛连斯基（1882—1937），俄罗斯宗教哲学家、文艺理论与批评家。另著有《在思想的分水岭旁》(1918—1922) 等。

② 列夫·米哈伊洛维奇·洛帕金（1855—1920），俄罗斯哲学家、心理学家。

③ 格奥尔基·萨维奇·斯科沃罗达（1722—1794），乌克兰宗教哲学家。著有《基督教修养入门》(1766) 等。

④ 阿列克谢·斯捷潘诺维奇·霍米亚科夫（1804—1860），俄罗斯斯拉夫主义哲学家。

⑤ 阿列克谢·亚历山德罗维奇·科兹洛夫（1831—1901），俄罗斯哲学家。

结为论述物质与世界及其跟上帝的关系这个共同主题。他将经济哲学的羊肠小道拓展为一块宗教形而上学的广阔田地，他用紧接其后的一部书《不灭之光》来开垦这块田地。《不灭之光》写得十分出色，许多人都因此而认为他是“白银时代”最优秀的思想巨人。我们认为，这种荣誉对作者来说当之无愧，因为他的这部书鲜明地阐述了其精神历程，是研究万物统一形而上学之源的奠基之作，尽管万物统一在哲学上未必算是一个新词。跟《经济哲学》一样，这部书也不乏难能可贵、深思熟虑的哲学思考（其中最有个性的是关于物质乃“大地—母亲”和“圣母”的思想：“大地—母亲”和“圣母”创造了自然力量，并被自然力量奉为神明），——但它们都较为突出地表现出哲学幻想的风格，让人想到晚年的谢林。

在对布尔加科夫这些早期学说所做的概括中，可以感觉到完全对立的趋向和特点所存在的某种对位、碰撞。对峡谷的追求和对高峰的追求表现出同样的力量：对世界的肯定与对世界末日的向往相对立；对物质的颂扬与跟上帝神秘合一的激情相对立。本书还结合了几对特点：思想根基的独特性和深刻性；思想的原动力和影响的敏感性；对德国哲学的疏远和受德国哲学的制约；松散性和描述性，取代了统一的哲学方法。这些对照很重要。渴望最高的却非抽象的，而是具有血肉和形象的意义；向往物质和大地；希望精神是深不可测的。——这些愿景都是俄罗斯气质、俄罗斯东正教精神的一贯特质。布尔加科夫的思想，从一开始就表明自己是和这些特质一起深深扎根于俄罗斯和东正教的土壤之中的。至于外来的影响、跟德国哲学复杂的双重关系，这些因素因其自身的无根基性、不严密性而促使思想作进一步的运动、发展。他逐渐地摆脱外来影响（其中最明显的是弗洛连斯基的影响，他还受过弗洛连斯基的教诲并且与之保持着私人友谊）；德国古典哲学尤其成为他集中思考的对象。这种思考，使布尔加科夫对整体上自成体系的哲学的本质和命运做出了批判性较强的结论，并成为他在神学领域进行深入创造的有力动因。这种批判性思考，在革命岁月和国内战争年代，是谢尔盖神父哲学道路上每个阶段的立足之本。

显然，在这种年代，俄罗斯还没有一个人能够只从事纯粹的创作。布尔加科夫在革命年代的生活中发生了许多重要而又独特的事件。最重要的是，他的宗教转变终于完成。哲学唯心主义最终转变为东正教教会思想。这件事的显著标志是他接受了教职。“对我来说‘世界观’的转变是不足为道的，”他在晚年写到，“……灵魂渴望神圣。”[①] 较有代表性的是，这一内在的、深刻的过程还跟国家所发生的事件紧密交织在一起。渴望神圣这种想法早已有之。但是，他觉得“教会跟国家分离”、东正教和自立相关联，都是障碍；只有取消东正教自立，废除教会事务会议制度，才能消除这种障碍。教会制度的复兴是得到1917年全俄地区代表会议[②]承认的一件大事，布尔加科夫积极参与了这次大会。在这次会议的全过程中，他跟新当选为大牧首的吉洪神父密切交往，并与之合作，为至圣的[③]总主教起草了他的第一篇就职演说稿，布尔加科夫还准备了一系列论述教会事务、教会与国家的关系的讲稿。与会期间，在1918年的圣灵降临节[④]上，他被授予神父职位。

很快，谢尔盖神父就从莫斯科来到克里米亚，为了他原先在这里的家。由于时间限制，他未能及时返回莫斯科。在十月革命后的起初几个月里，他一如往常，写了一篇重要的东西，表明他对俄罗斯所爆发的混乱的态度：一篇跟索洛维约夫的《三次谈话》极其相似的对话录——《在众神的盛宴上》。此对话录被收入著名的论文集《来自深处》（1918）。该论文集是《路标集》的继续，是对论述俄罗斯革命的俄罗斯思想的宗

---

① ［俄］谢·尼·布尔加科夫：《自传札记》，巴黎，1946年，第37页。——作者注

② 自主教会或其独立部分为解决教义、崇拜仪式、教会管理、规纪等而召开的代表大会。在东正教教会中，地区代表会议被赋予最高立法教会机关的权利；主教团、神职人员的世俗人员的代表均参与之。在主教公会时期（1721—1917），地区代表会议不再召集。俄罗斯东正教会最后一次地区代表会议（1971），选举皮缅为都主教，为旧礼仪派平反，并就统一协议和俄罗斯正教会维护和平的问题通过了一系列决议。

③ 用于东正教总主教和罗马教皇称号之前的敬语。

④ 又称圣神降临瞻礼，在复活节（天主教、新教在每年春分月圆后第一个星期日，东正教晚两周左右）后第50天，故又称五旬节，东正教比天主教、新教晚13或14天。据《新约全书》记载，耶稣复活后第40天升天，第50天差遣圣灵降临。

教评判。[①] 在隔绝状态和艰苦困境中度过的克里米亚时期（1918—1922）是他哲学著述较为集中的几年。在克里米亚时期所写的最主要的两本书就是《哲学的悲剧》和《名谓哲学》。它们跟《不灭之光》的形而上学有显著区别，在我们看来，倒是接近于谢林的《启示哲学》一类。它们没有严格按照教规选择用自由描述的风格阐发“论上帝、世界和人”的主题，而主要是另一类型的主题：论哲学本身及其内在局限（《哲学的悲剧》），或论语言、论思想与语言的关系（《名谓哲学》）。后一类主题之所以在布尔加科夫那里出现，跟赞名派信徒——阿索斯圣山[②]和高加索地区的修士们的一项运动有关，因为这些修士们认为：“上帝的名字就是上帝本人，耶稣的名字就是耶稣本人。”他们赋予上帝之名一种独特的读法。这个名字是如此伟大，以至于目前只限于神秘崇拜。布尔加科夫和弗洛连斯基（以及后来的洛谢夫[③]）都特别关注赞名派，都各自独立地肯定这一派，他们非常深刻地研究这一派的哲学和神学论据。这些努力的成果反映在弗洛连斯基的《在思想的分水岭旁》的几个章节之中[④]，特别是“名谓”这一部分，也反映在布尔加科夫的《名谓哲学》之中。这部在《哲学的悲剧》之后所写的著作，是他的最后一部哲学专著。

造化弄人，谢尔盖神父一生中的两次重大事件在时间上紧密相连：主动告别哲学和被迫离别祖国。1922 年，他跟一批哲学家、学者和社会活动家一起，被列入一个被驱逐出境的长名单上[⑤]。这年年底，他被逐出克里米亚，来到了康斯坦丁诺波尔[⑥]。他很快又移居布拉格，并随即

① 正文以及对它的讨论，详见《谢·尼·布尔加科夫文集》第 2 卷。——作者注

② 阿索斯圣山，位于希腊北部，10 世纪起成为中世纪修道院中心。在该山半岛的峭壁上群集着众多的东正教大修道院和隐修室。东正教历史上曾有 26 位牧首和 144 位主教来自这里。

③ 阿列克谢·费奥多罗维奇·洛谢夫（1893—1988），俄罗斯哲学家、语文学家。著作有《古希腊罗马美学史》（8 卷，1963—1994）等。他那本跟布尔加科夫的著作同名的《名谓哲学》写于 1927 年。

④ 参见［俄］巴·亚·弗洛连斯基《2 卷本文集》第 2 卷，莫斯科，1993 年。——作者注

⑤ 关于这次驱逐事件，更详细的参见霍鲁日《哲学船》，载《文学报》1990 年 5 月 9 日和 1990 年 6 月 6 日。——作者注

⑥ 即今土耳其伊斯坦布尔市。

成为侨民界教会与学术生活中的主导人物之一。他在俄罗斯科学学院法律系当了两年的教会法与神学教授。与此同时，他还成为俄罗斯大学生基督教运动最密切的指导教师。这一组织在那几年里召开过几届代表大会，很快就成为俄罗斯境外青年宗教生活的一个策源地。他参加了全世界基督教统一运动的各种基督教信仰的组织和会谈，他的参与赋予他广阔的活动天地。根据从霍米亚科夫传下来的传统，东正教信徒和英国圣公会信徒一直保持着最密切的接触，这一情况促成了 1928 年以受难者阿尔巴尼和圣谢尔盖之名命名的英俄联谊会的诞生。在该组织中，谢尔盖神父同样被认为是精神领袖和权威。由于基督教新教，是在基督教青年会的帮助下，1925 年夏在巴黎成立了东正教神学院。谢尔盖神父从布拉格来到这里，自开学之日起就担任该院教义神学教研室的主任和领导。这些岗位他一直担任到生命结束。谢尔盖教堂会馆——被称为学院体制与教堂教育的综合体——在他的领导下，成为俄罗斯宗教思想和东正教教会在西方的杰出中心。

尽管我们所勾勒的谢尔盖神父的活动图景还远不充分，但从上述内容可以明显看到，谢尔盖神父在侨居国外这些年里的活动范围之广和活动量之大。对于他来说，创作仍然是首要工作。他在布拉格时期就写完了自己的第一部纯神学著作《圣徒彼得和约翰：第一批使徒中的两位》，他后来的神学著作都遵循这条不间断的主线。但它们的主题和体裁却非常多样：既有布道，又有在全世界基督教统一运动的一些会谈中的讲稿，还有关于教义的最不相同的部分——马利亚学说（мариология）、天使学说（ангелология）、启示录学说（апокалийтика）等专著。赋予所有这些各不相同的东西以内在联系的，是一些大部头的教义著作——即所谓的“大三部曲”（布尔加科夫用其发展了独立的神学体系）：《上帝的羔羊》（1933）、《安慰者》（1936）、《羔羊的新娘》（1945）。该体系的思想核心跟他的形而上学的思想核心一样，都是关于上帝的智慧——索菲亚——的学说。所以，如果要把谢尔盖神父的神学和他此前的哲学用一个鲜明的界限划分开来，那将是不正确的和没有理由的。风格上的差别虽然是实质性的，但从哲学到神学的转变绝非偶然，而是与《哲学的悲剧》中所阐发的对哲学史的认识有深刻的联系（见下文）。但是，毫无疑问，布尔加科夫全部的成熟作品具有十分牢固的内在统一性。他所创作的“大三部曲”有一个共同的题目，叫《论神人》。这个题目表明他的全部思想——无论在神学阶段还是在哲学阶段——有一以贯之的主题。这个主题在他的索菲亚学说观点上得到了解释。

但是，他的新学说遭到了有些人的否定。还是在 1927 年，在位于卡尔洛瓦茨（塞尔维亚）的主教公会[①]——代表国外教会的一个分支，肯定俄罗斯东正教与君主政体和罗曼诺夫王朝的不可分割性——的一次高级修士会议上，起草了一封信，指责谢尔盖神父的神学观是“现代主义”。《上帝的羔羊》出版以后再次引起指责，且更加明确和坚决。布尔加科夫的索菲亚学说，作为一个完整的神学学说，而不是哲学体系的一部分，在这本书中首次出现。这必然要使人们从基督教教义的立场来对它做出评价。随着这种评价，很快出现了一些诘难和反驳意见。索菲亚在“《圣经》—基督教”的传统中——在《旧约全书》的一系列篇章中，而且，在神学和哲学中——都是作为一个柏拉图主义概念的、独特的人格化（персонификация）出现的。传统上，它被定义为上帝关于世界的、拟人化的永恒构想，是上帝的理念和上帝的爱。布尔加科夫在揭示这一定义（不过跟其他索菲亚论者一样）时，使索菲亚非常接近于人格（лицо），并赋予它个体存在的属性：“索菲亚具有个性（личность）和人称（лик），是一个主体，是一个人格……一个位格。”[②] 而当时，索菲亚与圣三位一体的位格结构的相互关系怎样？上帝之中可能区分出圣父、圣子、圣灵的一种仅仅没有被认识到的本质（усия[③]）、人格（位格）吗？那具有本质的能（энергия）是否也是如此呢？如果索菲亚是一个位格的话，那么是不是只有两种情况：要么，这个位格是上帝的全新的第四位格（这是令人愤怒的异端）；要么，它与三个位格中的一个重合

① 侨居俄罗斯国外的一个宗教—政治集团，自称“俄罗斯国外教会”，成立于 1921 年，有反苏性质。起初侨居南斯拉夫的卡尔洛瓦茨，“二战”后迁往美国，总部设在乔丹瓦利（纽约州）。

② ［俄］谢·尼·布尔加科夫：《不灭之光》，莫斯科，1917 年，第 212 页。——作者注

③ 该词来源于拉丁文 ousia，意为“本质”“实质”“要素”。

（而在当时，这种说法无论在哪一种索菲亚学说那里都没有基础）。

布尔加科夫在寻找摆脱这种两难局面的出路。在《不灭之光》中，他把索菲亚描述为某种独特的、处于上帝与世界之间的存在类型，因此，尽管它被认为是“第四位格”，但它“没有加入到上帝内在的生命中，它不是上帝……也不会使三位一体变为四位一体。”[①] 然而，这种存在，是明白无误的 ad hoc（独特的）虚构；回应它的，与其说是基督教的有等级制度的本体论，还不如说是新柏拉图主义的有等级制度的本体论。在神学阶段，该问题又重新被加以研究，而且还被集中地加以研究。布尔加科夫开始仔细钻研三位一体和索菲亚的问题——它们的范畴和历史[②]；但随后，只在《上帝的羔羊》中提出一个新的概念。从此，索菲亚的地位就不是中间的，不是上帝的，而是处于上帝之中，但它不与位格范畴相近，而与本质范畴相近；它基本上不是位格，而是所有位格的共同本质。因此，为了保持任何一种索菲亚学说的不可动摇的核心，保持旧约所认为的索菲亚是“上帝之中的世界”这一理解，就必须认为索菲亚不是本质本身，不是上帝的超实质的和未曾言说的实质，而是“处于自我启示之中的本质”，是揭示。结果，“神智的索菲亚是……上帝的本质，ousia，是可以理解的……如被揭示的内容，如万物统一一样。”[③] 这种说法虽然经过如此这般的深思熟虑，但是仍引起不少反对意见。索菲亚和位格之间相互关系的问题却没有得到根本解决，尽管上帝的实质在上帝的诸多人格中得以揭示。于是为了反驳索菲亚是人格，布尔加科夫被迫又重新进行 ad hoc（独特的）思考。除了本质在诸多人格中得到了揭示之外，他还推导出：本质的某种“虽不具位格，但是被位格化了的”揭示，是一种单独的“上帝中的神性”、是“没有位格的爱”，等等。因此，他就将全新的结构带入上帝的领域中；这些结构，就像原先的多余的位格，绝对没有进入关于实质、人格和能的严格的教义概念中。尽管

① ［俄］谢·尼·布尔加科夫：《不灭之光》，莫斯科，1917 年，第 212 页。——作者注

② 尤其参见《烧不毁的荆棘》（巴黎，1927）一书，以及两篇论文《位格和位格性》（1925）、《关于三位一体的章节》（1928—1930）。——作者注

③ ［俄］谢·尼·布尔加科夫：《上帝的羔羊》，第 125 页。——作者注

如此，在这种全新的、成熟的见解中，索菲亚学说的类属特点还是比较明显的，这些特点使索菲亚学说偏离了正统，朝多神教的（新）柏拉图主义的存在概念发展。如果“上帝的世界”就是上帝的本性、本质（参见：《上帝是本质，还是索菲亚抑或上帝的世界》①）的话，那么，上帝和世界在实质上结合在一起，——尽管东正教的教义完全根据能来确定它们的结合。一切方面都存在着重要的区别，但首先是在世界进程的实质和性质上。世界，作为具有其最独特本性的神性世界，也作为超越客观事物的、永恒之原型的凡尘畜界之形象而出现；它得以存在的自然力量，就是它的神性本质的简单的自我实现或完备，而这种实现或完备，势必导致世界的“索菲亚化”——使形象与“原型”完全吻合。这就是本质的和决定论的过程，它具有静止的和一元本体论的内涵。相反，上帝与世界在能上的关系，迫使个体和自由的因素、“道德—意志”的自然力扮演对世界进程关键性的角色；而扎根于“道德—意志”的自然力的，则是人类意志和上帝恩赐的关系。因此，伟大的神学家弗·尼·洛斯基②在分析布尔加科夫的索菲亚学说时指出，这一学说的一个固定不变的特点是：“个体被索菲亚—本质的进程吞没，后者还抹杀了自由；而提出个体之间的道德—意志这一关系的思考方式，则被替换成本质—索菲亚的决定论。”③ 他考察布尔加科夫学说的所有基本主题中的这种做法（把个体的自然力偷换成“索菲亚决定论”）后，得出一个结论：“对本质与个体的混淆，是谢·布尔加科夫神父整个索菲亚学说体系中一个根本性的迷误。”④

弗·洛斯基的《索菲亚之争》只是围绕《上帝的羔羊》之问世而进行的众多论争文献中的一种。这些论争，首先是由“一些权威结论”——根据莫斯科宗主教（1935 年 9 月 7 日）和卡尔洛瓦茨的高级修士会议（1935

① ［俄］谢·尼·布尔加科夫：《上帝的羔羊》，第 125 页。——作者注

② 弗拉基米尔·尼古拉耶维奇·洛斯基（1903—1958），俄罗斯宗教哲学家、俄罗斯直觉主义的代表，著有《东方教会神秘主义神学概论》（1944）、《东正教神学导论》（1964—1965）。他是俄罗斯哲学家尼古拉·奥努夫里维奇·洛斯基（1870—1965）之子。

③ ［俄］弗·洛斯基：《关于索菲亚的争论》，巴黎，1936 年，第 82 页。——作者注

④ ［俄］弗·洛斯基：《关于索菲亚的争论》，巴黎，1936 年，第 68 页。——作者注

年10月30日）的指示而展开的讨论——挑起的。面对这些讨论，谢尔盖神父亲自做了回答和反驳[①]，比如，针对卡尔洛瓦茨在1927年发来的较早的一封信，都主教叶夫洛基（按照教规，谢尔盖神父受他领导，管辖西欧东正教独立教区），接受了他的反驳回答，并且不支持展开讨论。当时还出版了索鲍列夫的大主教塞拉芬的一本大部头著作《再论上帝的智慧索菲亚》（索菲亚，1935）。该书对布尔加科夫的观点（主要）持批判态度，还批判了弗洛连斯基和赞名派的观点。对索菲亚主题在拜占庭和（俄）罗斯的历史做批判性的研究，是一条特殊的轨道[②]。但是，在所有的材料中，《索菲亚之争》仍然是最深刻的和最重要的。即使在今天，人们对它的评价也不能再增加些什么。只要注意到一元的和无人格的本体论在西方是传统的主导力量，我们就不会对索菲亚学说跟当代西方一系列神学学说如此接近感到惊奇。与索菲亚学说发生共鸣的，尤其是德日进[③]的理论，它描绘了本质—宇宙的和天定的神人过程。人们已经注意到索菲亚学说与巴特[④]和蒂利希[⑤]的新教神学的共性。关于这些学说，当代东正教神学家指出："与俄罗斯的索菲亚学说相平行的是，德国唯心主义的两个学派的共同依据也很明显。如果布尔加科夫和弗洛连斯基这代人再年轻些，或者他们的著作再知名一点，那他们就能理所当然地享有蒂利希和德日进的威望与成就。"[⑥]

"大三部曲"是谢尔盖神父晚年时期的主要著作，但绝不是唯一著作。1939年，他被查出患有喉癌。在进行痛苦的手术时，他已经处于死

① 参见［俄］谢·尼·布尔加科夫《再论上帝的智慧索菲亚的问题》，载《道路》1936年第50期。——作者注

② 收录有一份主题索引的最新文章是安东尼都主教的《诺夫哥罗德名人史选》，载《神学研究》1986年第27期。——作者注

③ 德日进（1881—1955），法国天主教耶稣会神父、神学家、古生物学家。德日进是他的中文名，法文名可译为泰亚尔·德·夏尔丹。1923年起到中国传教并进行古生物挖掘、考古工作，是北京猿人的发现者之一。著有《人的现象》《神的氛围》《基督化的人》《科学与基督》等。

④ 卡尔·巴特（1886—1968），瑞士基督教神学家，争辩神学的奠基人。著有《教会教义》（1932—1955）等。

⑤ 保尔·蒂利希（1886—1965），德国—美国基督教神学家，文化神学的创始人之一。

⑥ ［俄］约·梅延多夫神父：《东正教在当今世界》，纽约，1981年，第170页。——作者注

亡边缘，几乎失去言语功能。但这段时间里所发生的一切都没能使他辍笔。他于 1944 年 7 月 12 日在巴黎逝世。除《上帝的羔羊》外，他还留下不少重要作品，我们要提及其中的《死亡索菲亚学说》《约翰启示录》《种族主义与基督教》。他多年以来一直探索的问题始终都反映在这些作品中。他这些最主要的作品也反映了他幸福地从事创作的一生，因为他能够完全用创作来表达他自己。

时至今日，谢尔盖神父巨大的、多方面的遗产尚未被全面掌握。我们有充分的理由说，“克里米亚时期哲学”——他的形而上学的最后一批著述，仍属尚未被研究的一部分。这一情况有不同的外在和内在原因。俄文版《哲学的悲剧》一直未能出版，现在系首次用俄文发表于本文集[①]。而《名谓哲学》只在 1953 年才得以出版，当时正值（俄罗斯）侨民界对哲学的积极性衰落之时，实质上它是一部没有被读透的著作。这些著作的主题——哲学史、语言哲学——对俄罗斯宗教思想来说是非同寻常的，并且一开始就脱离了俄罗斯宗教思想的主要轨道——万物统一的形而上学，而布尔加科夫本人以前的作品并没有脱离这一轨道。用最近的观点来看，“克里米亚时期哲学”的出现又是完全合乎逻辑的。关于布尔加科夫的思想演变，我们想起了一个知名的说法：从主流思想到唯心主义，又从唯心主义转入东正教神学。俄罗斯知识分子的精神演变是戏剧性的，伴随着“痛苦的斗争”“对一切价值的重新评估”，正如当时所表明的那样……布尔加科夫摆脱“唯心主义”这一步，比起在世纪初摆脱主流思想来，所伴随的是更加剧烈和深刻的重新评价。《哲学的悲剧》就是一本评判之书。作者“把基督教教义作为衡量哲学体系真理性的尺度”，认为哲学史就是异端史。当然，在宗教与哲学有着千丝万缕的相互关系的百余年里，这种类似检察机关的态度并非仅此一家；但是，该书重新评判的不同之处就在于：它所达到的高度与其说是在哲学外部，不如说是在哲学内部（因此，它谈的是哲学的“悲剧”，而不是“罪过”）。作为评判之基础的，不仅有基督教教义，还有谢尔盖神父那

① 参见《谢·尼·布尔加科夫文集（2 卷本）》第 1 卷，科学出版社 1993 年版。

全新的哲学理念，以及他对欧洲唯心主义思想体系的原创性解释和分类。

“克里米亚时期哲学”的正面内容在两本书（《哲学的悲剧》和《名谓哲学》）里都得到了发展，并把这两本书紧密联系起来，而且，这一正面内容还建立在两个本体论公设的、双重的根据上。第一个有关上帝的公设是三位一体教义，这是布尔加科夫后期思想的一块基石和经常性主题；第二个公设是讲上帝与世界的关系，肯定了三位一体性（圣三一的烙印）存在于此，而且，首先存在于人的本质和人的精神氛围之中。此在的本质结构是此在中圣三一的形象所决定的。显然，这种公设完全局限于基督教柏拉图主义，原则上与索菲亚学说的本体论立场并无两样。但是，这一“形象哲学”，没有使用明显的索菲亚学说的语言，它仍然还是隐秘的索菲亚学说，所以，它避免了上面讨论过的种种困难。另外，“三位一体类比”（Analogia Trinitatis）所关注的思辨，是基督教思想的一条古老轨道，它始于奥古斯丁，并在经院哲学时期得到广泛发展。在该书里，把三位一体的凡尘畜界形象所具有的这一或那一特性都归结为三位一体本身，危险性较大，虽然后来，在巴黎写就的论三位一体的章节里，布尔加科夫摆脱了这一陈规，在其中发现了“圣三一学说中的心理主义和神人同形说”，但他并没有完全说清楚这两者的关系。

接下来应该谈及其思想重要的和有趣的转变。谢尔盖神父认为，在语言中获得的形象即句子，是三位一体诸像中主要的像。句子或判断，不是表达思想的简单形式，而是包罗万象的、富有表现力的行为。人的存在本身可以被看作是判断——人关于他存在的完备表述：“人类的精神生活是不断地……在实现着的判断：我是某物。”（391 页[①]）换言之，“人是活生生的判断或句子”（416 页），因而，“判断问题发展成人类学问题”（416 页）。判断问题跟本体论有最紧密的关系，这一论点很重要。用布尔加科夫的话来说，“句子……总是归结为类型：我是某物。”（319 页，着重号为引者所加）它是“第一判断”、包罗万象的形式（模式、原型……），有赖于该形式我们才能表达任何一个判断的含义。第一判

① 这里指原俄文版的页码。下同。

断把三位一体理论体系当作三个句子成分（主词、谓词、系词）的统一来把握，把三位一体的形象纳入自身。这就是“本体论判断”“实有之物的提纲”、包罗万象的本体论结构。谢尔盖神父坚决把后者置于抽象推论的中心地位。结果是，本体论在语法范畴里得到了改造。存在问题，以及思维问题，都归结为对第一判断的分析，因为“句子中包含了存在的实有性和形象”，而“在判断形式中，则包含了思想的秘密和本质”。

面对思想史，作者发现，第一判断中不仅有“实有之物的提纲”，还有“哲学史提纲”。第一判断的形式中隐含的真正现实，就是作为本体论因素被理解的三个语法要素——主词（我：主体、人物），谓词（某物：宾词、逻各斯、思想），系词（是：无人称的存在、本质）——的一致、均衡和平等。按布尔加科夫的说法，任何一种哲学理论体系、哲学本身，就实质而言均属一元论，是对独一无二的最高因素的肯定：“从头开始就有的独一性，否定了句子的三位一体本质……这是任何一种哲学理论体系的根本所在……”（319页）所以，原则上说，哲学并不能反映三位一体现实的整体性，而且，它注定要将三位一体归结为一个独一单位，选出部分当整体，据他定义，这就是“异端”。正如《哲学的悲剧》的序言所表明的那样，哲学史就是异端：对三位一体进行歪曲，这种手段是哲学学说的决定性特征，是对哲学学说进行分类的原则。各种主要手段，仍然先行取决于句子的结构：理论体系可以从三位一体的三要素中任选一个作为自己的最高原理。因此，哲学史上就分裂出“主体哲学”（某种纯粹范式——这是费希特的理论体系）、“谓词哲学或泛逻辑哲学”（范式——这是黑格尔的理论体系）和“系词哲学”（样态——这是斯宾诺莎的理论体系）。对所有这些类型进行批判性的分析，即《悲剧的哲学》的主要内容。

西方新兴哲学与东正教的宗教因素互不相容，这也是一个历史悠久的俄罗斯主题，它在《悲剧的哲学》一书所得出的结论中得到了延续和深化。这一主题源自霍米亚科夫，出现在很多具有宗教倾向和斯拉夫主义倾向的作者的著作中，只是在布尔加科夫之后，才由格奥尔基·弗洛罗夫斯基神父[①]在《俄罗斯神学之路》（1937）一书中固定下来："……德国唯心主义哲学在很大程度上只是基督教以前的希腊化时代的再现。"尽管受制于这一范围，但谢尔盖神父仍尽力避免分析的草率马虎和先入之见。在他对古典唯心主义体系所进行的批判中，不乏敏锐与公正的见解，而且，他批判的大部分论据与当代各种哲学流派，如现象学与存在主义，所表述的是遥相呼应的。在胡塞尔、海德格尔，以及俄罗斯哲学家，尤其是谢·路·弗兰克等人的历史—哲学的评价里，不乏与《哲学的悲剧》一书的共鸣之处。然而，未必可以认为：在布尔加科夫之后，他的批判就如此全球化了；也未必就可以认为：他的批判揭示了所有哲学的缺陷，所有哲学就自身而言已经能量耗尽。只有个别哲学的类型和风格是如此。他所批判的、生硬的一元论、总的逻辑主义的观点，是受当代现象学排斥的，它们的位置被其他东西取代——因此，哲学第一次证明自己有能力不改变自己的本质而摆脱僵局。如果说，谢尔盖神父把哲学史当作"找不到出路的思想的悲剧"的话，那么同样有权认为，哲学史里一直在寻找出路的思想仍具有坚强的生命力。因此，我们未必认同谢尔盖神父借助于哲学理性之必然如此和无可避免的东西而将哲学消融在神学中的做法。但这其中难道就没有什么必然性吗！无论说谢尔盖·布尔加科夫神父具有时代的普遍气质，还是拥有丰厚的个人修养，我们都看得出来：他的一生是一条伟大而辉煌的道路。

【作者、译者简介】

谢尔盖·谢尔盖耶维奇·霍鲁日（Сергей Сергеевич Хоружий，1941—2020），数学副博士、物理学博士，曾任俄罗斯科学院哲学研究所研究员，俄罗斯高等经济大学协同人学跨学科研究中心主任，俄罗斯协同

① 格奥尔基·瓦西里耶维奇·弗洛罗夫斯基（1893—1979），俄罗斯神学家。后离开俄罗斯，定居国外。

人学研究所所长。主要有《缄默的两部曲：关于人的苦修学说的神学与哲学的阐释》（1991）、《中断之后：俄罗斯哲学之路》（1994）、《苦修现象学简论》（1998）、《弗洛连斯基的世界观》（1999）、《论旧与新》（2000）、《协同人学概论》（2005）、《俄罗斯灵性传统简论》（2005，2018）、《第欧根尼的灯笼：欧洲人学的批判性回顾》（2010）、《静修主义研究：静修主义的多维世界》（2012）、《社会与协同：界面的开拓》（2016）等英俄文著作，以及《静修主义与协同人学》（2020）等中文译本。

万海松，文学博士，中国社会科学院外国文学研究所副研究员，学术研究方向主要为陀思妥耶夫斯基研究、巴赫金研究、俄罗斯文学与文化研究。电话：13520650801，电子邮箱：wanhaisong@ sina. com。

【同意上传知网等网络】同意，并在后边签名。 万海松

法国现当代文学研究

忘我之境：试析基尼亚尔对“伯牙学艺，成连入海”的改写

南京师范大学外国语学院

■王明睿

【摘　要】《成连最后的音乐课》是法国当代作家帕斯卡·基尼亚尔对中国典故“伯牙学艺，成连入海”的改写。作者以对男性变声与音乐关系的思考为途径，通过伯牙学艺，直至成为一代大师的过程，集中展示了融入自然、体悟内心的创作思想。在改写的过程中，作者将道家思想融入自己的内心体悟，充分体现了“吾丧我”的境界。

【关键词】帕斯卡·基尼亚尔　《成连最后的音乐课》　道家　“吾丧我”

Forgetting oneself: the Quignard's rewriting of the story of Bo Ya and Cheng Lian

【Abstract】*The Last Music Lesson of Cheng Lian* is a rewriting of the Chinese story of Bo Ya and Cheng Lian, by the contemporary French writer Pascal Quignard. The rewriting takes the relationship between masculine voice change and music as a way of thinking, and focuses on the author's thoughts of getting in harmony with the nature and following the heart through the learning process of Bo Ya who finally became a master of the generation. At the same time, the author incorporates Taoist thoughts into the text, fully reflecting the realm of "I have lost my Self" in the process of rewriting.

【Key words】Pascal Quignard *The Last Music Lesson of Cheng Lian* Taoism *I have lost my Self*

自从中国文化进入西方视野以来，道家学说始终受到西方文人的关注，尼采、托尔斯泰、海德格尔等人均对其推崇备至。而在20世纪的法国作家里有这样一群“东游的一代”[①]，尽管他们东游的机缘不同，但“多半出于对西方文化的怀疑和颠覆，出于对‘他者’相异性的诱惑和吸引，各自走进了中国，而把中国确认为寄放自己梦想最合适的所在。”[②] 例如，保罗·克洛岱尔（Paul Claudel）受道家思想中“无”的影响，在《书的哲学》（*La Philosophie du Livre*，1925）里论及空白是诗歌生命的基础；安德烈·马尔罗（André Malraux）在书信体作品《西方的诱惑》（*La Tentation de l'Occident*，1926）中指责西方文明忽视了自然界的和谐，而中国则是以万物和谐为基础的；雷蒙·格诺（Raymond Queneau）在小说《青花》（*Les Fleurs bleues*，1965）中用了庄周梦蝶的典故，后在《本道》（*Morale élémentaire*，1975）中以诗歌的方式延续了道家思想的启发，对逻各斯产生质疑。本文所谈论的法国当代著名作家帕斯卡·基尼亚尔（Pascal Quignard）也属于“东游的一代”。

基尼亚尔对中国古代典籍兴趣浓厚。就目前已有的文字记载来看，作者对中国典籍的阅读量在攻读博士学位期间（20世纪70年代末）大有增加。其间，他阅读了庄子和蒲松龄等人的著作[③]。除此之外，作者

① 钱林森、［法］克里斯蒂昂·莫尔威斯凯：“20世纪法国作家与中国·前言”，载《20世纪法国作家与中国——99'南京国际学术研讨会》，钱林森、克里斯蒂昂·莫尔威斯凯主编，南京大学出版社2001年版，第3页。

② 钱林森、［法］克里斯蒂昂·莫尔威斯凯：“20世纪法国作家与中国·前言”，载《20世纪法国作家与中国——99'南京国际学术研讨会》，钱林森、克里斯蒂昂·莫尔威斯凯主编，南京大学出版社2001年版，第3页。

③ *Cf.*，Agnieszka Wloczewska，«Image et fragment. Outils de la déprogrammation de la littérature»，in *La Rencontre*：*études sur l'œuvre de Pascal Quignard*，Lublin：Wydawnictwo UMCS，2011，p. 12.

本人通过对比分析多部公孙龙的法文译本，撰写出自己理解下的《指物论》[①]；为李商隐诗集的法文版作序[②]，简述了其生平，并着重介绍了他的杂纂。“中国影子及其智慧对他颇具魅力：老子的世界观、庄子的哲学、李商隐的诗歌、韩愈的散文、公孙龙的雄辩、伯成子高的境界等”[③]，而在中国典籍中，尤以道家经典著作对基尼亚尔的影响最大，“庄子在帕斯卡·基尼亚尔的作品中具有独一无二的特殊性，他时不时地将其引用，并总是对其称赞不已。”[④] 在《秘密生活》里，作者记述了自己于20世纪90年代来中国进行的一次“朝圣”[⑤]，朝圣的地点是庄子的出生地。作者写道：“一座干草覆盖着的小丘：这就是我老师的坟墓。”[⑥]

《成连最后的音乐课》（*La dernière leçon de musique de Tch'eng Lien*）是基尼亚尔作品《音乐课》（*La leçon de musique*，1987）中三则故事的最后一则，其创作灵感取自春秋时期著名琴师伯牙与其老师成连的典故。有关伯牙的文字记录最早见于《列子·汤问》，着重记述了伯牙与钟子期的知音之情。《吕氏春秋·本味》对此亦有记载，并增加了对伯牙破琴绝弦的描述。高山流水遇知音的典故常被各类文艺作品视为创作灵感，从先秦到两汉隋唐，及至明清，乃至当代，始终都有文艺作品在引用该典故为创作题材。“伯牙学艺，成连入海”的典故见于唐朝史学家吴兢之作《乐府古题要解》（又作《乐府题解》）。相形之下，该典故在后世文艺活动的传承中稍显暗淡，却在基尼亚尔这位法国作家的笔下得到了一次重生。作者提到，自己是从法文版《儒林外史》的一个注释中知晓

---

① 该法文译本的出版信息为：*Kong-souen Long*, *Sur le doigt qui montre cela*, présentation et trad. par Pascal Quignard, Paris: Michel Chandeigne, 1990.

② 该序言的出版信息为：«Préface» à LI Yi-Chan, *Notes*, traduit du chinois par Georges Bonmarchand, Paris: Gallimard, coll. «Le Promeneur», 1992. 其中，Yi-Chan 为李商隐的字“义山”。

③ 张璐：《基尼亚尔与其中国影子的自我认同》，载《跨文化对话》2012年第29期。

④ *Dictionnaire sauvage*: *Pascal Quignard*, Mireille Calle-Gruber et Anaïs Frantz (dir.), Paris: Hermann, 2016, p. 646.

⑤ ［法］帕斯卡·基尼亚尔：《秘密生活》，王海洲译，上海文艺出版社2014年版，第139页。

⑥ ［法］帕斯卡·基尼亚尔：《秘密生活》，王海洲译，上海文艺出版社2014年版，第141页。

了伯牙的故事，又参照了《乐府题解》的相关记载，虚构了伯牙在成连的指引下逐步领悟到音乐真谛的详细过程①。在这则改写中，作者融入了道家思想，并结合对自身文化根基的体验，充分体现了“吾丧我”的观点。

一 趋“我”弃“吾”：变声与成长

“吾丧我”出自《庄子·齐物论》开篇：颜成子游发觉南郭子綦静坐时似乎身形不在，子綦回答说自己是“吾丧我”。庄子的“吾丧我”指摆脱物质的限制，消除自我与他物之间的隔障，从而悠游于道。“我”是可以被言说的个体存在，“吾”则是语言范畴之外的真我。所以，“‘我’是有形的，而‘吾’是无形的；‘我’是实的，而‘吾’是虚的。……在造化中，‘吾’可以化为任何东西。”② 和对“道”的命名一样，“吾”并不指某个具体的存在，只是用以指称实质上不可被名之的、与天地融为一体的“我”。借用海德格尔的话来讲，“吾”和“我”分别是此在本真的和非本真的存在状态。他将非本真的存在称为“常人”，这是一种“中性的东西”③，主宰着我们日常生活中的方方面面，通过对常人的模仿，我们将自己消解在他人的生活中。本真的此在则是从常人中脱离出来的、与众不同的“我”自己。如果想以本真的自己存在，就需要“从常人中收回自己”④。然而在现实生活中，大部分人都是在趋“我”弃“吾”，选择追逐世俗眼光中的功名利禄，而放弃正视自己的内心，甘愿“沉沦”（海德尔格语）。

基尼亚尔改写作品中的伯牙在成为琴仙之前也是一位趋“我”弃

① 参见［法］帕斯卡·基尼亚尔《音乐课》，王明睿译，河南大学出版社 2018 年版，第 91 页。

② 王博：《庄子哲学》，北京大学出版社 2004 年版，第 102 页。

③ ［德］海德格尔：《存在与时间》，陈嘉映、王庆节译，生活·读书·新知三联书店 2006 年版，第 147 页。

④ ［德］海德格尔：《存在与时间》，陈嘉映、王庆节译，生活·读书·新知三联书店 2006 年版，第 302 页。

“吾”的常人，而选择这种生存态度的标志则是“变声”，以及随之而来的“成长”。除了《成连最后的音乐课》中成连与伯牙这对师徒，作者还以圣－科隆伯（Sainte-Colombe）和马林·马莱（Marin Marais）这对师徒为原型，创作了代表作《世间的每一个清晨》（*Tous les matins du monde*，1991）以及《音乐课》中的第一则故事《马林·马莱生平小段》（*Un épisode tiré de la vie de Marin Marais*）。这对师徒生活在17世纪的法国，师傅圣－科隆伯幽居僻静之所、不求闻名于世，徒弟马莱成了路易十四颇为欣赏的宫廷乐师。无论是在人物设置还是在故事主旨上，这两对师徒的故事都形成了互文。

为什么“变声”与“成长”在基尼亚尔的创作思想中占据重要地位呢？日本学者小川美登里（Midori Ogawa）认为在其作品中，“变声的经历登上了悲剧的行列”①，基尼亚尔则写道：“有一个嗓音在时间里回响。男性嗓音在其中碎成两块。像是碎成了两个时间。男人的嗓音是变成嗓音的时间。”② 此处的“有一个嗓音”指变声期的嗓音，它将男性的生命割裂成两段。在前一段生命中，童声的存在让男性得以“从未完全远离自己的母亲”③，对世界的认知以自我观察和体验为主。而后一段生命则让这种隐形的脐带彻底断开，变声成了一种“真正的伤口”④，时时刻刻提醒着自己已不再能发出女高音，由感性认知向理性认知的转变则强化了缺失。于是，变声导致男性失去了从母体里带出来的天籁之声，这种丧失在自然状态下是不可逆转的，象征着人们丧失了与万物合一的最初状态、进入物我两分的理性经验，并选择“理性地”生活，以社会（他者）的欲望和目标为自己的欲望和目标，变声与成长也进而意味着趋“我”弃“吾”的开始。

① Midori Ogawa，«Tout est couvert du sang lié au son»，in *Pascal Quignard ou la littérature démembrée par les muses*，éds. Mireille Calle-Gruber，Gilles Declercq et Stella Spriet，Paris：Presses Sorbonne Nouvelle，2011，p. 166.

② ［法］帕斯卡·基尼亚尔：《音乐课》，王明睿译，河南大学出版社2018年版，第55页。

③ Vincent Landel，«Quignard：l'adieu au monde»，in *Magazine littéraire*，2（1998），p. 69.

④ Mathieu Messager，François Mouttapa，*Tous les matins du monde*：40 *questions*，40 *réponses*，4 *études*，Paris：Ellipses Marketing，2010，p. 76.

实际上，变声并不是男性所独有的。女性在更年期时嗓音也会变得低沉，基尼亚尔将两者对比道："我们称之为人类变声的情形是什么样的？变声在男孩十三四岁的时候突然到来，在女人身上则是四十五到五十五岁，方式多少有些区别。"① 女性变声发生在中年时期，其变化程度远不及男性嗓音变化之大，它不是对母体与原初的脱离，却意味着走向衰老与死亡。因此，女性变声对作者所要表达的主旨并不会产生影响，它在作者的文本中被弱化甚至是被忽略，女性嗓音也就被视为一种不会变化的嗓音。因此在作者的文本中，女高音是一种恒久的嗓音，"她们的嗓音是一种统治。她们的嗓音是一轮不灭的太阳"②。基尼亚尔对女高音的青睐致使得男性变声在其作品中成了一种被迫接受的现象。对此，他特别引用了法国词典学家艾米尔 - 马克西米连·利特雷（Émile-Maximilien Littré）的一个观点："在变声不是一种自愿行为的范畴中，若要表达状态，就需倾向于使用助动词 être"，于是作者说："我们在十二到十四岁之间不是变了声的。而是被变声的。"（*Nous n'avons pas mué entre douze et quatorze ans. Nous sommes mués alors*）③ 这种被迫放弃女高音的命运令作者很是无助与无奈，他甚至由此出发给男性做了如下定义："此类人，嗓音以变声的形式离开了他们。"④ "一切失去的东西都无法找回"⑤，基尼亚尔的这句话在嗓音上体现为：变声是单向的、不可逆的，男性无法再次拥有女高音。

虽然变声与成长意味着走上不可逆转的趋"我"弃"吾"之路，但是基尼亚尔并没有就此罢休。相反，作者一直试图探索着寻找失去的嗓音、让"吾"回归。基尼亚尔提到了两种寻找的途径：阉割与音乐。

阉割这种手段可以说是对自然法则的抗拒、违规，是对成熟的不满。作者之所以认为通过阉割可以在表面上挽回丧失的嗓音，是因为"所有

---

① ［法］帕斯卡·基尼亚尔：《音乐课》，王明睿译，河南大学出版社 2018 年版，第 21 页。

② ［法］帕斯卡·基尼亚尔：《音乐课》，王明睿译，河南大学出版社 2018 年版，第 25 页。

③ ［法］帕斯卡·基尼亚尔：《音乐课》，王明睿译，河南大学出版社 2018 年版，第 83 页。

④ ［法］帕斯卡·基尼亚尔：《音乐课》，王明睿译，河南大学出版社 2018 年版，第 25 页。

⑤ Pascal Quignard, *Sordidissimes*, Paris: Grasset, 2005, p. 33.

的阉割即刻就反映在声音上，而且也许首先便是如此”[①]。被阉割的男性随即摆脱了变声对嗓音的控制，恢复了对女高音的占有。从表面上看，阉割治愈了男性的发声疾病。但实际上，这并不能代表天籁之声的回归。作者认为，男性成熟的标志是生理上的上下对称，虽然阉割取消了这一成熟的对称，但在根本上来讲，某种更隐晦的对称依然存在，因为阴囊被切除后是有残留的。嗓音虽然因此变得尖细，但是，这是对成熟嗓音的改造，它其实在提醒当事者自己失去了某种东西。阉割毕竟是非正常的手段，作者认为这“是牺牲，是奇怪的统治”[②]，而音乐才是他眼中治疗变声这种声音疾病的合理方式。

基尼亚尔提到了这样一个现象：“在西方，技艺精湛的女人比比皆是。女人很爱音乐。可虽然如此，作曲很多的女人却是凤毛麟角”[③]。他随即指出了导致这一现象的原因：女性不会像男性一样经历变声。正因为如此，她们并不需要刻意寻找童声，“她们无须付出任何努力，只消说说话，只消张开口”[④]。可对于男性而言，粗犷的嗓音呼唤着失去的尖细嗓音，这个痕迹“展现了缺席，忧郁之人不断从中看见美妙的所失之物，而这个所失之物则成了一场永不落幕的追逐的对象”[⑤]。童声的离开刺激着他们去“研究一种不会背叛自己的嗓音”[⑥]，将作为声带的那根“弦”化成乐器上的“弦”，用不变的琴弦之声代替可变的嗓音，创作出忠于自己的声音领地，用音乐构造出“一种退行的运动”[⑦]。因此，作者认为音乐“如此经常、如此绝望地是男性的艺术”[⑧]，他创作的音乐家人物也几乎都是男性。

在《成连最后的音乐课》中，伯牙所经历的变声和成长被巧妙融入

---

① ［法］帕斯卡·基尼亚尔：《音乐课》，王明睿译，河南大学出版社2018年版，第22页。

② ［法］帕斯卡·基尼亚尔：《音乐课》，王明睿译，河南大学出版社2018年版，第26页。

③ ［法］帕斯卡·基尼亚尔：《音乐课》，王明睿译，河南大学出版社2018年版，第28页。

④ ［法］帕斯卡·基尼亚尔：《音乐课》，王明睿译，河南大学出版社2018年版，第28页。

⑤ Simon Saint-Onge，«Le temps contemporain ou le Jadis chez Pascal Quignard»，in *études françaises*，3（2008），pp. 161－162.

⑥ ［法］帕斯卡·基尼亚尔：《音乐课》，王明睿译，河南大学出版社2018年版，第26页。

⑦ Jean-Louis Pautrot，«La musique de Pascal Quignard»，in *études françaises*，2（2004），p. 57.

⑧ ［法］帕斯卡·基尼亚尔：《音乐课》，王明睿译，河南大学出版社2018年版，第24页。

了道家思想，作者通过成连对伯牙的层层点拨以及虚构的老者，将原典改写成了一则探讨如何达到忘我之境的传奇。

二 归“吾”之路：从人声到天籁

《庄子·齐物论》中，子綦说出“吾丧我”后，用人籁、地籁和天籁的区别对此加以阐释：“子游曰：‘地籁则众窍是已，人籁则比竹是已，敢问天籁？’子綦曰：‘夫吹万不同，而使其自已也。咸其自取，怒者其谁邪？’”天籁可谓音乐的最高境界，是没有任何功利性目的、不受任何器具和形状桎梏、自然而然的音乐，也是《成连最后的音乐课》中成连一直希望变声后的伯牙能够在“归吾”的过程中领悟到的音乐，故事情节由成连的若干次教导层层推进。另需说明的是，在基尼亚尔的改写中，伯牙使用了两种乐器：瑶琴和琵琶。瑶琴与史料相符；琵琶疑为作者杜撰，其法文原文为“guitare”，现指“吉他”，在该作品中应为一种中国古代竖抱或斜抱的弦乐器，我们暂且将其译作“琵琶”。

在成连门下练琴三年之后，伯牙应命去见老师。成连命伯牙把乐器递给自己，却先后摔碎了七百年的瑶琴、踩烂了琵琶，并说：“这才是瑶琴的声音！”[①]、“以后弹琴的时候给我多用点感情！”[②] 由此我们可以初步了解到，成连不满伯牙过于追求技巧而忽略了情感，通过损毁乐器的方式告诫学生，如果没有感情，再精巧的器具也演奏不出真正的音乐。而在《世间的每一个清晨》里，圣-科隆伯也曾经砸坏过马莱的琴，起因是后者私下为国王演奏，可见圣-科隆伯极不愿意把音乐作为献媚的手段。在马莱第二次登门求学演奏完毕后，圣-科隆伯肯定了马莱的技艺，但认为后者弹出的曲调只能被当作谋生和取悦的手段，只有当我们摒弃这两种用途后，才会发现音乐最初的、也是最本质的作用。

---

① ［法］帕斯卡·基尼亚尔：《音乐课》，王明睿译，河南大学出版社2018年版，第92页。
② ［法］帕斯卡·基尼亚尔：《音乐课》，王明睿译，河南大学出版社2018年版，第93页。

一个月后，伯牙主动去找成连，哭泣着质问老师为何损毁自己珍贵的乐器，成连答道：

> 孩子啊，我打碎琴的时候就已经回答过你了！你的技巧是娴熟了，却没有感情。我打碎了你的乐器，你的嗓音也已经变了。刚才听你呻吟，我在你嗓音的颤抖中已经可以听出某种歌唱。你开始从自己身上发出动人的音符了。①

作者安排成连此时点明伯牙已开始变声，在与《马林·马莱生平小段》形成呼应的同时，强化了这样一个观点：变声令男性产生怀念之情，而这种情感则是他们走向音乐之路的必要条件，亦即丧失是寻找的动力之所在。但此时的伯牙还没有结束变声期，身处从孩童向成年、从纯真走向失真的过渡时期，因此成连继续说道：

> 你像个嗓音变了的孩子。你像个嘴唇在奶妈的胸口和妓女的乳房之间徘徊的孩子。你像个孩子，味觉徘徊在乳汁和热酒这两方天地之间，一边是新叶上如小鸟般猛然升高的嗓音，另一边是伐木人或赶车人的粗厚嗓音，对着树干哼曲儿或者冲着骡子叫嚷。你徘徊在所感和所知之间。你在接近音乐前还有很多要做！②

只有在原初之声的丧失达到一定程度之后，当事者才会转过身来去寻找它。在上段引文中，虽然作者用“徘徊”一词来形容此时伯牙的状态，但徘徊的最终去向是别无选择的：伯牙只能朝着嗓音变粗厚的方向而去。“徘徊”除了表示青少年时期的伯牙处于生理变化过程之外，亦能突显伯牙在所感与所知之间的迷茫。同样，所感与所知的去留也是单向的。第一个层面是认知层面。婴幼儿对于世界的认知方式以感觉为主，

① ［法］帕斯卡·基尼亚尔：《音乐课》，王明睿译，河南大学出版社 2018 年版，第 95 页。

② ［法］帕斯卡·基尼亚尔：《音乐课》，王明睿译，河南大学出版社 2018 年版，第 95 页。

但在学会使用语言之后掌握了用理性看待事物的方法，并且语言能力越强，理性思维越甚，通过直觉和感性来认识事物的概率也随之降低。掌握语言是该层面的代表性特征，掌握技术（如演奏技巧）也属于该层次的范畴之内。此后，作为本真的“吾”的体现越发薄弱，而用语言构造出的“我”则走上台前。第二个层面是情感层面。孩童虽然常通过直觉和感性来认知世界，但是感情较为单纯，对于情感的理解也相对薄弱。随着年龄渐长、经历逐渐丰富，情感也复杂起来。伯牙一方面已掌握弹琴的技巧，另一方面却因尚未完全脱离尖细的嗓音而体会不到失去的痛苦，对音乐的感悟不够深刻，尚且没有“归吾”的欲望。成连在初次教导时已肯定了伯牙的弹琴技巧，所以此次说伯牙还要做很多才能接近音乐，是在情感层面上做出的指点，教导伯牙要感性地去体验音乐和自我。

基尼亚尔在作品中始终否认与政治意图相关的音乐，主张抒发真实情感、体现真自我的音乐，所以安排成连又对伯牙说：“你说话的时候，我在听你的嗓音。除了自负和空洞，那些话还说了什么？除了意图和内心深处，那种语气还说了什么？你陈述促使自己习乐的原因时，你嗓音的声音是远离音乐的。你的嗓音在逐渐坚硬。它离开了颤声和眼泪和音乐。”① 这一次，成连不再说伯牙的音乐是用来谋生的，而是更深刻地指出原因在于后者的心里充满了功利。功利心的存在意味着对上层的向往、对统治的渴望，即使只是想在某一领域拥有话语权，也是基于对阶层顶端的认可。不过成连并没有放弃伯牙，因为他知道伯牙已完成了认知层面上由感性认知向理性认知的转变，尚需在情感层面上增加丰富的体验。

得知伯牙祭奠了乐器残骸并每日在其面前冥想后，成连很是愤怒，命学生去找乐器修理师，嘱咐道：

> 跟他要一把断了的琵琶，随便修过的就行。跟他要一把破了琴肚的瑶琴，随便补过的就行。用最简单的乐器，重新习乐。记住你的嗓音破裂的时候。记住当你想起碎裂的乐器时自己发出的碎裂之

① ［法］帕斯卡·基尼亚尔：《音乐课》，王明睿译，河南大学出版社 2018 年版，第 99 页。

声。你那把和谚语同期诞生的瑶琴就像坚果的壳。要把壳打碎才能吃到果肉。记住，在音乐里，声音不是果肉。[①]

成连在此道出了打破伯牙之琴的用意：乐器只是表现音乐的工具，其优劣程度并不能代表音乐的美妙与否，演奏者也不能被乐器所困。乐器是有形的，但音乐却是无形的。如果将无形限制在有形之内，一方面，会使有形之器被赋予过多的责任，演奏者的注意力也会相应地从音乐本身转移到乐器上，其结果为本末倒置；另一方面，无形之乐受到约束，整体性必然会遭到损害，无异于削足适履。但是，乐器是演奏音乐的主要工具，不能完全否认其功用。因此，成连让伯牙用最简单、最破旧的乐器，意在促使他体会音乐与自我本身。

如果说前几次教导偏重理论，那么最后一次教导就是一次实践。伯牙在乐器修理师那里找了两把自认为损毁最严重的乐器，“竭尽全力地在没有声音的弦上练习，手指在没有打磨光滑的木质琴键上不断地跌跌撞撞”[②]，并选择“独自练琴，在田野尽头，在斜坡上，在离村口不远的地方。”[③] 他开始远离喧嚣、尝试寻找自己的内心所感。可成连却依然认为他弹得太难听，并说：“音乐不在最美的乐器里。它也不在最差的乐器里”[④]，以此彻底否认音乐对乐器的依附关系。与此同时，他肯定了伯牙的音乐里开始出现一些温柔与悲伤，但仍然称不上为音乐，便命伯牙跟着自己去找音乐。

成连带着伯牙先做了五件事：在村落里听风穿过树枝的声音；在小饭店里听筷子夹菜的声音；在青楼里听妓女脚踝滴血的声音、她小声地叫喊和木枕落地的声音；在文人集会上听毛笔在宣纸上摩挲的声音；在僻静之地听孩子撒尿的声音。这五次聆听分别与自然、食物、性爱（生育）、抒情和童真有关，这些在基尼亚尔的文本中都可以成为产生动人

① ［法］帕斯卡·基尼亚尔：《音乐课》，王明睿译，河南大学出版社 2018 年版，第 100 页。
② ［法］帕斯卡·基尼亚尔：《音乐课》，王明睿译，河南大学出版社 2018 年版，第 101 页。
③ ［法］帕斯卡·基尼亚尔：《音乐课》，王明睿译，河南大学出版社 2018 年版，第 102 页。
④ ［法］帕斯卡·基尼亚尔：《音乐课》，王明睿译，河南大学出版社 2018 年版，第 102 页。

音乐的触发点，因为它们都与本性和本真有关。所以在这五次聆听中，成连都落下了眼泪。最后，成连带伯牙来到寺院里听和尚扫地的声音。这一次，伯牙终于和老师一道落泪，因为在长时间听扫地声的同时，扫去了内心的浮躁并回归寂静，此时，成连认为伯牙可以回来了，并叫他买一把能打动自己的乐器。

伯牙选了两件乐器：

> 他试的第二把瑶琴发出辨识度特别高的声音，像是一滴一滴的雨水。他试的第四把琵琶的确是一件很脆弱的乐器，却有种无尽的悲伤和细腻。其中一根弦非常尖细，几乎没有回声。另一根有种温柔，显然不是人类的。最后一根非常喑哑、低沉，但是宽广，却又腼腆，好像在不断往自己的裸体之美上加外套、加裙子。①

基尼亚尔对这两件乐器的刻画用意明显。他将瑶琴的声音比作雨水，一来象征自然之声，二来暗指泪水，寻找天籁与真自我的情感在此得到体现。琵琶的琴弦分别代表了统治声音领域的女高音、引诱人的塞壬之歌以及变声后的男性嗓音，将其作品中三种代表性的声音集中在同一件乐器上。由此可见，伯牙此次挑选的乐器具备了奏出天籁之音的资质，这一点也得到了成连的认可，但他同时指出需要解决最后一个问题："不要再只是找音乐了！"② 然而成连自认为再也教不了伯牙，于是带他去找自己的老师方子春，去上最后一课。

在故事的最后部分，基尼亚尔对"成连入海"的典故并未做较大改动，独自在小岛上苦等数日的伯牙"只听见海水冲上沙滩的声音和海鸟的悲啼。他感到很衰弱，长叹一声：这'就是师爷的课！'"③ 于是奏出了天籁之音。此时的伯牙已摒弃了令人目盲的五色、令人耳聋的五音和令人口爽的五味，内心安定而自知，实现了"吾"的回归。

---

① ［法］帕斯卡·基尼亚尔：《音乐课》，王明睿译，河南大学出版社2018年版，第110页。

② ［法］帕斯卡·基尼亚尔：《音乐课》，王明睿译，河南大学出版社2018年版，第111页。

③ ［法］帕斯卡·基尼亚尔：《音乐课》，王明睿译，河南大学出版社2018年版，第112页。

三 “吾丧我”：游乎天地之一气

基尼亚尔对伯牙和成连典故的改写并没有止步于师徒二人的故事，而是在其中虚构了一位名叫“冯迎”的人物。该人物的出现虽然是个插曲，却被作者塑造为“游乎天地之一气”的得道真人的形象，不仅对伯牙的寻找之路产生了启发式的作用，更升华了作品的主旨。也正是在这个人物的身上，我们看到了“吾丧我”的思想如何在基尼亚尔的改写中得到体现。

伯牙找了许久也没有找到能让自己心动的乐器。在回程路上，他遇见了老者冯迎，并认出他就是那位之前有过交集的乐器修理师，与之进行了这样一番对话：

> “老伯，您是修乐器的，您无须埋怨。您应该是幸福的！您是祭台的守护人。您确保了音乐的美、维系、寂静和可能。您无须成为音乐！”伯牙叹息着叫道。
>
> “你说的都是蠢话，”冯迎说，“我可不幸福。我修理乐器，饿得要死。我太老了。都快一万一千年了，我忍受着生活。都快一万一千年了，我徒劳地修着修不好的东西！都快一万一千年了，我没有完全活过。都快一万一千年了，我没有真的死去！公子，你看看我，我曾经是一头狮子，一位寡妇的耳廓，曙光中一朵玫瑰色的云！我曾经是一块葡萄面包。我曾经是一条鳊鱼。我曾经是孩子湿漉漉的手指中一颗有点毛茸茸的小覆盆子！”①

冯迎知道自己下一次成为人时的具体情况：“地方啊，是克雷莫纳。那是波河附近的一座小镇。世纪呢，是拉丁人的十七世纪。工作么，还是

① ［法］帕斯卡·基尼亚尔：《音乐课》，王明睿译，河南大学出版社 2018 年版，第 106 页。

个弦乐器商人。”[①] 克雷莫纳是意大利北部的一座城市，以制造高品位的小提琴而闻名世界。我们从作品下文中得知，作者将冯迎的下一次人物身份设定为享誉全球的意大利著名制琴师安东尼奥·斯特拉迪瓦里（Antonio Stradivari）。

在冯迎身上，我们看到了与“吾丧我”思想一致的“大音希声，大象无形”的体现。明朝末期的著名琴家徐上瀛在著作《溪山琴况》中对“大音希声”的“希”字做了如下解读：“所谓希者，至静之极，通乎杳渺，出有入无，而神游于羲皇之上者也。”[②] 编者徐樑对此解释道：“所谓‘希’，就是静到极点，通向深远，进而出入于有无之间，神游于悠然自得的理想境界之中。”[③] 我国著名音乐哲学研究者牛龙菲则认为，“似乎老子所谓‘大音希声’，是要人们远离打击乐器的节奏，而以其心官把音乐艺术所表征之大道流行的节律行运，……这里之‘希’字，象喻乐音之间，有常无之意，又有常有之用。”[④] 同样，在基尼亚尔的改写中，几位音乐家人物之所以青睐寂静，正是想要摆脱社会中的嘈杂，转而回归到自然的声响中。作者对寂静的青睐屡见于各类作品，于他而言，“聆听寂静似乎走在聆听音乐之前，发生在一种退隐和抛弃音乐的行为中。”[⑤] 而“当音乐失去寂静、失去自己的影子时，它也失去了自己。”[⑥]

冯迎说自己“真真地向往空无”[⑦]，又说自己最大的痛苦是“又成了一个人”[⑧]，成连带着伯牙寻找音乐的最后对他说：“我今天听了太多的

① ［法］帕斯卡·基尼亚尔：《音乐课》，王明睿译，河南大学出版社2018年版，第108页。

② （明）徐上瀛：《溪山琴况》，徐樑编著，中华书局2013年版，第31页。

③ （明）徐上瀛：《溪山琴况》，徐樑编著，中华书局2013年版，第31页。

④ 牛龙菲：《听之以心——〈乐道——中国古典音乐哲学论稿〉之四》，载《星海音乐学院学报》2003年第1期。

⑤ Isabelle Soraru, «De quelques musiques secrètes: Pascal Quignard et Richard Millet», in *L'Esprit Créateur*, 2 (2007), p. 117.

⑥ Angela Peduto, «Métamorphoses du silence», in *Pascal Quignard. Translations et métamorphoses*, sous la direction de Mirelle Calle-Gruber, Jonathan Degenève et Irène Fenoglio, Paris: Hermann éditeurs, 2015, p. 344.

⑦ ［法］帕斯卡·基尼亚尔：《音乐课》，王明睿译，河南大学出版社2018年版，第107页。

⑧ ［法］帕斯卡·基尼亚尔：《音乐课》，王明睿译，河南大学出版社2018年版，第108页。

音乐。我要在寂静里清洗双耳。我进寺去了。”① 基尼亚尔通过这两个人物都传达出对寂静的追求，却又有不同。成连在作者笔下依然是一个普通人，或说是多少有些世俗的人，其体验和行为无法超越“我”的局限性，所以即便想逃避嘈杂，也只能躲进寺庙找清净，而清净之后依然摆脱不了人的社会属性，不得不回到日常生活的轨道上。但冯迎却被塑造成与道同在的人物，基尼亚尔将冯迎塑造为在轮回中不断重生、能够体验各类有机物和无机物的存在，生与死在他身上没有被分化，他是融天地万物于一体的存在。他既能作为现世的存在感知周遭，也能身处轮回之外通晓一切古往今来，他既是分身又是整体，是自然的象征，没有固定的形态，完全达到了“吾丧我”的境界。从前文分析可知，在作者所推崇的寻找“吾”、寻找天籁之声的方法中，身心宁静、身心合一是重要的前提条件，甚至乐器本身究竟能发出怎样的声响也不再是关注的重点。而冯迎所向往的空无正是超脱尘世之处，是没有鼎沸人声之处的自然之声、是无形之处。此外，得知冯迎的店里有自己需要的乐器后，伯牙背上他前去挑选，却“发现肩上的老冯迎轻得惊人”②，这正是作为真人的冯迎摆脱了形态桎梏后的结果，他是一团可以化为一切有形之物的无形之“气”，达到了“坐忘”的境界。

四　结语

音乐虽然在基尼亚尔的作品中占据了重要的位置，但它只是作者用来表达创作思想的途径。同样，在对伯牙和成连典故的改写中，虽然对声音和音乐的探讨较多，但并不意味着作者的思考对象就是音乐本身，而是自我的存在状态。“变声”以及随之而来的“成长”在本质上是一种自然的生理现象，但是在基尼亚尔笔下更象征着对母体和原初的永久丧失，标志着理性开始介入人的经验。在此之后，作为本真此在的

① ［法］帕斯卡·基尼亚尔：《音乐课》，王明睿译，河南大学出版社 2018 年版，第 104 页。

② ［法］帕斯卡·基尼亚尔：《音乐课》，王明睿译，河南大学出版社 2018 年版，第 108 页。

“吾”逐渐被作为非本真此在的“我”所替代。虽然这一过程在根本上是不可逆转的，但深受道家思想影响的基尼亚尔始终怀有赤子之心，对此种世俗眼中的成熟抱有“不甘心”的心态，不断地通过文字去找寻最初拥有的天籁之声、与万物合一的忘我境界，并借助《成连最后的音乐课》将这种思想形象而生动地展现了出来。

【作者简介】

王明睿，博士，南京师范大学外国语学院法语系讲师，主要研究方向为法语语言文学和中法比较文学。主持项目 2020 年度国家社科基金中华学术外译项目（《何以良渚》法译）和 2020 年江苏省双创博士人才计划。已发表学术论文 4 篇，译著 1 部，待发 2 部。参与编纂《战后世界进程与外国文学进程研究》（杨金才、王守仁主编，译林出版社 2019 年版）“帕斯卡·基尼亚尔”部分。

通讯地址：南京市栖霞区仙隐南路 2 号仙龙湾山庄 16－401。

手机号码：18260085306　电子邮箱：sdu. claire@ 163. com

罗伯－格里耶的反人类中心主义书写[①]

南京大学外国语学院
■桂青云

【摘　要】反人类中心主义的观念渗透在罗伯－格里耶的理论表述与创作中。他以中性的写物方式消除物的深度神话，试图记录物的客观存在；以直观的叙述网络解除线性的因果逻辑，从而动摇语言固定的阐释方式及意义表达的稳定性。罗伯－格里耶对人类中心主义的反抗不在于反对人的主体性，而在于拒绝任何泛人类的绝对性观念。他的革新式创作转变了表达的方式和阐释的内涵，通过消解形而上学的观念体系，来呈现他本人对人类主体和对外界的认识。

【关键词】罗伯－格里耶　人类中心主义　写物　叙事

Title: The Anti-anthropocentrism Writing of Robbe-Grillet

【Abstract】The concept of anti-anthropocentrism permeates Robbe-Grillet's creation theory and novel writing. He tries to eliminate the deep myth of objects and record the objective existence of objects by a neutral way of describing. In the immediate and visual narrative network, the linear causal logic is removed, thus shaking the stability of the meaning and interpretation in traditional novels. Robbe-Grillet's resistance to anthropocentrism lies not in opposing human

① 基金项目：本文为2020年南京大学博士研究生创新研究项目“罗伯－格里耶小说图像研究——文学图像的可感与可知”（项目编号：CXYJ21－19）的阶段性成果。

subjectivity, but in rejecting any absolute idea of panhuman. His innovative creation changes the way of expression and interpretation, and presents his own understanding of human subject and the outside world through the elimination of systems of metaphysical ideas.

【Key words】Robbe-Grillet anthropocentrism description object narrative

一 引言

在新小说家阿兰·罗伯－格里耶的创作中，一种反人类中心主义的倾向伴随他对传统小说的反叛，渗透进他的书写里。传统的诗意化的写物语言与线性的叙事手段在某种程度上被人类中心主义的思想所浸染，书写的方式趋于固定化，它不断地挑战人类既有的精神与意志。但不变的意识形态背后却隐匿着形而上学的危险，人类从被神化的概念中获得崇高，却也被束缚于其中。本文在解析人类中心主义思想内涵的基础上，将主要从写物与叙事两个方面具体分析罗伯－格里耶的创作实践，试图解读出反人类中心主义在他的书写中所显示出的真实内涵及意义。

二 人类中心主义的哲学思想

海德格尔指出，人类对于自身的理解长期以来受“一种完全被古［希腊］世界［将人视为理性动物的观念］和基督教［人是按上帝形象所造的观念］的人类论浸染的取向”所影响。① 由于理性的存在，人类自古以来便自视为较一般动物更加优越的物种，而在神学的观念中，人类则将自身提升到了近似于上帝的存在。人赋予自身大自然物种链中最

① 参见［英］西蒙·格伦迪宁《德里达》，李永毅译，译林出版社 2019 年版，第 108 页。

高的地位，并企图成为万物的主宰。古希腊哲学家普罗泰戈拉（Protagoras）[①] 曾表示："人是万物的尺度，是存在的事物存在的尺度，又是不存在的事物不存在的尺度"。[②] 在这一论断中，理性首先是人类进行价值判断的条件。从人的视角中来看，只有人类自己能够凭借理性审视万物的存在，而除了人以外的物种皆是自在却不能自觉的。将人作为万物价值评判的尺度，这则是将人的感受和利益优先化，人在认知范畴内以自我为中心进行判断。除此之外，"尺度"这一问题仍然可以引发多种阐释：衡量万物的人可以是泛指的人类，也可以是单独的个体，衡量的尺度可以是统一的标准尺度，亦可以是各自不同的尺度。亚里士多德的阐释偏向于强调有着各自认识和感受的人衡量事物的不同尺度，这种阐释拒绝了绝对的权威主义，承认了个体判断的多元性。

康德提出人是大自然的目的这一观点，认为大自然的最终目的是人的完善。大自然赐予了人类理性，而人类依赖理性能够"从最低的野蛮状态努力上升到最高的成熟状态以及思想方式的内在完满性，并且从而上升到（大地之上尽可能的）幸福状态"。[③] 理性依然是康德将人视为自然之目的的有力论据，物种的特殊性得以解释人类在自然中的核心地位。人的发展则是大自然预先部署好的"隐蔽计划"[④]，人类历史受普遍规律的支配，它依照大自然预设的目的和路径演变。康德将大自然主体化的方式，一定程度上把人的意志转嫁给大自然，让人类所理解的历史规律与目的成为先验的存在。人才是"自然界的最高立法者"[⑤]，理智给自然

① 普罗泰戈拉（Protagoras，约公元前490年或480年—前420年或410年），公元前5世纪希腊城邦民主政治高度发展，普罗泰戈拉是智者派的主要代表人物。他主张"人是万物的尺度"。普罗泰戈拉大约活了70岁。他出生在阿布德拉城，多次来到当时希腊奴隶主民主制的中心雅典，与民主派政治家伯里克利结为挚友，曾为意大利南部的雅典殖民地图里城制定过法典。一生旅居各地，收徒传授修辞和论辩知识，是当时最受人尊敬的"智者"。普罗泰戈拉的著作有《论神》《论真理》和《论相反论证》等。

② 北京大学哲学系外国哲学史教研室编译：《古希腊罗马哲学》，商务印书馆1961年版，第138页。

③ ［德］康德：《历史理性批判文集》，何兆武译，天津人民出版社2014年版，第5页。

④ ［德］康德：《历史理性批判文集》，何兆武译，天津人民出版社2014年版，第15页。

⑤ ［德］康德：《任何一种能够作为科学出现的未来形而上学导论》，庞景仁译，商务印书馆1996年版，第593页。

界规定了它的最终目的和必然法则。这里的大自然和神学中的上帝其实都是赋予权威性和合法性的存在，只是前者所设定的法则是人类进行理智认知的结果，相对于后者更具有根源性。在康德的理论中，人类的理性和能动性得到推崇，人通过赋予世界恒定的法则试图对自我以及环境进行掌控。但任何绝对的法则或论断都可能通向一种形而上学，而忽略对实在的具体考察。在人类中心主义思想的发展过程中，人类凭借自身的优越性企图做世界的主人，人除了将自身作为感受的中心和判断的依据外，还发展出一种精神的掌控需求，而这种需求却容易导致集体意志的膨胀和对精神的盲目信仰。

三　中性的写物方式

在文学创作中，人类中心主义的印记首先被刻画在传统的写物方式中。罗伯-格里耶认为，在传统的诗意语言中，人类凭借一种主观的认识，将意志渗透进世界万物中。人寻求精神与物的相通，试图赋予万物某种情感或思想意义。但他自己则主张，“世界既不是有意义的，也不是荒诞的。它存在着，仅此而已。”① 他强调人与物各自存在，物不该成为人类的精神附属，因此，他尝试用中性的语言来记录物的实在：“桌子的右上角，立着那只台灯：十五公分见方的底座，底座上是同样直径的一个圆盘，凹槽花纹的灯柱上是一个深色的略呈圆锥形的灯罩”②；“在山谷的这一侧，从小河到花园之间只有一片香蕉林……不仅树木的排列整齐划一，而且树干的高度都还没有超过五十厘米，上面的树冠也都互不相接。树木行列与山谷中轴线形成的夹角（大约四十五度）更使计数过程格外方便。”③ 物被数字、几何术语以及朴素的语言所描绘，它

① ［法］阿兰·罗伯-格里耶：《快照集　为了一种新小说》，余中先译，湖南美术出版社2001年版，第83页。

② ［法］阿兰·罗伯-格里耶：《在迷宫里》，孙良方、夏家珍译，湖南文艺出版社2011年版，第11页。

③ ［法］阿兰·罗伯-格里耶：《嫉妒》，李清安译，译林出版社2007年版，第28页。

由此而显现出了科学的精准性。中性的数字与几何体拒绝通向任何诗意的想象，拒绝赋予任何人为的深度，它们仅再现物的表面，停滞于物质本身。当代哲学家梅亚苏认为数学语言能够与主观内容相剥离，表现出事物的第一性质："一切能够以数学用语公式化表述的关于客体的属性，都可以被理解为客体自身（作为物自体之客体）的属性。"① 而早在20世纪50年代，罗伯－格里耶便表露出相近的想法："记录下物体与我之间的距离，物体自己的距离（它外部的距离，就是说，它的度量），以及各物体之间的距离，强调这仅仅是一些距离（而不是一些分裂）这样一个事实，这就是证实，事物就在那里，它们不是什么别的，就是事物，每一件都局限于它自身。"② 罗伯－格里耶虽然没有用数学语言去公式化地再现物，但他却也强调度量对记录物体实在的功效。物被数学语言所建构，它并不如在图像或是诗意语言的描绘中那般形象可见，但数字和几何用语在勾勒出它的形态以外，还提供了一种限制，它"打断了寻求一种彼界的任何可能性"。③

罗伯－格里耶虽然力求表现物的客观存在，但他笔下的物并未脱离开主体自身，物的实在由主体所察觉和建构。他在小说中时常采用人物视角聚焦人物所见，物因而是主体目光下的物。作为人物视线的支点，它除了物质性的表面被感知之外，也偶尔成为人物情感的承托。中性的物经由人物视角，实际关联着人的感性经验，它映射出人物心理，反射出主体自身。在《嫉妒》这部小说中，男主人公反复凝视的对象：露台上桌椅的摆放，妻子阿×乌黑浓密的头发，假想情敌弗兰克的白衬衫，被捻死的蜈蚣印迹等，都是他"嫉妒"的情绪浮现时刻的关联物，它们在每次受到关注时被描写。其中，蜈蚣印迹是引发嫉妒的视觉焦点，它甚至唤起了男主人对弗兰克捻死蜈蚣时镇定的神态和敏捷的动作的反复

① ［法］甘丹·梅亚苏：《有限性之后：论偶然性的必然性》，吴燕译，河南大学出版社2018年版，第9页。

② ［法］阿兰·罗伯－格里耶：《快照集　为了一种新小说》，余中先译，湖南美术出版社2001年版，第139—140页。

③ ［法］阿兰·罗伯－格里耶：《快照集　为了一种新小说》，余中先译，湖南美术出版社2001年版，第139页。

回忆。弗兰克所透露出的沉稳气质和一旁面带惧色的阿×的柔弱相衬，蜈蚣成了这一暧昧场景的反射物，男主人公对它的关注则足以道出他的情感。罗伯－格里耶虽然以朴素的语言进行描绘，但物与主体的视觉关联性却使得物成为印证主体的存在。他对物的书写以人的感知为媒介，物的实在和人的情感都是他寻求表现的对象，正如他自己所言："当一部小说把一个人放到场景中，连篇累牍地关注他走过的每一步路，只描述他所做的，他所看到的，或他所想象的，它怎么可能被指责为背离了人呢?"①

如果说罗伯－格里耶反人类中心主义的实践并不在于摒弃人的主体性，人物在他的小说中依旧以自我为中心进行感知和判断，那么它则更多存在于对人依赖物实现精神的最高化和绝对化的反抗中。热奈特曾经质疑罗伯－格里耶"在心理真实上建立作品的客观结构"的方式，认为这只能借助于"一种虚假的心理"，这实际上造成了一种不可能。② 作为在小说中并没有物质观测动机的人物，以其目光反复地度量物的表面，确实违背常理。但是，重塑出不刻意挖掘物的深刻内涵的目光却是罗伯－格里耶有意为之："现在，这人的眼睛落到了物件上，目光带着一种毫不柔软的坚毅：他看到了它们，但他拒绝把它们据为己有，拒绝跟它们维持任何暧昧的关系、任何默契……同样，他的激情落在它们的表面上，却并不打算深入进去，因为那里头什么都没有。"③ 罗伯－格里耶认为目光仍然是人认识世界的有效武器，主体自身能够摆脱主观思维的侵扰，摆脱前人制定的形而上学契约，净化目光。"坚毅"是一种重塑，是对物所带来的文化性概念的抵制，是对刻意制造物的深度的拒绝。它有助于摆脱主体相关性，让物仅仅作为人物目光和偶尔激情的支撑。

罗伯－格里耶在理论文章《自然本性、人本主义、悲剧》中试图攻

---

① ［法］阿兰·罗伯－格里耶：《快照集　为了一种新小说》，余中先译，湖南美术出版社2001年版，第118页。

② Gérard Genette, *Figures I*, Paris: Seuil, 1966, p. 76.

③ ［法］阿兰·罗伯－格里耶：《快照集　为了一种新小说》，余中先译，湖南美术出版社2001年版，第118—119页。

击类似拟人的修辞语言，他表示：“在我们几乎全部的当代文学中，这种拟人化的类比反复出现得实在太频繁，实在太严密了，不能不显示出整整一个形而上学的体系。”① 他强调人通过类比的方式赋予物的精神特征容易成为一种“自然本性”（nature）。自然本性是内在性的概念，它超越人类情感本身，先于情感而出现。例如“山岭的威严”或者“日光的残酷”如果被反复地描述，它们则可能会被逐渐视为物的内在本质，而人的情感便容易在惯性的表达中遭到忽略。大自然于是成为人心的摹本，且是不变的摹本，人类通过印刻在物之上的精神标签而传播一种神话。对于罗伯－格里耶而言，“人类中心主义……渗透在任何事物中”，它“用一种或多或少带有欺骗性的情感和思想的罗网，从内部把它包围起来”。② 自然本性的形成实际是人类精神渲染万物，并走向绝对化和形而上的结果，而个体的真实情感和观点则被淹没在神话性的概念中。人类赋予的特征变成物恒定的实在，物沦为人用来神化自身观念的工具，这是人类集体意志使然的结果，但它却使共有的精神趋于僵化，个人的主体性反倒从中丧失。罗伯－格里耶以中性的语言来规避形而上学体系，以人物坚毅的目光杜绝任何神话的陷阱，这是对欺骗性的情感和意义的反抗，也是作者本人作为个体的觉醒。

四　直观的叙事网络

罗伯－格里耶反人类中心主义的策略同时体现在他对叙事的解构上。在传统小说中，作者通常按照因果逻辑对事件进行统一的线性编排，一种清晰的可知性支配着事件的变化和因果。每一个细小的人物行为都被严密地安排在叙事结构中，对事件整体发挥它的价值和效用。朗西埃表示故事自亚里士多德以来一直遵循着一种古老尺度，它是“建立在理想

① ［法］阿兰·罗伯－格里耶：《快照集　为了一种新小说》，余中先译，湖南美术出版社 2001 年版，第 120 页。

② ［法］阿兰·罗伯－格里耶：《快照集　为了一种新小说》，余中先译，湖南美术出版社 2001 年版，第 118 页。

因果图示——通过必要性或逼真性的联结”之上的“动作的组合”，也是“人类行动的某种可知性形式”。[①] 在故事中，创作者按照对人类行为的普遍性理解来组织故事，这种组织方式建立在理想化的逻辑推理之上，它依据“时间指示器的内在目的论”[②]，预设事件发展的清晰秩序，统一叙事结构内部的线性句法。人类对世界的理想化阐释通过相似的叙事路径重复和加强，它逐渐成为主导传统叙事的权威性意识形态。

罗伯－格里耶认为叙述背后的秩序“跟整整一个理性主义的、有组织的体系联系在一起”，而在这种体系繁荣的资产阶级时期，特别是十九世纪上半叶，与这种秩序相关的叙述形式发展到了顶峰，它伴随着人们对事物的“公正而又普遍的逻辑的信任”。[③]“叙述的所有技术因素……一切的目的全在推出一个稳定的、和谐的、延续的、单义的、可完全破译的宇宙的形象。由于世界的可理解性并没有被质疑，讲述并不提出问题。”[④]传统叙事趋向构建出理想可解的世界，而这一世界也长期以来依赖叙事被显示为自然和恒定的，一种神之言在悄然之间获得了普遍的信任。巴特表示“从历史到神话的转变过程中，神话以简略的方式操作：它消除了人类行为的复杂性，赋予其本质的简单性，它排除了一切辩证法，一切对越出直接可见物之外的回溯，它构织了一个因没有深度从而没有矛盾的世界，一个一目了然的敞开的世界，它确立了令人愉快的明晰性”。[⑤]在被神话浸染的故事里，事物处于有条不紊的秩序中，一切皆在可知的掌控中，人类精神为世界虚构出了不变的样貌，它的清晰性和稳定性都使人感到愉悦。但当绝对的可知与具备复杂性、矛盾性和偶然性的现实相碰撞时，神话便开始摇摇欲坠，它的虚幻昭然若揭，对可知性的信仰则转向一种无知。

---

① ［法］雅克·朗西埃：《图像的命运》，张新木、陆洵译，南京大学出版社 2014 年版，第 53 页。

② ［法］雅克·朗西埃：《图像的命运》，张新木、陆洵译，南京大学出版社 2014 年版，第 53 页。

③ ［法］阿兰·罗伯－格里耶：《快照集　为了一种新小说》，余中先译，湖南美术出版社 2001 年版，第 98 页。

④ ［法］阿兰·罗伯－格里耶：《快照集　为了一种新小说》，余中先译，湖南美术出版社 2001 年版，第 98—99 页。

⑤ ［法］罗兰·巴特：《神话修辞术》，屠友祥译，上海人民出版社 2016 年版，第 174 页。

人类中心主义的思想渗透进传统的叙事框架和目的中，人作为潜在的全知和全能的世界主人，用他的意志和精神构建不变的理想世界，表达绝对性内容的叙述方式因而变得同一。罗伯－格里耶在小说中试图瓦解传统叙事中的意识形态及构建形式，这一文学举动与德里达后来所提出的“解构”的目的一致——旨在破坏以“逻各斯、神之言的稳定性和权威性为基础”的“逻各斯中心主义”（logocentrism）。[①] 为此，他尝试“构筑一个更坚实、更直观的世界，来代替充满（心理学的、社会的、功能上的）‘意义’的这一宇宙”。[②] 直观的世界是客观的物质世界和主体的真实经验世界，罗伯－格里耶质疑并摒弃既有的阐释体系，溯源于物质与经验本身，借助直观的描绘来再现世界的面貌。在罗伯－格里耶五十年代前期的小说创作中，他用描写记录下人物视觉和意识画面的直观在场，人物对外物的感知、萦绕于脑际的回忆和想象，顺着意识的时间线被展开。这些画面将主体琐碎的物质性体验、纠缠不休的顽念、与事件相关或无关的联想呈现出来，传统叙事中线性的、有序的阐释方式被消除，清晰、单义的世界面貌也被瓦解，它们构建出一个意识流窜的无序网络。

如果说罗伯－格里耶试图构建的是原生态的意识网络，那么在他所设定的故事框架内，偶然因素对人物意识和行为的影响作用则被突显出来。在《橡皮》这部小说中，侦探瓦拉斯清晨沿着“连贯的线条”在侦查的小城中前行，不断更新的景象刺激他的感官，使他“产生一种时间之流连续不断的舒服的感觉”。[③] 身边的事物在此刻于他而言似乎都能够被井井有条地梳理清晰，有如他的脚步能够控制行进的节奏一般，一切都在可掌控的范围之内。但在调查过程中，与事件不相关的多余的物与人，偶然发生的不确定的线索，其他人物对事件的主观臆测逐渐让瓦拉

① ［美］M. A. R. 哈比布：《文学批评史：从柏拉图到现在》，阎嘉译，南京出版社 2017 年版，第 596 页。

② ［法］阿兰·罗伯－格里耶：《快照集　为了一种新小说》，余中先译，湖南美术出版社 2001 年版，第 85 页。

③ ［法］阿兰·罗伯－格里耶：《橡皮》，林青译，上海译文出版社 1981 年版，第 48 页。

斯陷入繁复的思绪和杂念中，使他不但无法理清事件的原委，反倒在一系列的偶然和错失中，被推向了命定的时间节点——在原来事件发生次日的同一时间，他误杀了实际并未死亡的教授，成了真正的凶手。作者虽然设置了看似命定的结局，但这一结局却意在反讽事态发展的无常，突出非预见性元素的影响。

拉图尔在他的行动者网络理论中将“行动者”（actant）视为既包含行为人，也包含物和任何能够改变事物状态的因素。所有的行动者在它们共同发挥作用的网络中都承担着转义者的角色，它们会“转变、转化、扭曲和修改它们本来应该表达的意义或元素”。[①] 在罗伯－格里耶构建的直观的叙事网络中，非人的物、偶然的因素、他人的观点和人物自身意志的作用都显示出来，它们相互影响，共同支配着主体的行为。其中，非预见性因素破坏了行为主体最初的计划和信念，它在事件的发展中运转，产生了不可预估的转义作用。相较于传统叙事所呈现出的稳定清晰的世界，罗伯－格里耶在叙事中赋予了事件更多的复杂性、不确定性和变动性。主体的能动性在一个更为宽泛的行动者网络内被重新考量，它不再是绝对的主导性力量，而是在受到其他因素的牵制中发挥作用。世界的面貌在不同的叙事解读方式下发生了改变，人类对自我认知和能力的盲目信仰也因而被解除。

五　结语

在罗伯－格里耶的小说中，中性的写物方式抵抗人类精神的侵袭和文化的掌控，让人和物的关系停留于纯粹的表面碰触。物在主体的目光下显示出其自身，它不承载任何神话的重量，而主体也不借由目光深入物的内在，个人的情感得以避免在物的深度中迷失。在直观的叙事网络中，简明的因果阐释方式则被摒弃，行为主体的能动性与被动性在多重

---

① Bruno Latour, *Reassembling the Social: An Introduction to Actor-Network-Theory*, New York: Oxford University Press, 2006, p. 39.

因素发挥作用的行动者网络中被建构，世界的复杂性和变化性显现出来。罗伯-格里耶在小说中对人类中心主义的反抗主要在于尝试消除精神的“绝对化”和书写模式的“自然化”，他试图跳脱人类中心主义认知的桎梏，重新审视世界和自我，通过探索自我表达的途径和书写的方式，来展现自身对人和外物关系的认识。

【作者简介】

桂青云，南京大学外国语学院博士研究生，研究领域为法国文学。

通信地址：南京市江宁区泉东路58号保利樾公馆9栋1401室，邮编：211100。

电子邮箱：779887645@qq.com

非洲作家研究

试论非洲诗人桑戈尔对古希腊罗马典籍的修辞借鉴和审美借鉴

中国社会科学院外国文学研究所
■史忠义

【摘　要】本文在简要介绍非洲作家借鉴古希腊罗马典籍的四种形式之后，集中分析了诗人桑戈尔对古希腊罗马典籍的修辞借鉴和审美借鉴，并指出桑格尔的创作彰显了诗人的文化选择和文化自信。诗人创造了具有非洲特色的视野诗，与西方的模仿诗学决裂，再造非洲的超自然生活，强调非洲作家作品中的黑人传统精神，肯定黑人新诗应该具有的风貌，讴歌非洲式的田园世界，进而反映一种进入历史和政治的新景观，隐喻与西方决裂的愿望。①

【关键词】桑戈尔　古希腊罗马典籍　修辞借鉴　审美借鉴

On the rhetorical and aesthetic reference of African poet Senghor to ancient Greek and Roman classics

【Abstract】After a brief introduction to the four forms of African Writers' reference to ancient Greek and Roman classics, the paper focuses on the rhetorical and aesthetic reference of the poet Senghor to the ancient Greek and Roman classics, and points out that his creation shows the poet's cultural choice

① 本文写作中参照了 Mouralis, Bernard, *Littératures africaines et antiquité. Redire le face-à-face de l'Afrique et de l'Occident*, Paris: Honoré Champion, 2011。

and cultural confidence. He created vision poems with African characteristics, which broke away from the Western imitative poetics and recreated the supernatural life in Africa. He emphasized the black traditional spirit in the works of African writers, affirmed the style and features of black new poetry, the pastoral world of Africa, and then reflected a new landscape of history and politics, metaphorically expressed the desire to break away from the West.

【Key words】 Senghor　ancient Greek and Roman classics　rhetorical reference　aesthetic reference

引　言

列奥波尔德·塞达·桑戈尔（Léopold Sédar Senghor）（1906 年 10 月 9 日，若阿勒 —— 2001 年 12 月 20 日，韦尔松）是塞内加尔国父，近现代非洲著名的政治家、外交家、思想家、文学家、文化理论家、语言学家、诗人。1960 年 9 月 6 日——1980 年 12 月 31 日连任五届塞内加尔总统，1962 年 12 月 18 日——1970 年 2 月 26 日兼任总理，执政二十多年，大力推行民主社会主义。塞内加尔是从未发生过政变的少数非洲国家之一，实现了权力更迭的和平过渡。

桑戈尔是非洲民族解放运动的先驱和非洲社会主义尝试的代表人物之一，非洲民主社会主义思想的积极倡导者、社会党国际和非洲社会党的主要领袖。他还是第一位当选法兰西学院院士的非洲人，被公认为 20 世纪非洲最重要的知识分子之一，在国际政坛和世界文坛都享有崇高的声望。

桑戈尔被认为是“黑非洲最博学、最有学者风度的国家元首”，是苦难深重的非洲大地上成长起来的老一代知识分子的代表人物，是黑人哲学“黑人学”的创始人之一，又是非洲统一组织的创始人之一。

桑戈尔的一生在三个领域取得了巨大的成就：一是创立了“黑人特性”政治 - 文化理论，使非洲人找到了种族自尊，成为团结全世界黑人的一面旗帜；二是成为一个优秀的政治家，争取了国家的独立并使塞内加尔成为一个相对稳定而富裕的国家；三是创作了大量享誉世界的诗歌。

桑戈尔的主要论著有：《法属西非的文化问题》（*Questions culturelles de l'Afrique occidentale français*，1937）、《黑非洲的文明》（*La civilisation de l'Afrique noir*，1947）、《马克思主义和人道主义》（1948）、《民族和社会主义》（1959）、《非洲的社会主义道路》（1960）、《黑人传统精神与20世纪的人道主义》（*La Négritude et l'humanisme du XXe siècle*，1966）。言论集《自由》（*Liberté*）包括五部：第一部《黑人传统精神与人文精神》（*Négritude et humanisme*，1964）、第二部《非洲的民族和社会主义道路》（*Nations et la voie socialiste en Afrique*，1971）、第三部《黑人传统精神与世界文明》（*Négritude et la civilisation du monde entier*，1977）、第四部《社会主义和计划》（*Le Socialisme et le projet*，1983）、第五部《文化的对话》（*Le dialogue des cultures*，1992）。此外还有《行动的诗》（1980）、《我相信：黑人特性、法国特性和世界文明》（*Je crois aux propriétés des Noirs, de la France et à la civilisation du monde entier*，1988）等。

桑戈尔的主要诗作有：《幽灵之歌》（*Les Chants d'ombre*，1945）、《黑色的祭品》（*Hosties noires*，1948）、《黑人和马达加斯加法语新诗选》（*Anthologie de la nouvelle poésie nègre et malgache de langue française*，1948）、《埃塞俄比亚诗集》（*éthiopiques*，1956）、《淘金》（*La rué de l'or*）、《黑人妇女》（*Femme noire*）、《红狮》（*Le Lion rouge*，塞内加尔共和国国歌，1960）、《夜曲》（*Nocturnes*，1961）、《热带雨季的信札》（*Lettres de saisons tropicales*，1971）、《冬季的信札》（*Lettres d'hivernage*，1973）、《杰克·汤姆森之歌》（*Chant pour Jackie Thomson*，1973）、《主哀歌》（*élégies majeures*，1979）、《诗歌总集》（*Poésie complète*，1990）等。

一　非洲作家对古希腊罗马典籍的四种借鉴及文化资源和文学场概念

非洲许多著名作家都有自己阅读古希腊罗马著作的文库，桑戈尔是其中的佼佼者，但是一个作家与另一个作家阅读的先贤对象和书目，差别很大。这些古代的文化遗产通常被他们用在修辞和审美方面、史学研究的参照方面和哲学思考方面，不同领域也有交叉重叠。修辞借鉴经常采用暗示忽略形式（prétérition），即作家显示自己熟悉古希腊罗马的典籍，同时又拒绝深刻论述这些典籍的内容，于是产生了喜剧效果，包括桑戈尔和瓦朗丹－伊夫·姆丹博（Valentin-Yves Mudimbe）。在更广泛的意义上，非洲作家借鉴某部古代文本的修辞，其功能或者表达一种庄严的氛围，或者不同程度地明确强调，对古希腊罗马的参照不再是西方人的专利。有时，我们碰到的引语的性质可能有些问题，因为被引述的内容不是真正的古代文本，而侧重于希腊语或罗马语语言和词汇方面的某些独特性。审美借鉴的意图通常更间接一些，即一个作家可以从古代文学中找到一些成分，用以说明或解释自己文学计划的某个方面，例如索因卡（Soyinka）思考悲剧性和神圣性时的做法。

对古希腊罗马文库的史学借鉴的路径与修辞借鉴和审美借鉴明显不同，在史学领域，非洲作家直接且基本上采用古典文库的具体内容。古希腊罗马文学变成一个巨大的文本，非洲作家从中选择章节，按照自身处境和研究计划的类型，给出解读。以下三种态度尤其引人注意：一种是谢赫·安达·迪奥普（Cheikh Anta Diop）的态度，他运用自己对古希腊罗马的知识澄清古埃及的源头，展示撒哈拉以南、非洲在这段历史中的作用。另一种是桑戈尔的态度，在他那里，人们看到的是古埃及和古希腊罗马世界的书面典籍与黑非洲文明世界的一种张力，后者通过自己的口传文化，似乎避开了古代的典籍类型。还有一种是姆丹博的态度，他对古代典籍的持续参照似乎与任何系谱视野或卫道视野无缘。

古代文库也可以从哲学角度去解读。非洲作家首先对亚里士多德的研究范畴概念颇感兴趣，那么他们至少有必要对汤普勒（Templs）在其著名的《班图哲学》（*Philosophie bantoue*）里发挥的论点表示态度。另外，古希腊罗马作者对异域国家和民族如埃及、波斯、印度、日耳曼、非洲等多有论述，他们的论述引起非洲作家们的关注。例如，姆丹博把希罗多德（Hérodote）及批评他的普鲁塔克（Plutarque）等人的争论视为种族叙事问题的一种典型表现，以及任何试图建构非洲学的意图所遇困难的彰显。与此同时，古代典籍还为哲学思考的另两个方面提供了重要素材，一方面是政治和民主问题，另一方面是对哲学的意义和作用的反思。在这方面，非洲作家主要围绕四大谱系阅读古代圣贤：亚里士多德，包括把亚氏从汤普勒及其继承者的阐释里拉出来；柏拉图，重拾苏格拉底式对话与真正柏拉图式对话的对立；斯多葛派，关注他们的伦理学胜过他们的世界体系；唯物主义哲学家，例如爱奥尼亚的先驱们（les précursseurs ioniens）、伊壁鸠鲁（Epicure）、卢克莱修（Lucrèce）等哲学家。

展示非洲作家对古希腊罗马文库的不同运用，引导我们提出这样一个问题，即非洲作家与古希腊罗马典籍的关系性质。在这方面，批评家们表达了两种立场。有些人把古希腊罗马典籍在桑戈尔、索因卡、洪彤基（Houndji）或姆丹博等作家的在场视为对西方文化整整一个方面的典范掌握。另一些批评家恰恰相反，不失时机地指责上述这些作家们试图模仿欧洲的知识言语，并进而背离非洲的文化世界。洪彤基斥之为“民粹主义的论证”。而我们则以为，非洲作家更多的是用自己的言语取代几个世纪以来欧洲人关于非洲人和非洲世界的言语。他们对古典文库的兴趣并非表达参与西方文化的意愿，而更加一致的计划是，展示知识的任何领域都不能禁止非洲人的思考，尤其是西方人视为他们最珍贵财富之一的古希腊罗马世界。从这个意义上说，非洲作家自古代典籍开始进行的工作构成与西方对话的另一种方式。在很多方面，这种自由审视的精神体现在谢赫·安达·迪奥普、索因卡、姆丹博、洪彤基或桑戈尔阅读古希腊罗马典籍，并将其与以前不曾涉猎的问题结合起来，或者展示非洲人并非愚不可及、不能评论它们的方式方面。例如，勒内·马朗（René Maran）就“以马克－奥雷尔（Marc-Aurèle）的口吻说话”，而桑戈尔曾经狡黠地提示说，“发达国家那些当代读者”并不容易读懂维吉尔的诗句，因为“要很好地抓住它们并掂量其意义，应该……深入罗马人农耕时期的异教，直至前印欧层面，参照非洲”。（Senghor 1975）

桑戈尔在自己的论文、论著和诗歌中经常引用的古代作家有希罗多德、塔西陀、荷马、维吉尔、蒂托－李维、柏拉图、欧里庇得斯等。桑戈尔在《黑人传统精神与人文精神》卷一（*Négritude et humanisme I*，

1964）里回忆了 1928 年至 1931 年在巴黎路易大帝中学带给他的收获：

> 我从老师们开设的课程里基本上收获的是方法的精神……一种清晰、客观、高效的意愿。不管是拉丁题材、希腊版本、法语解读，更不用说历史或哲学，老师们长年累月向我们反复灌输的，远不止一般意义上的方法，而是方法的精神：某种提问的方式，分析它们之史料的方法，评估每种史料之价值、然后把全部材料重构为活的综合的方法，这种综合分离出客体的精神。我想说的是，超越其风格的它的意义。这样，月复一月，年复一年，我对希腊罗马天赋的认识日渐加深，而法兰西文明是希腊罗马文明的主要继承者。(Senghor 1964：404)

在这篇写于 1963 年的文章里，如同 1961 年写成的两篇文章《巴黎》（Senghor 1964：312 – 314）和《索邦与黑人的传统精神》（Senghor 1964：315 – 319）里，桑戈尔趋向于凝聚甚至简化他在高等师范学校文科预备班和索邦大学的经历。他尤其把自己可能有的对法兰西文明的失望情绪和疑虑搁置一旁，阿尔芒·吉贝尔（Armand Guibert）是桑戈尔的朋友，他在研究桑戈尔时就曾这样强调过。（Guibert 1962：14 – 15）另外，罗姆阿勒德·封库阿（Romuald Fonkoua）研究桑戈尔在路易大帝中学求学阶段的《高等师范学校文科预备班时的非洲观》一文中说，在这个阶段，桑戈尔应该采纳了一种独特的立场和一种与三大主流网络有别的言语策略，它们中的任何一种都不能完全满足他。这三大网络是：大学的人文和世俗环境，围绕《精神》杂志、由埃马纽埃尔·穆尼耶（Emmanuel Mounier）推动的人格主义思潮、马克思主义。（Fonkoua 1996：130 – 175）[①] 对于这个说法，桑戈尔本人保持沉默。

---

① 这意味着这个时期的学习已经喻示着桑戈尔未来的某些政治选择。也是从这个年代起，桑戈尔意识到本格森两部著作《直觉意识的研究》（*Essai sur les données immédiates de la conscience*，1889）和《道德和宗教的两个来源》（*Les deux sources de la morale et de la religion*，1932）对他的重要性。罗·封库阿提到了著名的拉丁学者和人权卫士阿尔贝·白耶（Albert Bayet）在桑戈尔阅读本格森著作中发挥的中介作用（Fonkoua 1996：153 – 155）。

这样，在参照古代典籍时一个作家与另一作家之间的异同可以从文学场的角度来考察。这种角度可以根据非洲作家起初掌握的文化和文学资源以及他们寻求在这个领域获得的地位来界定。事实上，如同我们在洪彤基、姆丹博或桑戈尔等人那里看到的那样，“文化资源”概念仅对在公立或教会学校选修过中学和大学古典课程的作家们有效。反之，文学场的概念似乎更有趣，因为它在显示作家们“掌握”“状态”和所持立场时，引入了文学生产的异彩纷呈的活力视野。这样，我们就可以注意到作家们从参照古代典籍中获得哪些好处。这种策略尤其可以使他们呈现为已经进入西方文化核心而又不必因此而背离非洲世界的作家们，如同我们从桑戈尔、索因卡以及他们之前的布瓦拉（Boilat）那里看到的那样。有时候，这种策略有可能适得其反，因为对古希腊罗马的参照永远存在着被民粹主义者指责为文化异化形式的可能性。索因卡的作品就遭到了这样的批评。

上述概略说明显示，以桑戈尔为代表的非洲著名作家都在欧洲接受过重点高中和著名大学的教育，但他们那时就对西方文明感到失望，疑虑丛生，就看到了西方文明与非洲文明的冲突，就没有忘记西方对非洲的殖民统治，就看到了非洲被殖民的处境，就显露出初步的文化选择和语言选择。桑戈尔从老师那里学到的是方法论的精神，而非照搬那些具体方法。他的《法属西非的文化问题》阐述了西方文明对非洲文明的粗暴干涉，就警示非洲人勿忘自己被殖民的真实处境，以及重建非洲文化的历史重任。他的《我相信：黑人特性、法国特性和世界文明》继续论述黑人的文化精髓，强调法国特性中可以被非洲国家和人民学习的自由精神，但也看到了法国人——广而言之西方人的傲慢和偏见，西方文化的西方中心主义实质，就强调世界文明是世界各种文明的总和，非洲文明在世界文明中占有不容忽视的重要地位。这种见解使他们青睐古希腊罗马那些重视非洲文化的作家们的重要论述，他们借鉴古希腊罗马作家的典籍不是要参与到西方文化中去，而是要论述非洲文明的古老根源，批驳西方现代性对非洲的扭曲，指出现代非洲的问题所在，希冀重建非洲文明和非洲的现代性，解决非洲的政治和民主问题。这些基本意向也渗透进他们对古希腊罗马典籍的修辞借鉴、审美借鉴、史学借鉴和哲学借鉴之中。

二　桑戈尔对古希腊罗马典籍的修辞借鉴和审美借鉴

谈论古典文库的用途时，“修辞的”和“审美的”两个形容词似乎很接近，甚至互有重叠，因为它们都反馈到作家使用古希腊罗马典籍时同样的意图：对读者产生某种效果。另外，古典文库的文学文本全是书面语，而借鉴者的文本大多是口语文本，如桑戈尔等人在他们的政治生涯中所做的报告，尤其是面对议会发表的演说[①]。即使如此，仍然有必要区分修辞事实与审美事实，前者属于作家在表达方面的工作选择，如所使用的辞格，尤其是引语格式；后者更反馈到文学作品的整体观，关涉美的形式、类型、指示给作家的使命、文学体裁（诗、戏剧、小说等），或者还有“现实主义”或“介入”等概念。这两种类型的事实有可能在文本内部相对立并产生明显的张力。米歇尔·奥塞在《论黑人传统精神的诗学》（Michel Hausser，*Pour une poétique de la négritude*）一书中强调桑戈尔编著的《黑人和马达加斯加法语新诗选》收录的那些诗作里的对立，展示诗人如何把相关引语变成“阐释符号”（«interprétant -signe»）或变成“阐释指示”（«interprétant-indice»）（Hausser 1988：46）：

> 我们不妨说，阐释符号……确定书写和阅读之位。我们发现，对于许多张扬黑人传统精神的作品，包括其中最重要的作品，这些文学“坐标”主要是西方和法国式的。阐释指示较少确定阅读位，更确定阅读的方向，给所指增加一个文学性质的第二所指，激活另一诗歌世界，在这个世界内部，已读文本亦将发挥其所指作用。（Hausser 1988：54）

① 桑戈尔的很多论文是由演讲改写的，如收录在《自由》5卷里的很多论文。

这样，《新诗选》就在两个层面运作：在修辞层面，通过在作家所采纳的表达方式中明显的“文学坐标”而运作；在审美层面，经常以醒目的形式，例如书名，肯定何谓“黑人和马达加斯加法语新诗”，以及这种新诗应该具有的风貌。

三　桑戈尔对古希腊罗马典籍的修辞借鉴

桑戈尔是引述文本最多的非洲作家之一。但是他所参照的古典文本呈现一种明显的特征，因为它们是由双重文体构成的，一方面是古希腊罗马作家的作品，另一方面基本上是被视为体系的拉丁语言，该体系从拉丁语言中抽取了一定数量的修辞效果。

另一种文体可以称作语法文本，最先呈现出的是词汇范畴的事实。在这方面，桑戈尔有一个明显的倾向：把希腊或拉丁语词改造成法语语词。例如《埃塞俄比亚诗集》的《其他诗作》（*D'autres chants ... d'éthiopiques*, 1956）中“oiseau aptère”[①] 的学术类形容词“aptère”，来自希腊语的“aptéros”，表示“没有翅膀”；《黑色的祭品》（*Hosties noires*, 1948）诗集里的《期望和平》（*Prière de paix*）的诗句“la fiancée pleure sa viduité”[②]，其中的名词“viduité”来自拉丁语的“viduitas, atis”表示寡居状态；在《埃塞俄比亚诗集》的《缺席者》（*L'absente d'éthiopiques*）一诗中，“la floraison flave des cassias ..., la surrection de la sève”[③]，“flave”和“surrection”分别来自拉丁语的形容词“flavus, a, um”和名词“subrectio, onis”，前者表示“金黄色”；《埃塞俄比亚诗集》的剧诗《夏卡》（*Chaka*）的“le roucoulement méridien de Nolivé”[④] 诗句里，“méridien”从拉丁语词“meridianus, a um”仿造而来，表示“正午”；诗集《夜曲》（*Nocturnes*, 1961）中《被割礼者的哀歌》（*L'élégie des circoncis*）的最后

① Senghor, *L'Œuvre poétique*, Paris: Seuil, collection Points, 1990, p. 151.
② Senghor, *L'Œuvre poétique*, Paris: Seuil, collection Points, 1990, p. 96.
③ Senghor, *L'Œuvre poétique*, Paris: Seuil, collection Points, 1990, p. 112.
④ Senghor, *L'Œuvre poétique*, Paris: Seuil, collection Points, 1990, p. 119.

两个诗句“le chant n'est pas que charme，il nourrit les têtes laineuses de mon troupeau”① 里，诗人强烈地把实在与幻觉相对立，与幻觉相关联的“charme”一词是从拉丁语“carmen，inis”改造而来的。

在句子范围内，桑戈尔喜欢多次回忆某些拉丁语形容词意指程度的特殊用法。例如诗集《黑色的祭品》的《奈德塞》（*Ndessé*）一诗中，“Mère，on m'écrit que tu blanchis comme la brousse à l'extrême hivernage”② 诗句里的“extrême”用的是拉丁语词“extremus，a um”的最高级，表示“冬末”（la fin de l'hivernage）之意。剧诗《夏卡》里也有类似的用法：“Chaka tu trembles dans l'ultime Sud...”③，这里的“ultime”像拉丁语的“ultimus，a，um”一样，表示“最南端”（la partie la plus reculée du Sud）之意。另外，桑戈尔在单词的使用方面也有一些独特性。例如在《埃塞俄比亚诗集》的《其他诗作》（见前引）中，把主有形容词放在名词后边：“Et quels coups de tonnerre font bondir ce cœur tien hors de son lit...”④，这是拉丁语的常见用法。有时使用动词时没有主语代词，这也是拉丁语的规则，例如《埃塞俄比亚诗集》的《缺席者》（见前引）一诗中的这句：“Jeunes filles aux gorges vertes，plus ne chantez votre Champion et plus ne chantez l'élancé”⑤，诗集《夜曲》中《子夜哀歌》（*élégies de minuit*）中的“Ah! plus ne peux supporter ta lumière...”⑥ 一句。

这样，希腊语和拉丁语就构成桑戈尔从中吸取修辞资源的两种语言，其修辞工作体现为把两种语言的某些特征迁移或转换到法语中。这种转换不仅出现在诗作中，也经常出现在他的散文体论文中。穆桑吉·奈噶拉索－姆瓦查（Musanji Ngalasso-Mwatha）在《列奥波尔德·塞达·桑戈尔与语言间对话》（*Léopold Sédar Senghor et le dialogue des langues*）一文中强调了桑戈尔对“希腊和拉丁语词的浓厚兴趣”（Senghor 2007：

① Senghor，*L'Œuvre poétique*，Paris：Seuil，collection Points，1990，p. 202.

② Senghor，*L'Œuvre poétique*，Paris：Seuil，collection Points，1990，p. 81.

③ Senghor，*L'Œuvre poétique*，Paris：Seuil，collection Points，1990，p. 118.

④ Senghor，*L'Œuvre poétique*，Paris：Seuil，collection Points，1990，p. 147.

⑤ Senghor，*L'Œuvre poétique*，Paris：Seuil，collection Points，1990，p. 110.

⑥ Senghor，*L'Œuvre poétique*，Paris：Seuil，collection Points，1990，p. 198.

1170)，并在注释中列举了桑戈尔钟爱的一些希腊语词，如“callipygie”“stéatopygie”“logos”“thumos”“poïésis”“politiké”等，及拉丁语词“necessitas”“necessitudo”“hic et nunc”“mulier mediterranea”“tchadanthropus uxoris”“Lux mea Lex”“ne impedias musicam”等。然而这种修辞工作在桑戈尔创造的许多新词中表现得更明显，彰显了诗人让一种语言继续生存或焕发活力的意愿。奈噶拉索－姆瓦查赞扬他“具有克洛岱尔式用-ité 或-itude 派生造词的非凡能力”(Senghor 2007：1170－1171)[①]。

在这个阶段，我们还处于引语中的语词转换范围。但是《夜曲》中《被割礼者的哀歌》(见前引)末尾的“lamarque”一词的用法就完全是另一回事了：

> Maître des Initiés，j'ai besoin je le sais de ton savoir pour percer le chiffre des choses
> Prendre connaissance de mes fonctions de père et de lamarque
> Mesurer exactement le champ de mes charges，répartir la moisson sans oublier un ouvrier ni orphelin.（Senghor 1990：202.）

桑戈尔在伴随《诗歌作品》(*Œuvre poétique*)的《词汇篇》(Lexique)中列入了“lamarque”这个词，并给出了下述定义：“根据词根‘lam’造出的语词，‘lam’在塞雷尔语和坡尔语中表示‘领导’之意。‘lamarque’在这里是‘一家之父’的近义词。”(Senghor 1990：429)这个定义无法让读者满意，因为作者参照的是词根，却把词尾问题搁置一旁。

桑戈尔为外来词或稀有语词在其诗作中的使用指定了功能，他很早就认为有必要对这些可能使法语读者或西非以外的非洲读者困惑不解的语词给予说明。弗雷德里克·吉盖（Frédéric Giguet）在一篇关涉桑戈尔

① 文中列出的这两种词尾的新词包括：africanité，arabité，berbérité，éthiopité，ethiopanité，indianité，francité，rhénanité，nordicité 等，以及 africanitude，berbéritude，judaïtude，sinitude，slavitude 等。

《词汇篇》的论文[①]中勾画了这个篇章在诗人各种诗作版本中的历史和定位时指出，这个文本虽然篇幅很小，却可以与桑戈尔其他两篇理论文本相呼应，一篇是《埃塞俄比亚诗集》（*éthiopiques*，1956）的著名后记《像海牛去泉边喝水那样》（*Comme les lamantins vont boire à la source*），另一篇是《主哀歌》（*élégies majeures*，1979）的封笔之作《关于法语诗的对话》（*Dialogue sur la poésie francophone*）。事实上，1990年版本的《词汇篇》仅界定了43个语词，这与研究人员界定的介于256与460之间的主要语词形成了鲜明对比。其实，《词汇篇》的精髓在于其简短的导语，导语中提到，"lamarque"是《词汇篇》中特殊类型的语词之一，诗人在创造这个词时，结合了表达相同意义的两个概念，一个是塞雷尔语和坡尔语中的"lam"，另一个是希腊语中的"archein"，同样表达"领导"之意。

与这种从语言中撷取修辞资源的类型相比，桑戈尔也直接从古希腊罗马的文学文本中选取引语。这个做法在他那里非常普遍，程度之高显然无法全部罗列。我们仅选取最有意义的事实，将其归结为几大类。

首先是桑戈尔某些作品标题所使用的引述类型。例如《埃塞俄比亚诗集》，标题真正发挥了参照作用。"埃塞俄比亚"一词结合了三个主要意指：它反馈到《圣经》记述的萨巴女王访问耶路撒冷并觐见所罗门王的著名情节[②]；重申埃塞俄比亚是非洲最古老的国家之一，并以此凸显犹太－基督传统的非洲维度和渊源；最后反馈到1935年意大利法西斯对

① 参见 Giguet，Frédéric，«Introduction au *Dialogue sur la poésie francophone* et notes»，in Senghor，L. S.，*Poésie complète*，éd. Pierre Brunel，Paris，CNRS éditions，coll. Planète libre，2007，pp. 783－806 et 840－845.

② 据《圣经·列王记》记载，萨巴女王倾慕所罗门王的智慧，就带着臣仆、香料、宝石和黄金来到耶路撒冷觐见。会面时，她向所罗门王提了许多问题，所罗门王一一作了令她极为满意的回答。所罗门王的博学、其宫殿的豪华、其宴席的丰盛、甚至其臣仆的精美装束，均令她"诧异得神不守舍"。对他们两人的关系作进一步陈述的是犹太教的一些文献和传说。萨巴女王美丽而聪颖，所罗门王威武而机智。两人一见面，都被对方的容貌和才智所倾倒，油然而生爱恋之情。女王在回国途中生下一个混血儿子，命名为门涅利克，意为"智慧之子"。这个儿子后来继承王位，称门涅利克一世。他知道自己的身世，登基后曾专门到耶路撒冷拜见自己的生父所罗门王。他离开耶路撒冷回国时，所罗门王派遣一些年轻的以色列人护送。这些以色列人后来定居萨巴王国，并与当地人通婚。门涅利克一世以及这些以色列人的后代成为"贝塔以色列"的祖先。

埃塞俄比亚的侵略，这次侵略可以被视为第二次世界大战的开端[①]。最后这个情节特别出现在 1938 年创作的《萨巴女王哀歌》一诗中，给了桑戈尔在极端形势下唤醒民众、为非洲定位的机会："意大利法西斯的这些野蛮进攻迫使列奥波尔德·塞达·桑戈尔重新思考曾经与西方签订过协约的他的黑人处境。"(Senghor 2007：1129)

其次在更深层的引述场域，"埃塞俄比亚诗集"的构成参照了古代大汇集的品达洛斯颂歌的标题范式，例如《奥林匹亚竞技胜利者颂》(*Olympiques*)、《皮托竞技胜利者颂》(*Pythiques*)[②]、《伊斯特摩斯竞技胜利者颂》(*Isthmiques*)。这个格式还让人想到了埃利奥多尔·德·埃迈兹(Héliodore d'émèse) 的著名小说《泰阿热兹与夏利克莱》(*Théagèse et Chariclée*)，该小说经常以《埃塞俄比亚见闻》(*Les éthiopiques*) 的书名流传，记述了两个德尔斐（古希腊阿波罗神殿所在地）人的埃塞俄比亚之旅，小说开头的场景是尼罗河三角洲。情况类似的还有 1978 年出版的《主哀歌》。桑戈尔把 élégies 与 majeures 这两个词结合在一起，似乎想表述这部新的也许是其最后一部诗集的严肃性，尤其是诗作更亲近的格调，胜过 1973 年出版的《冬季的信札》或 1961 年出版的《夜曲》结尾的 5 首哀歌。但是诗人所采用的格式几乎是维吉尔《牧歌》(*la Bucolique*) 第 4 章第 1 诗句的翻译"Muses de Sicile, adoptons un ton plus noble"(«Sicelides Musae, paulo majora canamus»)。维吉尔通过这句诗，突出第 4 章的格调与前面几章的决裂，前面几章通过牧人之间的对话，仍然很接近以忒奥克里托斯(Théocrite)[③] 的《牧歌集》(*Idylles*) 为代表的范

① "埃塞俄比亚"一词还出现在诗集《黑色的祭品》的《埃塞俄比亚》和《呼唤萨巴种族》(*A l'appel de la race de Saba*, Sanghor, *Œuvre poétique*, 1990, pp. 57 – 62) 两诗中以及《主哀歌》的《萨巴女王哀歌》(*élégie pour la reine de Saba*) 一诗中。

② 四年一度的皮托运动会 (Jeux Pythiques) 与奥林匹克运动会旗鼓相当，也是具有全希腊影响力的重要祭典，根据非常严格的宗教历法进行。然而今天这个运动会的丰采被奥运会完全荫蔽了。

③ 忒奥克里托斯是西方牧歌（田园诗）的创始人。他早年在亚历山大城的诗人菲莱塔斯和阿斯克莱阿得斯门下学习。学成之后，回到家乡西西里岛从事创作。忒奥克里托斯写过多种类别的诗，但最负盛名的是牧歌。他的牧歌往往以两三个牧人为角色，彼此对歌，富有一定的戏剧性，反映的是西西里农村纯朴的生活和牧人们劳动、歌唱、谈情说爱的情形，感情真挚、朴素、乐观、幽默，但诗句比较讲究辞藻，有点雕琢，丧失了荷马、赫西俄德和萨福等早期诗人的质朴感。这也是时势所然，整个亚历山大时代的希腊诗歌都有这个毛病，不光忒奥克里托斯如此。

式。维吉尔在第4章里以预言的口吻宣告一个前程远大的孩子的诞生，进入了一个新的领域，人们可以从中辨认出长期内战之后罗马的重大赌注。《主哀歌》也反映了进入历史和政治的这种景观，这也许可以解释桑戈尔从诗集标题开始就转向维吉尔的原因。

但是，这并没有阻止桑戈尔在许多诗作中有意参照古代的田园诗世界，例如他可以通过忒奥克里托斯、维吉尔或文艺复兴和17世纪法国诗人的作品认识田园诗。桑戈尔借用这类诗的格式再造被熟悉的神祇居住、一直鲜活的非洲世界与西方早已消失的田园世界之间的某种等值。我们不妨列举一些例子：在《整整一天》（*Tout le long du jour*，见《幽灵之歌》）中："我正在西奈的田园心灵中寻求忘掉欧洲"（"Me voici cherchant l'oubli de l'Europe au cœur pastoral du Sine"，Senghor 1990：13）；在《幽灵歌》（*Chant d'ombre*，见《幽灵之歌》）中："我在你叫作畜牧神的库斯环抱中的孩子那样反思"（"Je m'interroge，comme l'enfant dans les bras de Kouss que tu nommes Pan"，Senghor 1990：40）；在《假日》（*Vacances*，见《幽灵歌》）中："交相辉映的歌声。/你，遥远的笛声在黑夜中回应/从内海的彼岸"（"Et les chants alternés. /Toi la flûte lointaine qui répond dans la nuit/de l'autre rive de la mer intérieure"，Senghor，1990，43）；在《西尼亚尔之歌》（*Chants pour Signare*，见《夜曲》）中："我借用与静谧的牛群合唱的笛声/忠实地放牧牛群的白色哞叫"（"J'emprunterai la flûte qui rythme la paix des troupeaux/Fidèle，je paîtrai les mugissements blancs des troupeaux"，Senghor 1990：171）；"别惊奇我的朋友，倘若我的旋律低沉回荡/如果我放弃甘芦而敲响卡拉姆和非洲小鼓"（"*Ne t'étonne pas mon amie* si ma mélodie se fait sombre/Si je délaisse le roseau suave pour le khalam et le tama"，Senghor 1990：174）；"远方，交相呼应的歌声像苏丹人的缠腰布"（"Loin，des chants alternés comme les pagnes du Soudan"，Senghor 1990：177）；在《伯贝基纳的棕色早晨》（*Les matins blonds de Popenguine*，见《冬季的信札》）："我将是我的牛群的笛声"（"Je serai la flûte de ma bergère"，Senghor 1990：257）。

通过制作非洲世界与古代世界的这类等值，通过本人像忒奥克里托斯或维吉尔搬上舞台的牧人那样讲话或者使用他们的乐器，诗人显示他是多么惬意地生活在自己熟悉的世界，古今世界之间的时间差异被毁掉了。但是他同时也意识到这种田园牧歌式的静谧世界具有一种约定的文学色彩，因而应该让它与同属古代的另一种世界交相辉映，但是这种世界与前者截然不同，带有深刻的历史的暴力痕迹。例如，我们在《主哀歌》的《迦太基哀歌》（*élégie de Carthage*）中就可以看到这种历史的暴力。这部作品的构成非常严谨，首先引述了提尔人在北非的驻扎、狄多深爱埃涅阿斯的著名爱情故事和特洛亚英雄的出逃：

> 我记得，狄多，你的痛苦之歌令我的童年着迷
> 我一直都是孩子般的朴实无华。而我感到你如此沉迷
> 我很想送你一点东西，送什么呢？狄奥古瓦雄狮的绶带。
> 你哭你的白神，他鲜红嘴唇上的金饰
> 美妙无比，你哭泣松树香味中的埃涅阿斯
> 他的眼睛闪烁着北极光，他的花白胡须像四月雪一样。
> 你为什么没有忠诚地咨询黑人女神，坦尼特的夜色大牧师？
> 你为什么没有探得雅里安诸神、他们的信徒的秘密
> 他们像你的埃涅阿斯一样不忠诚。然而今天晚上
> 我要为你哭泣，为你狄多，哭出我的极度悲恸。（Senghor 1990：308－309）

诗作随后描述了汉尼拔的形象和布匿战争，然后提到朱古达（Jugurtha）[①] 及后者反对罗马人的战争，最后围绕布尔吉巴（Bourguiba）而发挥。我们发现，在整个这篇以回忆维吉尔的《埃涅阿斯纪》、萨鲁斯

① 朱古达（？—公元前104），努米底亚国王（公元前112—前104），发动了对抗罗马人的朱古达战争，战败后被处以死刑。

特（Salluste）[1] 的《朱古达战争》和蒂特里夫（又译作“李维”）[2] 的《罗马史》的阅读为特征的《迦太基哀歌》中，不管是昨天还是今日，非洲抵制西方的题材构成全诗的主导线索。古代历史的这种暴力与先前诗集经常提到的当今的殖民暴力相呼应。例如，在《巴黎雪景》（*Neige sur Paris*，见《幽灵歌》）中，可以读到揭露“白人双手”沾满鲜血的大段发挥：

> 扣响扳机让帝国倒塌的白人的双手
> 鞭笞奴隶的双手……
> 砍伐非洲中部树头榈大森林的白人双手……
> 它们砍伐黑森林用以制作铁路枕木
> 它们砍伐非洲森林以拯救文明，
> 因为他们缺乏人力资源。（Senghor 1990：22）

或者还有《祈祷和平》（*Prière de paix*，见《黑色的祭品》）：

> 那些刽子手狩猎我的孩子们犹如狩猎野象一样。
> 刽子手用打结的皮鞭训练他们，把他们变成白人的黑手……
> 刽子手把我的千万孩子装入他们轮船的麻风舱贩卖。（Senghor 1990：93）

但是，只有当引用古希腊罗马文学作品的作者拥有相对于西方的独立精神，这种引用才能产生它的效果，因为重要的恰恰是让读者感到，参照从来不曾是被迫的，构成参照的工作更多表述一种个人选择，而非

---

① 萨鲁斯特（公元前86—前34），他的生平事迹很少，是共和时代末期的史学家，恺撒的部将。写史的笔法像古希腊史学家修昔底德，遣词造句讲究，行文绮丽，章法严整文气厚重。他的书因重史实而史学价值非常书能比，传世之作有《喀提林叛乱记》与《朱古达战争》。

② 蒂特里夫（公元前59—公元17），出身于意大利，与屋大维过从甚密，罗马帝国时期著名的历史学家。

对灌输的文化价值的认同。因此，桑戈尔在不断吸取西方古典文化资源的同时，经常坚持表现出一定的距离。例如在《信息》（*Le message*，见《幽灵歌》）中，接受信使的王子反唇相讥：

> 王子做了回答。下面是其言语的准确辑录
> “短视的幼儿，科拉琴给你们唱了什么？
> 有人告诉我，你们谢绝玫瑰，和你们的祖先高卢人。
> 你们是索邦大学的博士，文凭多如牛毛。”（Senghor 1990：19）

《愿科拉琴和木琴陪伴我》（见《幽灵歌》）的诗句“古老的法兰西，古老的大学和整个散开的串珠”（Senghor 1990：31），还有这首诗作中的下列几句：“可是我让法老面对你们，他让我坐在他的右侧，还有我的红耳朵曾祖父。/你们那些学者自会证明，他们与我掩藏的所有大人物向往北方。”（Senghor 1990：35）有时，对距离的这种肯定可能采取勾勒理论的形式。例如在这首诗的末尾，诗人重新质疑古典主义的概念：“啊，古典美绝非有棱有角，而是一条优雅细长的皮筋！”（Senghor 1990：37）在其他情况下，诗人回过头来嘲讽自己过去的学习生活。例如在《呼唤萨巴种族》（见《黑色祭品》）中：

> 母亲，在这间居住着拉丁人和希腊人的房间呼吸我心灵中夜间受难者的体味。让他们赋予我保护的天赋，但愿我的血液不要像一个同化者文明者那样变得枯燥无味。（Senghor 1990：59）

同样，在《致一囚犯的信》（*Lettre à un prisonnier*，见《黑色祭品》），诗人谈到他那些“令人厌烦、悲惨和死亡的白色书籍”。（Senghor 1990：83）

最后，有时也会出现引用某段文字又否定引语的情况。例如《呼唤萨巴种族》（见《黑色祭品》）中就有这样的情况：“从你儿子的同学中认出从前你的宝贝儿子来……前进！但愿那不是竖琴奏出的赞歌，而是粗暴的战争叫声和出销的佩刀。”（Senghor 1990：61）从修辞角度讲，

这是一个很有趣的手法，引语成了暗示忽略的对象。因而，我们只能对通常给予桑戈尔的形象有所保留，人们一般以为，他是一个深受学习期间希腊罗马文化知识影响的古典主义的精神支柱。事实上，这种文化只有通过桑戈尔的狡黠和游戏、通过他不断地将其与黑非洲世界交相辉映起来，才能获得它的全部意义。而这种情况不无诗人的从容之态，例如在《永久的“镜鉴”》（*Toujours «Miroirs»*，见《冬季的信札》）一诗中淋漓尽致的表现：

> 永久的镜鉴！呜呼，黑非洲精神与古典世界之间。神奇。
> 坦尼特的牧师，迦太基的乳娘，贫瘠的丰硕女……
> 蓝唇的高级娼妓又有何妨，我让梦想成真？
> 而你回答我说：
> —你应该烧毁索邦大学，那是我的夜间竞技者。
> —然而它已经自我焚毁。愿它的骨灰肥沃我们生活中的热狂！（Senghor 1990：253－254）

四　桑戈尔对古希腊罗马文库的审美借鉴

与修辞用途相提并论，古典文库也可以用在审美方面，尤其体现在作家界定其文学观的方式。例如，桑戈尔就从古典文库里找到了其诗学的某些成分，首先是关于诗的灵感的思考，而诗的灵感经常被作为诗歌创作的前提。《信风的哀歌》（*L'élégie des alizés*，见《主哀歌》）的这段文字足以为证：

> 但愿老黑人死去而新黑人永生！
> 精灵在鲜红的火焰中降临我们
> 主啊，你自觉自愿地降临我们！我们这些平凡居民，而你贵为生命的精灵
> 你，心灵形体的红色内在。（Senghor 1990：270）

这里的逻辑与苏格拉底在柏拉图《伊昂篇》（*l'Ion*）里所陈述的论点近似，该论点认为诗人是在某种力量的占有效果下说话的，本身没有控制能力。灵感论点在西方有广泛的市场，从古代的天赋灵感到16世纪逐渐转化为人获得灵感。另外，“主”和“精灵”语词的使用形成诗之激情这种观念与《使徒行传》（*les Actes des apôtres*）叙述圣灵降临的章节之间的互动。

我们还发现桑戈尔对音乐的重视，他在许多诗作中把乐器纳入诗作的标题中，具体说明伴随诗句的乐器名称。例如在《幽灵歌》的下述诗作中：《愿科拉琴和木琴陪伴我》（由三把科拉琴和一把木琴伴奏的颂歌），《神童的回归》（*Le retour de l'enfant prodigue*，由一把科拉琴伴奏），《祈祷和平》（多部大管风琴伴奏）；又如《主哀歌》中的下述诗作：《信风的哀歌》（两把笛子、一把科拉琴和一把木琴），《萨巴女王哀歌》（两把科拉琴和一把木琴）等。这里也可以拉近与古希腊罗马社会的抒情诗观念的距离，抒情诗与音乐、歌和舞是分不开的。有时我们还看到诗人继承了品达洛斯颂歌和希腊悲剧中合唱队形式的某些特征。例如诗集《夜曲》里的《艾妮娜·法勒哀歌》（*élégie pour Aynina Fall*），尽管诗名用了哀歌，其实这是一首品达洛斯式的颂歌，诗作的副标题指出了这一点：“多声部剧诗”（Senghor 1990，209）让领唱与女子合唱队和男子合唱队对唱。第一部分用一种声调庄重的“高宏锣”（gorong）伴奏，产生丧葬节奏，第二部分用两幅西非曼丁哥人的皇家锣“狄幼－狄幼”（dyoung－dyoung）伴奏，产生皇家节奏[①]。同样的评述也适用于另一首多声部剧诗《夏卡》（见《埃塞俄比亚诗集》）。歌曲一是真正的剧情诗，以丧葬锣声为背景，由夏卡与白人声音的对话推进剧情。（Senghor 1990：112－126）歌曲二更抒情一些，强烈的爱情锣声交相伴奏着夏卡、领唱和合唱队员们的歌喉。（Senghor 1990：126－133）

在《主哀歌》的最后一部文本《关于法语诗的对话》的最后一文

① 桑戈尔在《诗歌作品》（Senghor 1990：428）对两种乐器都做了界定，我们音译了两种乐器的名称。

《致三位法国诗人》（*Lettre à trois poètes de l'Hexagone*）中，桑戈尔回答所有这些问题，而他的贡献包含他与荷马时代希腊诗之关系的重要论述。桑戈尔从希腊诗中重新发现了他自己的诗歌观，他谓之曰“视野诗”（poésie-vision），只有诗人被激情所俘获，这种诗才有可能：

> 对于荷马和那个时代的希腊人，诗人被一位神祇所造访和驻足，后者给他以灵感的力量。由此，人们把他誉为 *theïos*，即“神人”，把他称作 *aoidos*，即“歌唱者”，还没有称作 *poïètês*，即“制作者”。被一位神祇即缪斯所俘获，诗人－接受者灵活掌握缪斯唱给他的歌的音调，但并非不带来他自己的标记，即他自己的形式：他的 *technê*。这里就与黑非洲关联起来了，而这尤其具有揭示性，因为希腊人承认其文明的混杂性……坐在公立高中的板凳上，希腊文明与黑非洲文明的某些相似性，特别是在希腊的 *aoidos* 即“歌唱者”与苏丹－萨赫勒地区的 *griot* 即歌舞艺人之间、希腊的神秘与黑非洲接受祭礼的仪式之间的相似性，已经使我很震惊……（Senghor 1990：379－380）

但是，在桑戈尔看来，这种希腊诗与黑非洲的诗作之间，存在着一种很大的不同，因为尽管受到缪斯灵感的启迪，希腊诗很早“就等于 *phuseôs mimésis* 即对大自然的模仿”，而在黑非洲那里，诗人和艺术家“背离大自然”，因为“他们像接受宗教奥义的人士一样，实现并再造英雄的壮举：神的超自然生活。”（Senghor 1990：380－381）这个裂痕在柏拉图抨击诗人的方式上显得特别明显，桑戈尔无法接受这样一种观念，因为它与“自然－创造”、一个“具有活力的宇宙”的思想背道而驰，丝毫没有本体论关注的任何地位：“从荷马到柏拉图，中经诗人黑西俄德和阿尔基罗库斯，本体论关系被削弱了。”（Senghor 1990：381）

结　语

仔细阅读桑戈尔对古希腊罗马典籍的修辞借鉴和审美借鉴，我们发现，这里的基本结论与我们在概括非洲作家的基本倾向一样，处处彰显诗人的文化选择：张扬黑人传统精神的作品，确定非洲作家的表达方式，肯定黑人新诗应该具有的风貌，把希腊或拉丁语改造成法语语词，把实在与幻觉相对立，实在隐喻非洲的现状，幻觉喻示未来的发展方向，参照古希腊语和拉丁语的样式，创造非洲人的新词，为古希腊语指定意指，这些意指凸显犹太-基督教的非洲维度和渊源；抨击意大利法西斯对非洲的侵略，古代历史的暴力与当今的殖民暴力相呼应，唤醒民众，为非洲定位；反映一种进入历史和政治的新景观，隐喻与西方决裂的愿望；讴歌被自己熟悉的神祇居住的、鲜活的、非洲式的田园世界，这种世界在西方早已消失，西方古老的田园世界也带着深刻的历史暴力，赞美非洲女神的品格。非洲抵制西方的题材构成桑戈尔一首首诗作的主导线索。诗人看似拉近了与古希腊罗马抒情诗的观念，但所用乐器是非洲的乐器，合唱形式也是非洲的形式。他创造了自己非洲特色的视野诗，与西方的模仿诗学决裂，再造非洲的超自然生活。诗人还嘲讽自己过去的学习生活，他的文化选择和文化自信达到了“无以复加”的地步。

【参考文献】

Guibert, Armand, *Léopold Sédar Senghor*, *l'homme et l'œuvre*, Paris: Présence Africaine, coll. Approches, 1962.

Hausser, Michel, *Pour une poétique de la négritude*, tome Ⅱ, Paris: Silex, 1988.

Fonkoua, Romuald, «L'Afrique en Khane. Contribution à une étude des stratégies senghoriennes du discours dans le champ littéraire francophone», in *Présence Africaine*, n°154, 2e semestre 1996, pp. 130-175.

Senghor, *L'Œuvre poétique*, Paris: Seuil, collection Points, 1990.

Senghor, Léopold Sédar, «La politique d'Auguste», in *éthiopiques*, n°3, juillet 1975.
Senghor, Léopold Sédar, *Liberté I*, *Négritude et humanisme*, Paris: Seuil, 1964.
Senghor, Léopold Sédar, *Poésie complète*, édition critique établie par Pierre Brunel, coordinateur, Paris: CNRS éditions, coll. Planète Libre, 2007.

【作者简介】

史忠义，男，1951年生人，浙江越秀外国语学院外国语言文化研究院首席研究员，中国社科院外文所研究员、博士生导师。

联系方式：个人邮箱：shizhongyi51@126.com　手机：15910934088

试论谢赫·安达·迪奥普对古希腊罗马文本的民族史借鉴①

浙江越秀外国语学院外国语言文化研究院
西安外国语大学欧洲学院
■史忠义　向　征

【摘　要】论文主要汇集了塞内加尔著名历史学家谢赫·安达·迪奥普在《黑非洲的民族和文化》《黑非洲的文化统一性》两书中借鉴古希腊罗马作家论述非洲的史料以及考古资料，前者论述古埃及是黑人民族和黑人文化，从而颠覆和批判了西方埃及学认为古埃及是白人人种和白人文化的现代结论，后者批评了人类社会发展史上普遍的母系社会论点，提出南方的黑非洲是母系氏族社会，而北方的印欧语系社会只有父系社会，没有母系社会，日耳曼、阿拉伯半岛、西亚的美索不达米亚、腓尼基和印度河地区的氏族社会是交汇区域的论点。

【关键词】谢赫·安达·迪奥普　考古　古希腊罗马文本　古埃及　黑非洲　埃及学　母系社会与父系社会

On Cheikh Anta Diop's Reference to Ancient Greek and Roman Text

【Abstract】This paper mainly brings together the historical materials and archaeological materials of ancient Greek and Roman writers in "The Nation

---

① 本文写作中参照了 Bernard Mouralis，*Littératures africaines et antiquité. Redire le face-à-face de l'Afrique et de l'Occident*（Paris：Honoré Champion，2011）一书。

and Culture of Black Africa" and "The Cultural Unity of Black Africa" by Cheikh Anta Diop, a famous historian in Senegal. The former discusses the black nationality and black culture in ancient Egypt, thus subverting and criticizing the modern conclusion of western Egyptology that ancient Egypt is white people and white culture; the latter criticizes the universal matrilineal social argument in the history of human society, and puts forward that southern Black Africa is matriarchal society, while the northern Indo-European society has only patrilineal society and no matriarchal society, and the Germanic, Arabian Peninsula, Mesopotamian in Western Asia, Phoenician and Indus clan societies are intersecting regions.

【Key words】Cheikh Anta Diop　archaeological　ancient Greek and Roman text　ancient Egypt black Africa　Egyptology　matrilineal society and patrilineal society

关于古埃及是黑人还是白人，谢赫·安达·迪奥普（Cheikh Anta Diop，1923—1986）之前，这个问题很少引起学术界的关注，可能有以下原因：首先我们现在看到的埃及人是棕色皮肤，与黑色并不完全相同，但有可能是黑色皮肤进化的结果，而这种进化的证据很难找到。其次，所谓“白色皮肤”的说法好像是无稽之谈，往往令人置之一笑。桑戈尔（Léopold Sédar Senghor，1906—2001）和姆丹博（Valentin-Yves Mudimbe，1941—　）等学者更多地突出黑非洲文明和文化的独特性。

谢赫·安达·迪奥普恰恰意识到澄清这个问题的学术价值，他因研究这个问题并将其扩展到非洲文化的统一性特征方面而成为塞内加尔和国际上的著名历史学家，1987年他的姓名被用来冠名黑非洲历史最悠久的高等学府之一达喀尔大学①，足见谢赫·安达·迪奥普的学术地位。

① 达喀尔大学的前身是法国建立的法属西非医学院（École de médecine de l'AOF）和1936年人民阵线在法国执政后在达喀尔建立的“法国黑非洲研究院”（Institut Français d'Afrique Noire），1957年，在两校基础上建立达喀尔大学，附属于巴黎大学和波尔多大学。1987年以后改称谢赫·安达·迪奥普大学。

我们则肯定这项研究在国际政治、国际人类学、人类文明史和地缘政治方面的重大价值。

一　迪奥普《黑非洲的民族和文化》对古希腊罗马典籍的借鉴

谢赫·安达·迪奥普可能是引用古希腊罗马典籍最多的非洲作家。这种参照记录在一个庞大的计划中，该计划的第一阶段由1954年出版的《黑非洲的民族和文化》（*Nations nègres et culture*）一书构成。这部著作在欧洲和美洲的非洲犹太人中引起巨大反响。在这部名作中，迪奥普的立意是显示古埃及的居民是黑人。这个论点与19世纪初诞生的传统埃及学的观点是截然相反的，后者肯定古埃及的人种是白人。因此，迪奥普的论点是一个基本的挑战，因为古埃及被欧洲人视为历史上最伟大的古老文明之一，问题的症结关涉古埃及文明的人种归属。

为了证明自己的论点，迪奥普首先从考古资料出发，复制这些资料或以草图的形式把它们纳入自己的著作，并在正文中给予评论。他所引用的每个考古资料都包含一个传说，对文本中展示的论据给予补充。例如，迪奥普指责1836年—1838年间出版的一部描述大洋洲著作的作者利昂齐（Rienzi）妄谈“印度和埃及的深红色种族”之举[①]，并借机提醒大家，这种所谓的肤色丝毫没有得到古代雕塑艺术的确认。他列举了大英博物馆一个再现一对埃及皇家夫妇的塑像为例：

> “深红色”或“深色”塑像。这种颜色用了许多墨：这是所有关于埃及人种族之论文的固定语式。每个人都可以判断，它到底是另一种颜色还是所有非洲黑人的颜色。应该经常参照这幅图像来判断那些被引述且从这种种族特色吸取论据的偏见性文字。[②]

---

① 参见Cheikh Anta Diop, *Nations nègres et culture: de l'antiquité nègre égyptienne aux problèmes culturels de l'Afrique Noir d'aujourd'hui*, Paris: Présence Africaine, 1999, pp. 59 - 60.

② Cheikh Anta Diop, *Nations nègres et culture: de l'antiquité nègre égyptienne aux problèmes culturels de l'Afrique Noir d'aujourd'hui*, Paris: Présence Africaine, 1999, p. 61.

这部书中还有下述传说中的说法：“第十一王朝的建立者曼图豪泰普一世法老（Pharaon Mentouhotep Ier，中期帝国，约公元前 2100 年）是一个典型的黑人”①；“年轻公主的脑袋。这种年轻姑娘的发髻在黑非洲非常流行。右耳下垂的一绺头发是多环发髻（卢浮宫）”（迪奥普用这种图形指称西非的民族②）。另外，肖像画的资料还引导迪奥普发挥他对社会阶层的看法，尤其强调白肤色的人应该被视为黑色埃及人的奴隶，例如“这个出身雅利安白人种族的战俘（刻在麦地奈·阿布寺庙/temple de Médinet Abou 的墙上）”③。我们从这个“年轻公主的脑袋”的例子中，看到了迪奥普研究方法的重心之一，就是建立分别从撒哈拉以南非洲民族和古埃及文明中发现的事实的聚合点和类似点，不论是体质方面还是审美、语言或机构方面的事实。

迪奥普对古埃及人肤色和文化特征的研究还基于他对大量古希腊罗马作家的阅读，包括希罗多德（Hérodote）、西西里的狄奥多尔（Diodore）④、斯特拉博（Strabon）⑤、普利纳（Pline）⑥、塔西陀⑦。自希罗多德起，这些作家都突出过埃及黑人的实在性和重要性，也都强调过埃及在宗教、哲学和科学方面对希腊文明的影响。在阐明《黑非洲的民族和文化》两大部分之宗旨的“前言”中，迪奥普首先谈到了“非洲历史问题”的提出方式，并强调这方面西非与中非存在的差异：

---

① Cheikh Anta Diop, *Nations nègres et culture: de l'antiquité nègre égyptienne aux problèmes culturels de l'Afrique Noir d'aujourd'hui*, p. 77.

② 参见 Cheikh Anta Diop, *Nations nègres et culture: de l'antiquité nègre égyptienne aux problèmes culturels de l'Afrique Noir d'aujourd'hui*, p. 83.

③ Cheikh Anta Diop, *Nations nègres et culture: de l'antiquité nègre égyptienne aux problèmes culturels de l'Afrique Noir d'aujourd'hui*, p. 115.

④ 古罗马时期的历史学家，著有《世界史》。

⑤ Strabon（en grec ancien Στράβων/*Strábôn*, «qui louche», en latin *Strabo*），公元前 1 世纪生于萨姆松的阿马西亚（Amasée），即今土耳其的阿马西亚地区，死于公元后 21 年与 25 年之间，希腊人，地理学之父。

⑥ 生平和职业不详。

⑦ 普布利乌斯·科尔奈利乌斯·塔西陀（Publius 或 Gaius Cornelius Tacitus，55 年？—117 年？），罗马帝国执政官、雄辩家、元老院元老，也是著名的历史学家与文体学家，他的最主要的著作是《历史》和《编年史》，从公元 14 年奥古斯都去世，提比略继位，一直写到 1996 年图密善逝世。

> 当西非出身的学者可以观照两千年的历史时，其他地区的学者就没有那么“幸运”了：在刚果河和赞比西河盆地、大湖泊地区，西方的教材不可能上溯几个世纪，因为没有连续性方案。只要学界不能正视问题，非洲历史的这些空白就长期得不到解释：人们竭力从大陆内部就地取材，探索文明相继形成的踪迹。因而非洲历史的普遍问题应该是如何达到把过去的所有这些节段与一种能够恢复连续性的古代、一种共同的根关联起来。应该展示，正视整个古代证明埃塞俄比亚人和埃及人像非洲的所有自然人一样都是黑人的一致证据，我们就恢复了有关这个历史点的清晰度，一个世纪以来，帝国主义的兴盛让这个历史节点变得浑浊不清。①

这段话准确地界定了迪奥普的方法论，尤其重要的是，这里阐明了三个原则：从位于古埃及的原初群落开始非洲历史的方法，非常明确地肯定一种传播逻辑，信任古希腊罗马作家的文字。

《黑非洲的民族和文化》的第一部分着力回答“何谓埃及人?”这个问题（第一节），它为作者相继分析“黑人神话的诞生”（第二节）、“历史的现代扭曲”（第三节）提供了机遇。后两节对前三节给予补充，交叉展示了可用来支持“埃及种族和文明的黑人源泉”（第四节）或相反毁灭该论点的论据（第五节）。这一部分的最后两节分别考察“自尼罗河谷开始的非洲居民”（第六节）和“埃塞俄比亚－努比亚和埃及对文明的贡献”（第七节），是对第四节的支持和深化，也是对第五节的驳论。第二部分回答的问题不同，其宗旨是政治性的。迪奥普从第一部分的分析结果出发，吁请非洲人注意到埃及人这个原初群落在整个撒哈拉以南非洲所发挥并将继续发挥的作用。关于语言的三节强调撒哈拉以南非洲在语言方面的统一性，特别强调埃及语言与瓦拉夫（le valaf）语言的相似性。这种相似性也建立在艺术、社会和政治建构方面（第四和第

---

① Cheikh Anta Diop, *Nations nègres et culture: de l'antiquité nègre égyptienne aux problèmes culturels de l'Afrique Noir d'aujourd'hui*, pp. 27 – 28.

五节）。

迪奥普主要是在第一部分参照古希腊罗马作家，从“导论”开始，作者就告诉读者他赋予他们的重要性：“经核对，（他们的）见证总体上都是很正确的，以至于在书写古代史时，我们只是照抄了古代学者希罗多德、西西里的狄奥多尔、斯特拉博、普利纳、塔西陀等人，近乎照抄”①。迪奥普是怎样阅读他们的呢？他几乎完全参照的是译文而非希腊文本或拉丁文本。这些译文都是老译本，有时依据的原文不太确定。一如弗朗索瓦－萨克韦耶·弗维尔－艾玛尔（François-Xavier Fauvelle-Aymar）指出的那样，迪奥普没有使用科学版本，尽管他写作《黑非洲的民族和文化》时，科学版本是可以找到的：“希罗多德的《历史》（*les Histoires*）用的是 1786 年的一种译本。西西里的狄奥多尔的《世界史》（*l'Histoire universelle*）用的是让·泰拉松神甫②（1670—1750）的译本。”③ 笔者以为，即使这样，迪奥普的引证仍然非常有意义，因为他没有编造论据，译文与原文、老译本与科学译本之间，只是程度的差异。

另外，我们发现，从经典的论证逻辑出发，真实地阅读不同作者和使用引语的方式，使迪奥普得以考察四个相对不同的领域。第一个领域关涉古代作家提供的证明，证明埃及人是黑人。这方面，作者从希罗多德和西西里的狄奥多尔那里吸取了大量资源，他从后者那里发现了证明埃塞俄比亚人先于埃及人、因而这两个民族属于黑人种族的很有意义的发挥④。古代作家的文本还可以使迪奥普拉近多重关系以支持他的话题。例如《高卢战记》（*la Guerre des Gaules*）有一个节段，在

① Cheikh Anta Diop, *Nations nègres et culture: de l'antiquité nègre égyptienne aux problèmes culturels de l'Afrique Noir d'aujourd'hui*, p. 31.

② 这部译本共 7 卷，1737 年—1744 年出版于巴黎德·布尔（De Bure）出版社。让·泰拉松神甫（Jean Terrasson）也是一部著名小说《塞托斯》（*Séthos*）的作者。这部 6 卷本的小说是根据希腊手稿翻译过来的资料书写的古埃及的逸闻奇事，1732 年出版于阿姆斯特丹。

③ Fauvelle-Aymar, *Afrocentrismes: l'histoire des Africains entre Égypte et Amérique* (dir. avec Jean-Pierre Chrétien et Claude-Hélène Perrot), Paris: Karthala, 2000, p. 37.

④ 参见 Cheikh Anta Diop, *Nations nègres et culture: de l'antiquité nègre égyptienne aux problèmes culturels de l'Afrique Noir d'aujourd'hui*, pp. 35 – 39.

这个节段里，叙述者凯撒（César）突出高卢人的机敏，“能模仿并制作向他们展示的任何东西”；迪奥普使用了这个节段，以阐明一种言语程式，即殖民者重视他们的统治对象并利用该对象推出一种政治教训：

> 这里人们看得很清楚，罗马占领者否认反叛的高卢人有任何创造能力，即人的最高价值，仅仅承认他们所谓的低等品质：模仿。当今，我们在非洲和所有被殖民国家发现了同样的情形。通过西方的著述，我们捕捉到了缺乏批判精神地获知我们的过去、我们的社会、我们的思想的危险性。①

第二个领域是迪奥普经常使用古代作家的文本来具体说明某些建制的性质和功能，他以为这些建制的根源在于古埃及文明。例如，这些作家发现母系氏族制度源于黑人，后来被父系制度所代替。例如，埃斯库罗斯（Eschyle）的《奥瑞斯忒亚》（*l'Orestie*）和维吉尔（Virgile）的《埃涅阿斯纪》（*Énéide*）体现的“文化的反作用”完全可以与人们从当今被殖民领土上看到的文化的反作用相比拟：

> 远非约翰·雅各布·巴霍芬②和他以后的其他思想家所以为的

① Cheikh Anta Diop, *Nations nègres et culture: de l'antiquité nègre égyptienne aux problèmes culturels de l'Afrique Noir d'aujourd'hui*, p. 14.

② 约翰·雅各布·巴霍芬（Johan Jakob Bachofen，1815—1887），瑞士人类学家和法学家。生于巴塞尔。曾在巴塞尔、柏林、牛津、剑桥、巴黎等大学学习法律和法学史。1842年被聘为巴塞尔大学罗马法教授，1844年辞职。以后又任巴塞尔刑事法庭法官，直到1877年为止。巴霍芬的名著是《母权论：根据古代世界的宗教和法权本质对古代世界的妇女统治的研究》（*Le droit maternel: recherche sur la gynécocratie de l'Antiquité dans sa nature religieuse et juridique*，1861），由艾蒂安·巴里利耶（*Étienne* Barilier）从德语译成法语并撰写序言。此外，他还著有《古信札，特别是对最古的亲属关系概念的了解》（1880—1886），以及一些研究古罗马法和古希腊文化的著作。正如弗里德里希·恩格斯所指出的，巴霍芬《母权论》的发表，标志着家庭史研究的开端，他是认定在原始社会早期人们曾生活在无限制的乱交状态中；在这种社会里，不可能建立父系制度，只有通过母亲来追认后裔，因而存在着母亲在社会中起支配作用、女性占统治地位的母权制时代。但是，巴霍芬还没有能明确地表述这些恩格斯从他的著作中所引申出来的论点，却认为由于宗教观念的发展，才有了家庭和法制的发展，从而陷入了神秘主义的困惑中。

那样，这些作品远未反映母系社会向父系社会的普遍过渡，而是标志着两种不同观念的相遇和冲突：一种扎根于欧亚的大草原，另一种的根源在非洲核心。起初，后者（母系制度）占上风并通过埃及-腓尼基对周边民族甚至对白种人的殖民而扩散到爱琴文明的地中海周围，但是，白种民族文化的不坚实当时未能做出任何正面的反击①。

谢赫·安达·迪奥普多次回到这个问题，例如视凯撒对高卢人和塔西陀对日耳曼人的某些描述证实了源自黑人的这种母系制度的持续②。这些看法显然预告了迪奥普后来命名为《黑非洲的文化统一性。古代经典中的父系制度和母系制度的领域》（*L'unité culturelle de l'Afrique noire. Domaines du patriarcat et du matriarcat dans l'Antiquité classique*）一书③。我们在下一部分将涉及这本书的一些论点。

在第三个领域里，谢赫·安达·迪奥普同时研究古希腊罗马作家在他看来构成见证所有希腊得益于古埃及文明的文本。例如，在《黑非洲的民族和文化》一书中，他提到古埃及在培养泰勒斯（Thalès）、毕达哥拉斯（Pythagore）、恩培多克勒（Empédocle）、梭伦（Solon）、柏拉图（Platon）、莱格古士④、亚里士多德（Ariostote）方面的作用，并基于普鲁塔克⑤一部著作《伊西丝和奥西里斯》（*Isis et Osiris*）的一段文字，强调埃及人与希腊人分别在这些学者那里可能形成的科学观念的对立：

① Cheikh Anta Diop，*Nations nègres et culture*：*de l'antiquité nègre égyptienne aux problèmes culturels de l'Afrique Noir d'aujourd'hui*，p. 172.

② 参见 Cheikh Anta Diop，*Nations nègres et culture*：*de l'antiquité nègre égyptienne aux problèmes culturels de l'Afrique Noir d'aujourd'hui*，pp. 173，175，177.

③ Cheikh Anta Diop，*L'unité culturelle de l'Afrique noire. Domaines du patriarcat et du matriarcat dans l'Antiquité classique*，Paris：Présence Africaine，1959，p. 205.

④ 莱格古士（Lycurgue）为传说中前8世纪斯巴达的国王，著名的立法者。

⑤ 普鲁塔克（希腊文：Πλούταρχο ς；拉丁文：Plutarchus，约公元46年—120年）罗马帝国时代的希腊作家，哲学家，历史学家，以《比较列传》（οἱβίοι παράλληλοι，又称《希腊罗马名人传》或《希腊罗马英豪列传》）一书闻名后世。他的作品在文艺复兴时期大受欢迎，蒙田对他推崇备至，莎士比亚不少剧作都取材于他的记载。

> 科学教育、哲学教育都被世俗认识给免除了，除了他们的贵族身份和知识地位，这些世俗人士与寻常百姓没有任何区别。他们头上没有任何神圣光环。普鲁塔克在《伊西丝和奥西里斯》一书中叙述说，所有希腊学者和哲学家都是埃及人的学生，他们都证明说，埃及人不愿意把他们的科学世俗化：梭伦、泰勒斯、柏拉图、莱格古士、攸多克索[①]、毕达哥拉斯在受到埃及人的启示之前碰到了很多困难。普鲁塔克继续说，在所有这些学者型学生中，埃及人最喜欢毕达哥拉斯，因为他的神秘性格；反过来，毕达哥拉斯也是最尊敬埃及人的希腊人之一。此前一段的结论是，普鲁塔克强调“Ammon”一词的秘传意义：被掩盖的，看不见的……[②]

在第四个领域中，迪奥普提示说，寓言体裁是“典型的黑非洲体裁，把动物搬上舞台，这个体裁是由埃及黑人伊索（Esope）引入希腊的，他启发了后来的拉封丹寓言”。[③] 他还说，希罗多德“已经从埃及神甫那里获得了许多信息，这些信息揭示了所谓胡夫[④]大金字塔的数学原理”。[⑤]

二　迪奥普《黑非洲文化的统一性》对古希腊罗马典籍的借鉴

贯穿《黑非洲文化的统一性》全书的主题是论述母系社会和父系社会的分布。迪奥普特别批评了约翰·雅各布·巴霍芬和摩尔根

---

① 攸多克索（Eudoxe，公元前395—前342），亚里士多德的同时代人，他接受了地球球体说，并开创了一条新途径，把天文学、几何学与地理学紧密地联系起来，进一步完善了地球分带理论。

② Cheikh Anta Diop, *Nations nègres et culture: de l'antiquité nègre égyptienne aux problèmes culturels de l'Afrique Noir d'aujourd'hui*, p. 397.

③ 参见 Cheikh Anta Diop, *Nations nègres et culture: de l'antiquité nègre égyptienne aux problèmes culturels de l'Afrique Noir d'aujourd'hui*, p. 398.

④ Chéops，约公元前27世纪人，古埃及第四王朝的法老。

⑤ 参见 Cheikh Anta Diop, *Nations nègres et culture: de l'antiquité nègre égyptienne aux problèmes culturels de l'Afrique Noir d'aujourd'hui*, p. 398.

(Morgan)① 等人所发挥的人类历史的第一阶段是普遍的母系制的思想，提出人类历史从一开始就有北、南两个文明摇篮，两个摇篮之间是“交汇区域”的思想：“在印欧语系的过去，不管我们上溯得有多远，尤其是通过比较语言学的方法，都只碰到一种父系的家庭形式，它似乎是分裂前的所有印欧氏族（雅利安人，希腊人，罗马人）的共性。”② 反之，

① 摩尔根（L. H. Lewis Henry Morgan，1818—1881），美国民族学家、原始社会史学家。1840年毕业于罗切斯特联合学院，终生以律师为职业。早年对研究印第安人社会产生浓厚的兴趣，与志同道合的青年们一起，动员舆论界为印第安人的利益呼吁。1851年出版了《易洛魁联盟》一书，以联盟的组织结构为主题，全面描述了易洛魁人的氏族社会，包括历史、语言、经济生活、社会组织、家庭婚姻、习俗和宗教。这本书被誉为世界上关于印第安人的第一部科学著作。摩尔根是对亲属制度进行科学研究的开创者。1871年发表了《人类家族的血亲和姻亲制度》。他根据亲属制度和社会组织的研究，系统地提出了家庭进化的理论，概述了人类家庭的发展史。他认为，人类从杂交状态经过血缘家庭、普那路亚家庭、对偶家庭和父权家庭而达到一夫一妻制家庭，彻底推翻了先前历史家们认为一夫一妻制家庭自古就有、并且始终是人类社会的基本单位的理论。1871年他与达尔文会面后，彻底地接受了进化论，并进一步提出了人类社会进化的学说。1868年撰写了《美洲海狸及其活动》一书，把海狸筑堰造巢的活动与人类最原始的发明相比，提出人类从动物分化出来，同动物既有区别又有联系，人类沿着上升的阶梯攀登进入文明社会的观点。1877年，摩尔根发表了他的主要著作《古代社会》，在先前研究的基础上，全面地提出了社会进化的理论，阐述了人类从蒙昧时代经过野蛮时代到文明时代的发展过程，说明人类社会从低级阶段向高级阶段发展，从原始社会发展到阶级社会，并将随着资本主义制度的灭亡而揭开社会的下一个更高的阶段。他通过研究印第安人和世界其他地区的部落及希腊、罗马等古代民族史，揭示了氏族的本质和氏族制度存在的普遍性，证明母系制先于父系制，说明氏族制度发展的结果必然产生它本身的对立物——政治社会即国家。1881年撰写了《美洲土著居民的住房和居住生活》，把房屋建筑的发展与社会的发展相联系，说明人类早期房屋建筑形式的发展也是原始共产主义存在的证据。

摩尔根在原始社会史领域所作的研究，证实和丰富了马克思主义的唯物史观，受到卡尔·马克思和弗里德里希·恩格斯的高度评价。马克思读过《古代社会》后，写了详细摘要和批语（见《摩尔根〈古代社会〉一书摘要》）。恩格斯写了《家庭、私有制和国家的起源》（1884），称赞摩尔根“以他自己的方式，重新发现了40年前马克思所发现的唯物主义历史观”，“在原始历史的研究方面开辟了一个新时代”。1875年他当选为美国国家科学学会成员，1879年当选为美国科学促进会主席。但是长期以来，他的理论频遭褒贬。近二三十年来西方民族学者重新评价他的著作和成就，逐步恢复了他应有的地位和名誉。摩尔根的名著《古代社会》在中国翻译出版后，广为流传，他的学术观点对中国民族学界有较广泛的影响。同时，学者们根据中国少数民族的大量调查资料，对摩尔根的一些具体观点提出了补充和修改意见。

摩尔根的著作除以上所述外，还发表过许多论文。他逝世后，由L. A. 怀特编辑出版的还有：《摩尔根的印第安人日记（1859—1862）》（1959），《摩尔根欧洲旅行日记选》（1937），《摩尔根的西南科罗拉多和新墨西哥旅行，1878年6月21日至8月7日》（1943）等。

② Cheikh Anta Diop, *L'unité culturelle de l'Afrique noire. Domaines du patriarcat et du matriarcat dans l'Antiquité classique*, p. 26.

正如埃及、埃塞俄比亚、利比亚、黑非洲的历史所显示的那样，母系制似乎确实是南方区域的一大特征。[①] 至于交汇区域，迪奥普尤其把塔西陀所描绘的日耳曼民族[②]和荷马史诗所描述的社会看作是对交汇区域存在的确认，他在《关于维克多·贝拉尔的〈荷马的复活。英雄时代〉的注释》中再次访问了这个社会[③]，上述注释篇实际上是对维克多·贝拉尔1930年出版的《荷马的复活　英雄时代》（*La résurrection d'Homère. Au temps des héros*，Paris：Grasset，coll. Les Cahiers Verts）的评论。

《黑非洲文化的统一性》的第一节主要介绍巴霍芬和摩尔根及其他几位学者关于古代氏族社会的主要思想及其错误所在。第二节概括批评经典普遍母系制的论点，由于巴霍芬和摩尔根都引用古希腊罗马作家的思想来建立并表述他们自己的思想，例如巴霍芬曾使用埃斯库罗斯的《奥瑞斯忒亚》来建立他的思想，所以迪奥普也分析这些引用的不恰当之处。他认为希腊和罗马社会没有任何一个时期可以确定为母系社会，因而巴氏的结论是反科学的。在这一节以及随后的第三节（“父系和母系制度的历史”），迪奥普开始全方位地叙述他的上述分布思想的论据，最基本的论据是北方印欧语系的特点是平原牧场适合游牧生活，南方的农耕社会适合定居生活，与之相应的还有其他一系列不同的特点，例如北方重火葬，南方重土葬，南北方火的崇拜的起因不同，父亲在北方发挥着根基的作用，而南方母亲之下很多男性的作用是由母亲的弟弟所发挥的。所有这些地方，迪奥普都大量引用了希罗多德、修昔底德和西西里的狄奥多尔及史学家斯特拉博（Strabon）的文字。例如，迪奥普引述了修昔底德的《伯罗奔尼撒战争史》里的一段话：

> 按照传统说法，弥诺斯是建立海军的最早的国王，他把自己的

① 参见 Diop，Chech Anta，*L'unité culturelle de l'Afrique noire. Domaines du patriarcat et du matriarcat dans l'Antiquité classique*，pp. 51 –61.

② 参见 Diop，Chech Anta，*L'unité culturelle de l'Afrique noire. Domaines du patriarcat et du matriarcat dans l'Antiquité classique*，p. 81.

③ 参见 Diop，Chech Anta，*L'unité culturelle de l'Afrique noire. Domaines du patriarcat et du matriarcat dans l'Antiquité classique*，pp. 191 –200.

> 帝国扩展到今天人们称作希腊海（爱琴海）的绝大部分。他统治着基克拉泽斯岛，把自己的儿子们任命为岛上的部落首领。他把侵扰他们的海盗全部赶了出去，在绝大部分岛上建立了殖民地。从此，岛上的居民就开始渐渐富裕起来了，住宅条件也不像以前那样简陋；有些富裕程度提升较快的居民甚至给自己的城堡圈上了围墙。①

这位建立海洋帝国、把自己的儿子们分封到岛上各个部落充当首领的人及其统治区，一定是一个父权社会。

迪奥普还概述了希罗多德和西西里的狄奥多尔关于埃塞俄比亚社会的叙述：埃塞俄比亚是继古埃及第十八王朝女王（公元前1479年—公元前1458年在位）哈特谢普苏特之后，世界上第一个由女王统治的国家。首先是萨巴国家半传说性的女王，她与希伯来人的国王所罗门（出生时间不明—公元前931年，以色列联合王国的国王，公元前971年至公元前931在位）是同时代人。《圣经》有一段简要地告诉我们，她慕名访问了所罗门，给他带去了礼物。几天后返回时所罗门给她回赠了很多礼物。没有任何历史资料说明她与所罗门结婚了。历史学家甚至反问，她到底是真正在埃塞俄比亚统治还是治理幸福的阿拉伯，那才是萨巴国家。但是穆罕默德诞生之前，南阿拉伯与埃塞俄比亚是不可分割的，它们的历史命运是共同的。

无论如何，公元前大约一千年，即特洛亚战争与荷马之间，南方国家是由女人们治理的。

康达氏（Candace）女王的统治是历史上的真事。她的鼎盛时代与凯撒-奥古斯都同时。凯撒-奥古斯都在占领埃及之后，推动他们的军队穿过努比亚大沙漠，逼近埃塞俄比亚边境。根据斯特拉博的记载，罗马的军队由佩特罗纳将军率领。康达氏女王亲率她的队伍，每支队伍都让罗马士兵打头阵，与后来圣女贞德抗击英国军队的做法一样。战斗中失去一只眼睛更加激发了她的勇气。这种英勇的抵抗震撼了整个古代，并

① Thucydides, *Histoire de la Guerre du Pélopomèse*, Livre I, trad. Bétant, Paris: Hachette, 1869.

非因为女王是个黑人，而是因为她是一个女人：在印欧世界，人们还不习惯一个女人发挥政治和社会作用……她的英勇抵抗在苏丹人民中留下了深刻印象，以后苏丹的历代女王都自称康达氏。

关于交汇区域，上面我们提到了日耳曼氏族社会，荷马所描绘的区域，下文作者还提到了阿拉伯半岛、西亚的腓尼基人的氏族社会、印度河地区和美索不达米亚地区，但第三节特别提到了大洋洲，大洋洲民族的分散性、重叠性、并列性都是交汇区域的特点。第四节是从三种区域发现的不正常现象及作者给予的解释。第五节专门研究雅利安和黑非洲两大“摇篮”各自的文化特点，在这一节里，谢赫·安达·迪奥普用大量的篇幅谈论文学，尤其谈论悲剧。迪奥普引用了希罗多德的说法，即狄奥尼索斯这个神祇起源于埃及，他相当于奥西里斯[①]，基于这个说法，强调必须正确地阐释引导希腊人采纳这个异域神的路径。在这方面，我们敏感于迪奥普显示这个采纳过程的方式，他说，这个神首先进入色雷斯（Thrace，巴尔干半岛东南部一地区），进入后似乎拒绝了埃及原初的神祇形象，或者至少改变了这个形象：

> 印欧人很难清楚地和忠实地把狄奥尼索斯的神话带回他们的文化，除非改造他，让他变得粗鲁、不道德、好色，等等，而狄奥尼索斯的基本精神恰恰与淫荡相反……狄奥尼索斯不是家庭生活的混乱之神，配偶生活及夫妻间的忠诚对他而言是神圣的，他反而是家暴的敌人，反对任何非自愿的行为；他主张男女心情舒畅，尤其是女性要心情舒畅。他这个神祇的全部教育都包含着深受其社会强制和压抑的雅利安女性心灵深处的期望。他是个体自由之神，是两性秩序之神。把他介绍为永远醉醺醺且无限度地寻找淫乐的酒神巴克斯（Bacchus），可谓对神灵的亵渎。狄奥尼索斯不是别的，他是伊西丝和奥西里斯夫妻和谐的象征；这是南方世界社会理想、家庭理想、夫妻理想向雅利安国家的输出……女性的激情和男女性的抗拒

① Hérodote, *Histoires*, Ⅱ, Paris: Les Belles Lettres, 1949, Ⅱ, pp. 42 – 49.

都得到了解释……这里我们看到的是南方价值与雅利安价值之间的斗争以期占领人类意识的一种戏剧风貌。[①]

这个文本特别有意思，一方面以希罗多德的见证为依据，重申古希腊先贤祠里最重要的神祇之一源自埃及；另一方面，展示印欧世界与南方世界的对立，前者无法理解并采纳埃及的神祇。迪奥普也利用这个机会，相当长地引用了当时在社会上颇具影响力的尼采（Nietzsche）的著名著作《悲剧的诞生》（*Naissance de la tragédie*），引述尼采是为了表述他与尼采的异同，进一步阐释自己对狄奥尼索斯的认识。他认同原始的狄奥尼索斯成分与阿波罗成分的结合形成了悲剧。[②] 反之，他在两个重要节点上，与尼采拉开了距离。第一点关涉赋予狄奥尼索斯的意义以及他在希腊戏剧史演变中的作用：

最初，悲剧完全是把人间疾苦搬上舞台的剧种，不管疾苦的原因是什么；尼采断然以为，所有希腊悲剧最初的主角都是狄奥尼索斯，后来的英雄人物是狄奥尼索斯的面具、他的变形。于是，自从开了这个头以后，剧作的狄奥尼索斯的悲剧成分开始细化：一般的人物类型个性化，索福克勒斯（Sophocle）使人物性格的心理研究向精致方向发展，欧里庇得斯（Euripide）伪造神话，简言之，宙斯（*Deus ex machina*，古希腊戏剧中的机械降神）的到来最终扼杀了古希腊悲剧。[③]

另外，迪奥普指出，尼采的读者“很难在作者的观念里把音乐和痛苦的作用分级”。第二点关涉狄奥尼索斯的起源和品相，我们在上文里

---

① Cheikh Anta Diop, *L'unité culturelle de l'Afrique noire. Domaines du patriarcat et du matriarcat dans l'Antiquité classique*, p. 163.

② 参见 Cheikh Anta Diop, *L'unité culturelle de l'Afrique noire. Domaines du patriarcat et du matriarcat dans l'Antiquité classique*, pp. 156 – 157.

③ Cheikh Anta Diop, *L'unité culturelle de l'Afrique noire. Domaines du patriarcat et du matriarcat dans l'Antiquité classique*, p. 159.

已经谈过了。

笔者以为，迪奥普否定人类社会的第一阶段是普遍的母系社会，肯定北方的印欧语系社会只有父系社会的论点，当年是经过巴黎大学的博士答辩的，显然征服了相当一批很有声望的学者，也有一定的依据；但是这还只是迪奥普的一家之言，它最终是否能够在历史长河中站得住脚，还需要各个相关地区的考古发现去佐证。但是，为避免人们误以为巴霍芬和摩尔根以来学术界已经观点一致，所以介绍这个学术观点是必要的，希望能引起学术界的进一步探讨。

三　迪奥普对现代西方篡改历史的批判

西方现代科学，西方现代的埃及学，拒绝接受古希腊从古埃及接受了许多文化资源、古希腊最重要的神祇之一狄奥尼索斯源自埃及的论点，并无法理解埃及神祇的原初风貌。迪奥普对此给予了学术性质的批判。确切地讲，这个主题主要是在《黑非洲的民族和文化》一书中发挥的，是这部著作一个特殊章节“现代对历史的篡改”的论述对象[①]。迪奥普的长篇论证中，有两点值得特别采用。第一点关涉这种“篡改”的生成，它离现在比较近。此前，沃尔奈（Volney）在他的《埃及和叙利亚旅行记》（*Voyage en Égypte et en Syrie*，1783）里并不觉得接受古埃及文明是黑人文明有什么困难。在迪奥普引用的作者叙述访问狮身人面像一段里，沃尔奈也以希罗多德的叙述为依据，希罗多德说，科尔基斯人（les Colches）“是古埃及人的一个分支，因为他们像埃及人一样黑皮肤和卷曲的短头发：这即是说，古埃及人与非洲所有自然人种一样，是真正的黑人”[②]。“篡改”行为开始于埃及学诞生之时。事实上，尚波利庸

① 参见 Cheikh Anta Diop，*Nations nègres et culture：de l'antiquité nègre égyptienne aux problèmes culturels de l'Afrique Noir d'aujourd'hui*，pp. 59 – 203.

② 关于科尔基斯人是古埃及人这一段，见 Hérodote，*Histoires*，Ⅱ，p. 104；转引自 Cheikh Anta Diop，*Nations nègres et culture：de l'antiquité nègre égyptienne aux problèmes culturels de l'Afrique Noir d'aujourd'hui*，1999，p. 58.

（Champollion）破解了古埃及的象形文字的成果，可以进入一种截至当时人们只了解其岩石建筑和绘画遗迹而无法真正阐释它们的古老文明，却走向了另一种心态：

> 埃及学的学者们面对他们发现的伟大和完美的过去崇拜得惊呆了，渐渐地，他们承认古埃及文明是最古老的文明，它产生了所有其他文明。在帝国主义思想的促使下，他们越来越难以继续接受黑人埃及的论点，而这个论点截至当时乃是显而易见的论点……他们从古人斩钉截铁的见证中无法找到任何与埃及现实客观冲突的矛盾，因而也无法反驳它们，于是就默不做声，或者教条地气愤地抛弃它们，同时遗憾古代这些普通人迷失到如此程度并给当今的专家们制造了如此多的困难和微妙的问题。[①]

迪奥普论证的第二点介绍了一些作者的情况，在迪奥普眼里，这些作者代表了现代篡改的这个或那个时段或形式。他尤其点出尚波利庸的大哥尚波利庸-菲亚克（Champollion-Figeac）并以很长的篇幅讨论他[②]、马斯佩罗[③]、纳维尔[④]、珀特利和布雷阿斯忒德[⑤]、德拉夫斯[⑥]等人。我们不进入这个论证的细节，仅指出这些作者引起迪奥普关注的两个原因。首先是他们不接受黑人埃及这个观点的抵制态度以及他们中某些人突出传播性阐释的做法，例如，后者认为古埃及文明是由美索不达米亚文明

① Cheikh Anta Diop, *Nations nègres et culture: de l'antiquité nègre égyptienne aux problèmes culturels de l'Afrique Noir d'aujourd'hui*, p. 62.

② 参见 Cheikh Anta Diop, *Nations nègres et culture: de l'antiquité nègre égyptienne aux problèmes culturels de l'Afrique Noir d'aujourd'hui*, pp. 68 - 70.

③ 参见 Cheikh Anta Diop, *Nations nègres et culture: de l'antiquité nègre égyptienne aux problèmes culturels de l'Afrique Noir d'aujourd'hui*, pp. 125 - 130.

④ 参见 Cheikh Anta Diop, *Nations nègres et culture: de l'antiquité nègre égyptienne aux problèmes culturels de l'Afrique Noir d'aujourd'hui*, pp. 150 - 152.

⑤ 参见 Cheikh Anta Diop, *Nations nègres et culture: de l'antiquité nègre égyptienne aux problèmes culturels de l'Afrique Noir d'aujourd'hui*, pp. 200 - 203.

⑥ 参见 Cheikh Anta Diop, *Nations nègres et culture: de l'antiquité nègre égyptienne aux problèmes culturels de l'Afrique Noir d'aujourd'hui*, p. 359.

或腓尼基文明传播而来。这样，在引述孔特诺1934年出版的著作《赫梯人[①]和米达尼人的文明》（G. Contenau，*La civilisation des Hittites et des Mitanniens*）一大段后，迪奥普指出：

> 这些文本明显说明，埃及历史与美索不达米亚历史的同步源自理念而非事实的必然性。当前（这些埃及学学者）的指导思想是，用美索不达米亚解释埃及，即西亚是印欧文明的摇篮。[②]

其次是他们对古希腊罗马所提供的见证的遮蔽。我们从刚刚引用的一段文字的延伸发挥中看得很清楚，这段发挥文字借助了西西里的狄奥多尔和斯特拉博的文字，前者肯定米底[③]的大量建筑物是由“埃及工人”建造的，后者提示说，苏萨（Suse）古城[④]“是由埃塞俄比亚国王门农[⑤]的父亲黑人提托诺斯建造的”[⑥]。同样，迪奥普也指责德拉夫斯1922年出版的《非洲的黑人》（*Les Noirs de l'Afrique*）一书固执地坚持自己对希罗多德的阅读[⑦]，篡改了后者的见证，因为他“向我们暗示，根据希罗多德的说法，黑人和埃及人是两个互相对立的概念”[⑧]。

正如迪奥普说明的那样，第一部分第三节结尾对这种篡改历史的核查和反驳，构成《黑非洲的民族和文化》的“批判部分”，那么“现在

① 赫梯是公元前17世纪左右在小亚细亚和叙利亚建立的古国。又译作“西台”或“喜台”。刘增泉教授在2008年出版的著作《西洋上古史》（吉林出版集团）中介绍了“西台古国”文明的兴废史，里边也涉及其邻国米达尼人。

② Cheikh Anta Diop，*Nations nègres et culture：de l'antiquité nègre égyptienne aux problèmes culturels de l'Afrique Noir d'aujourd'hui*，p. 166.

③ Médie，伊朗高原西北部古国名。

④ 两河流域东部奴隶制国家埃兰的古城，波斯帝国首都，遗址在今伊朗胡齐斯坦省。

⑤ 门农（Memnon），希腊神话中的埃塞俄比亚国王，提托诺斯（Tithon）和黎明女神厄俄斯（Eos）的儿子。特洛亚被围困时，他率军前去援助特洛亚人，被阿喀琉斯（Achilles）杀死。

⑥ Cheikh Anta Diop，*Nations nègres et culture：de l'antiquité nègre égyptienne aux problèmes culturels de l'Afrique Noir d'aujourd'hui*，pp. 166－167.

⑦ 参见 Hérodote，*Histoires*，Ⅱ，pp. 29－30.

⑧ Cheikh Anta Diop，*Nations nègres et culture：de l'antiquité nègre égyptienne aux problèmes culturels de l'Afrique Noir d'aujourd'hui*，p. 359.

应该过渡到建构部分，拿出证明埃及民族是黑色人种的各种事实。”① 后边的各个章节，我们甚至可以说，后来的所有著作，都这样用来澄清古埃及文明的黑人性质。后面的方法主要建立在人类学论据和语言学论据的基础上，以比较的方式展开这些论据，落实到把黑色人种的埃及变成一个原初摇篮，如今我们在撒哈拉以南的非洲还能找到该摇篮的很多痕迹。

我们顺便补充一点，姆巴加纳·吉塞（Mbargane Guissé）曾指责迪奥普在《文明抑或野蛮》（*Civilisation ou barbarie*）一书中直接把柏拉图、亚里士多德或攸多克索视为古埃及知识的剽窃者，这一点说明，迪奥普甚至把自己的批判上溯到古希腊时代，他的上述说法也许有点偏激。

谢赫·安达·迪奥普自《黑非洲的民族和文化》开始阐述的论点激起了两类反应。一方面专门研究古埃及的学术界秉持许多保留意见，或者重拾埃及学的传统论点，或者展示古埃及与黑非洲的明显关联没有特殊的诠释价值；另一方面，迪奥普的著作应该为非洲中心主义的解读提供了机会，特别是在非洲和美国，这种阅读把古埃及说成任何文明的发源地，且经常收获学术界的担保。当然，这些反应是在1960年由R. 莫尼（R. Mauny）和J. 苏雷－卡纳尔（J. Suret-Canale）写的有关《黑非洲的民族和文化》一书的报告发表在科学杂志上以后②。

如今，非洲中心主义参照谢赫·安达·迪奥普的守护者形象，视其为智者兼预言家。其实，迪奥普的贡献首先在学术领域，他的方法相继审视了两个方面：一方面批评否认古埃及文明的黑人性质；另一方面，阐明这种文明不管是对古希腊文明还是对黑非洲文明的影响。在迪奥普的思想里，这种方法也有政治维度，他很早就在自己的论文里强调这一

① Cheikh Anta Diop, *Nations nègres et culture: de l'antiquité nègre égyptienne aux problèmes culturels de l'Afrique Noir d'aujourd'hui*, p. 203.

② R. 莫尼的报告发表在 *le Bulletin de l'IFAN*, série B, n°3－4, 1960，同时针对《被殖民前的黑非洲》（*L'Afrique noire précoloniale*）一书。至于J. 苏雷－卡纳尔，他在 *Recherches Africaines*, n°4, 1960和 *Preuves*, juin-juillet 1960上各发了一篇报告。谢赫·安达·迪奥普1962年回答了这两位作者的批评：«Réponse à quelques critiques ... », in *Bulletin de l'IFAN*, t. XXIV, n° 3－4, 1962.

点，例如分别发表于1948年和1952年的《何时可以谈论非洲的复兴?》或《走向非洲的政治思想》[①]。但是，研究者和后来自称以迪奥普为旗帜的战斗团体，并非总能像迪奥普那样维持其作品这两大特点之间的平衡。他们也没有像迪奥普那样总是细心地阅读古希腊罗马的文本。某些继承者或者在学术领域或者在政治领域的极端主义，反倒助长了对迪奥普作品的遮蔽，同时又把迪奥普变成某些批判的靶子，因为他们不断地引述迪奥普甚至把他神圣化，其实，这些批判本应对准这个或那个继承者。另外，迪奥普的谄媚者与他的诋毁者一样，倾向于突出《黑非洲的民族和文化》一书而忽视他的其他著作，迪奥普的著作归根结底要复杂得多。他回到塞内加尔之后的著述和出版卓有成效，为他赢得了国际地位。他的著作一般被认为是用马克思主义的立场观点来分析社会和文化现象的。

总之，建立在古希腊罗马作者文字基础上的众多见证，证明古埃及文明在希腊文明的许多方面都是存在的，这些见证是有说服力的。在肯定古埃及文明是黑人文明的同时，迪奥普所阐明的，就是西方的埃及学拒绝考虑人们在希罗多德、柏拉图、普鲁塔克、普利纳、塔西陀等人那里发现的证明。那么，埃及学就呈现为一门只能在无视古希腊罗马有关黑非洲论述条件下（而在迪奥普看来，古埃及是黑非洲世界明显举足轻重的成员），否认“古希腊面对黑人传统文化的地位”而构建起来的学科，阿兰·布尔乔亚有一部著作就以此为名[②]。

谢赫·安达·迪奥普的著作置身于一种论战视野中，以西方从黑格尔到萨科齐等学者和政要关于非洲和非洲人的言语为背景，把他们置身历史之外。但是，迪奥普的著述其实还提出了另一个问题，即古希腊罗马文本的占有和合法阅读问题，即西方人不断突出其价值并把自己身份的大部分建立其上的整个遗产的占有和合法阅读问题。迪奥普在《黑非洲的民族和文化》及其他著作里的做法，树立了自由检视精神的一个卓

① 参见 Cheikh Anta Diop, *Nations nègres et culture: de l'antiquité nègre égyptienne aux problèmes culturels de l'Afrique Noir d'aujourd'hui*, pp. 33 – 44; 45 – 65.

② 参见 Alain Bourgeois, *La Grèce antique devant la négritude*, préface de L. S. Senghor, Paris: Présence Africaine, 1971.

越的范例，证明古代文本的所有权不属于任何人，黑非洲人有权阅读它们，有权知道古希腊罗马人关于黑人世界的论述。这种自由检视精神超越了阅读和重读古代文本的范畴，超越了某些论点的正面表述，从更根本的意义上，它还是对已有建构和知识的一种预先怀疑态度。至少在两点上，迪奥普的著作吁请人们超越它们自身。第一点出现在我们审视迪奥普所使用的论证时。迪奥普的论证主要由两大板块构成：埃及学和古希腊罗马文学。在此基础上，迪奥普还引用了唐普尔（Tempels，《班图哲学》的作者，比利时学者）和马塞尔·格里奥尔（Marcel Griaule，法国人类学家）的著作，以支持自己的论证。这些参照物反馈到口语世界，似乎与古埃及以书写为基本特征的文明的平衡不无问题。第二点出现在迪奥普强调与“种族”类型保持距离（尽管他自己使用了这个语词）的一段文字中：

> 自此，黑人应该能够重新掌握其民族历史的连续性，从这种过去中获得必要的道德利益，一起重新占有他在现代世界的地位，而不涉足倒行逆施的纳粹主义，因为他引以自豪的文明本来也可以由人类的任何其他种族所创造（当然是在可以谈论种族的前提下），该种族也可能处于同样古老、同样优越的摇篮中。①

这样我们就看到，迪奥普的著作某种程度上包含或预设了对自身的超越，理由是，如同作者在《非洲文明的前在性，神话抑或历史的真实?》（*Antériorité des civilisations africaines*，*mythe ou vérité historique*?）一书中所说明的那样，他的著作是对“人类胜利的”期望，是对“人、整个人类夺取文明的富有意义的阶段”的梳理和审视。②

① Cheikh Anta Diop，*Nations nègres et culture*：*de l'antiquité nègre égyptienne aux problèmes culturels de l'Afrique Noir d'aujourd'hui*，p. 401.

② 参见 Cheikh Anta Diop，*Antiquité des civilisations nègres*：*mythe ou vérité historique*?，Paris：Présence Africaine，1967，p. 280.

【作者简介】

史忠义，男，1951 年生人，浙江越秀外国语学院外国语言文化研究院首席研究员，中国社科院外文所研究员、博士生导师。

联系方式：个人邮箱：shizhongyi51@126.com　手机：15910934088

向征，西安外国语大学副教授，研究方向：法国文学。

乌·塔姆西诗歌中的火意象

国际关系学院
■彭　晖

【摘　要】在乌·塔姆西的诗歌中，火意象占据着显要地位，是重要的表现题材之一。火在他的诗歌世界中象征意义多元，主要呈现为“毁灭之火”“重生之火”与“和平之火”，反映了诗人对外部世界的认识和构建意象时的历史语境。“毁灭之火”代表了殖民入侵给非洲带来的毁灭和灾难，“重生之火”意味着非洲在劫难之后的重生和发展，“和平之火”承载着诗人对历史的反思和对世界和平的向往与追求。火意象含义的转变展现了诗人的创作历程，从揭露殖民主义的罪恶到反抗殖民主义再到最后站在全人类的角度着眼于全世界的和平，体现了其诗歌不仅带有强有力的政治性，也闪烁着人道主义的光辉。

【关键词】乌·塔姆西　西非法语诗歌火　意象

Fire imagery in the poetry of U Tam’si

【Abstract】In the poetry of U Tam’si, the fire, one of the important imageries, occupies a prominent position. Fire’s symbolic meaning varies in his poetry. It is mainly presented as “destruction fire”, “rebirth fire” and “peace fire”, reflecting the poet’s understanding of the external world and the historical context of the poetic creation. “Destruction fire” represents the destruction and disaster brought by colonial invasion to Africa. “Rebirth fire” means the rebirth and development of Africa after disasters. “Peace fire” carries the poet’s reflection on history and pursuit of peace. The transformation of the meaning of fire imagery shows the poet’s creative process, from exposure of evils of colonialism to resistance to colonialism and finally to peace of all mankind. It shows that his poetry is powerful and political with humanistic spirit.

【Key words】U Tam’si　West African poetry　fire imagery

火是一种特殊的物质，在人类文明和改造世界的进程中起着至关重要的作用，也是文学作品中具有多重象征意义的重要意象。它是一个充满了诗意想象的文化意象和生命意象，具有丰富的文化内涵和特殊的生命精神。“它是一切现象中唯一能够获得两种截然相反的价值评价的现象：善与恶。它把天堂照亮，它在地狱中燃烧。它既温柔又会折磨人。它能烹调又能造成毁灭性的灾难。它给乖乖地坐在炉边的孩子带来欢乐，它又惩罚玩弄火苗的不规矩的人。它是安乐，它是敬重。这是一位守护神，又是一位令人畏惧的神，它既好又坏。它能够自我否定：因此，它是一种普遍解释的原则。”①

刚果共和国诗人契卡雅·乌·塔姆西（Tchicaya U Tam’si，1931—1988）用法语写作，以诗歌为武器，谴责殖民主义，批判种族歧视，为祖国独立和民族解放不懈奋斗。他的诗歌受到象征主义、超现实主义的影响，呈现出一种现代性，被誉为非洲大陆最伟大的诗人之一。为了向他致敬，自1989年起，设立“契卡雅·乌·塔姆西非洲诗歌奖”，每两年在摩洛哥颁发一次。他的主要诗集有：《坏血统》（*Le Mauvais sang*）（1955年）、《丛林之火》（*Feu de brousse*）（1957年）、《昧心》（*àtriche-cœur*）（1960年）、《历史概要》（*épitomé*）（1962年）、《肚子》（*Le Ventre*）（1964年）、《面包或灰烬》（*Le Pain ou la cendre*）（1978年）等。

在乌·塔姆西的诗歌中，火意象占据着显要位置，是其诗歌重要的表现题材之一，在一定程度上既反映了诗人的心理个性，也表现出诗人

① ［法］加斯东·巴什拉：《火的精神分析》，顾嘉琛译，商务印书馆2010年版，第7页。

对外部世界的认识和构建意象时的历史语境。其诗歌中的火意象蕴含多重象征意义，主要呈现为“毁灭之火”“重生之火”与“和平之火”。

一　毁灭之火

乌·塔姆西在1957年发表的诗集《丛林之火》直接以“火”命名，整部诗集好比是一部以反抗为主题的电影，诗人运用蒙太奇的手法将17种视角下的意象并置，将刚果历史的悲剧和人民的痛苦融入诗歌想象中，展现出殖民者入侵之后非洲文明的破碎。在这部诗集的第五首诗《吸血鬼飞行》（*Le Vol des vampires*）中，火以一个“毁灭者”的形象出现：

早晨人们发现燃烧的丛林
和冒烟的太阳
人们像往常一样吃着
煮熟的西葫芦
之后看见
火焰吞噬者
继续艰难地忍受着
酷热的日子①

诗的开头呈现了一个可怕的场景：丛林着火了，太阳被滚滚浓烟遮蔽，生活在丛林之中的居民像往常一样继续着他们的生活，并不知道为什么丛林会突然之间燃起火焰，直到看见“火焰吞噬者”，才明白这个外来之物便是火焰的来源。丛林是当地居民赖以生存的地方，丛林燃烧意味着生存环境的破坏，给丛林居民带来的无疑是巨大的损失和痛苦。

① Tchicaya U Tam'si, *Le Mauvais sang* suivi de *Feu de brousse* et *à triche-cœur*, Paris, L'Harmattan, 2012, p. 66. 本文中的诗歌节选均由笔者译自法语原诗。

太阳散发的光与热带给大地温暖与生机，象征着光明、希望和幸福。太阳被浓烟遮蔽，短短几个词勾勒出黑暗压抑的环境，丛林之火摧毁了这里平静幸福的生活。此处的火充满了危险性，具有摧毁外物的巨大威力。这种破坏性在之后的诗节中体现得尤为具体：

风带有犬牙
正是这风
这风给树木
带来了其他的树叶
拔掉了鹦鹉的羽毛
熏香了豺狼
在等待
另一位母亲
生出
一个长有三头
或许没有腿
的孩子
在大草原上
继续破坏①

此处的“风”犹如丛林之火的帮凶，它增强了火的威力和破坏性，就像自带犬牙，撕裂眼前这个世界。“带来了其他的树叶”暗示着在经历这场火之后原有的生活模式被打断，新的生活方式来临。在突如其来的灾难面前，弱者无力抵御这强大的破坏，失去了一切，而强者得到了其想要获取的东西，两者鲜明的对比是通过两个对立的意象来实现的：被拔掉羽毛的鹦鹉和被熏香的豺狼。原本力量相距甚远的两种动物艺术

① Tchicaya U Tam'si, *Le Mauvais sang* suivi de *Feu de brousse* et *à triche-cœur*, Paris, L'Harmattan, 2012, p. 67.

地展现了弱者和强者的对立，也就是强者对弱者的剥夺。进一步说，弱者代表着受害者，强者象征着入侵者，而入侵者代表了人类过度的欲望，无节制的追求财富。

毁灭之火不仅有强大的破坏性还有持续性，给这片土地带来了深远的影响，正如诗中所说“另一位母亲生下孩子在大草原上继续破坏”。“另一位母亲”与前面诗节中的“一位母亲”相呼应，这位母亲，也就是非洲大陆，孕育了“一个双头儿”（un enfant à deux têtes）①，并且“只有一条腿”（l'enfant avait une seule jambe）②。这个孩子指代的正是刚果这片土地，它被强行划分为两个国家，就像无端长出两个头；而唯一的腿指的是穿越这片土地的母亲河——奔腾汹涌的刚果河。在毁灭之火降临后，另一位母亲，也就是入侵者，在这片土地上孕育出一个“长有三头”的孩子，此处的“三头”，特征明显，可以理解为法国“蓝白红”三色国旗，或者说是法国殖民秩序的象征——殖民、文明、基督教（colonisation，civilisation，christianisme），这个三头儿便是法国殖民者留在刚果的殖民遗产。为了在殖民地实现完全的“欧洲化”或“法国化”，法国在非洲推行直接的统治政策，委派殖民官员直接统治当地社会，推行文化同化政策，从语言、文字、宗教、教育和生活方式等方方面面对其殖民地进行渗透，殖民地的政治、经济、文化等方面受到严重破坏。这些毁灭性的破坏在殖民地独立之后依旧对殖民地的社会文化和经济结构有着显著深远的影响。

在诗的最后一节，入侵者的形象和破坏性通过“吸血鬼”这个典型意象再次得到强调：

它们是吸血鬼
天空依旧蔚蓝

① Tchicaya U Tam'si, *Le Mauvais sang* suivi de *Feu de brousse* et *à triche-cœur*, Paris, L'Harmattan, 2012, p. 66.

② Tchicaya U Tam'si, *Le Mauvais sang* suivi de *Feu de brousse* et *à triche-cœur*, Paris, L'Harmattan, 2012, p. 66.

灵魂失去了所有清甜之水
其中掺杂着
一滴滴的尿水[①]

吸血鬼是欧洲文化中特有的一种文化现象，也时常出现在文学作品中。它们具有强大的力量，通过牙齿切入被害者脖子来吸取鲜血，夺取他人性命来保证自己不死不老。它们无法克制自己对鲜血的欲望，在贪婪私欲的驱使下，不择手段地获取鲜血，并且毫无罪恶感。在人们眼中，吸血鬼是一种恐怖神秘、残忍邪恶的嗜血恶魔，是众多罪恶的集合体。将入侵者比喻成吸血鬼，暗示着入侵者的罪恶和贪婪与吸血鬼相比有过之无不及，比直接揭露入侵者的残暴罪行更给人以深刻的印象，和更为广阔的想象余地。

《吸血鬼飞行》整首诗是历史的一个缩影，展现了非洲历史上所经历过的一段黑暗时期。丛林里的居民是历经苦难的非洲人民，其痛苦和灾难是由入侵者造成的，入侵者也就是在非洲大肆殖民扩张的西方殖民者，他们贪婪成性，对非洲进行无耻掠夺。原本平静富饶的土地遭到毁灭性的破坏，不仅是对生态环境和自然资源的破坏，对非洲文化也有着广泛深刻的冲击破坏：非洲大陆因为西方入侵者的到来而深陷危机，非洲文明遭受巨大破坏，各族群“原有的种族、文化、宗教、语言共同体或被强行肢解，或被人合并，原有的历史进程被外力打断”[②]，非洲文化价值被贬低、抹杀，非洲人民在殖民者的摧残与奴役下，失去自由，生活悲惨。

在西方殖民者入侵之前，由于自身的历史条件和内部环境，非洲大陆的历史是一部自我发展、自我演进的历史，处于相对封闭与隔绝的状态，虽然发展缓慢并不完美，但正是因为这种相对的封闭与隔绝，让非洲大陆长期保持了自己的个性与特色。西方殖民者的侵略征服和野蛮奴

---

① Tchicaya U Tam'si, *Le Mauvais sang* suivi de *Feu de brousse* et *à triche-cœur*, Paris, L'Harmattan, 2012, p. 67.

② 刘鸿武：《非洲文化与当代发展》，人民出版社 2014 年版，第 216 页。

役让非洲大陆陷入灾难性衰竭，改变了非洲大陆历史的进程和走向，使非洲日益落后于西方。非洲大陆还是那块大陆，就像诗中所说，“天空依旧蔚蓝”，但历经劫难之后，非洲大陆早就不是之前的那块“阳光大陆”。殖民主义的压榨摧残和黑奴贸易，让非洲大陆坠入世界体系边缘的落后位置。

《吸血鬼飞行》所呈现的不是现实的情景，而是诗人想象编织的画面。在这个梦幻的世界中，火是“毁灭者”的代表，是摧毁和改造外部世界的强大力量，火与毁灭的连接充满了暴力美学的意味，铺垫下了整首诗压抑阴沉的基调，承载着诗人对历史的思考，对西方殖民暴行的指控。通过具有启示性、视觉化的意象，激发读者更为深刻的想象维度，聚焦罄竹难书的殖民罪行，再现非洲大陆的悲剧。

“毁灭之火”还出现在同一诗集的另一首诗《抵抗命运》（*Contre-destin*）中，乌・塔姆西用短短三句诗总结了毁灭之火过后的惨象：

> 不再有夕阳
> 有贪婪的草丛，
> 还有更猛烈的大火①

非洲大陆是西方近代全球扩张最早的侵略对象，也是西方近代扩张与侵略活动持续时间最长的地区：“西方人从开始侵占非洲沿岸地区和周围岛屿，到最后完成对整个非洲大陆的全部殖民分割并实施有效的实际占领与建立起完整的殖民统治，前后大约持续了 400 余年，远比对北美洲、中南美洲和亚洲一些地区的殖民侵略扩张的时间长得多”②，而且它也是“近代西方全球殖民体系最后崩溃的一块大陆，西方人在非洲的殖民统治，一直维持到了 20 世纪的 60、70 年代”③。殖民“大火”延绵不绝且越发猛烈，在长期的野蛮征服和侵略奴役中，非洲传统文化及其

① Tchicaya U Tam'si, *Le Mauvais sang* suivi de *Feu de brousse età triche-cœur*, *op. cit.*, p. 71.

② 刘鸿武：《非洲文化与当代发展》，人民出版社 2014 年版，第 205 页。

③ 刘鸿武：《非洲文化与当代发展》，人民出版社 2014 年版，第 205 页。

土著宗教被瓦解，非洲的历史文明被贬低甚至被抹杀，西方殖民者将非洲大陆贬低为根本没有自己历史和文化的大陆，非洲人民是愚昧无知的低劣种族。此类种族主义和种族歧视的谬论是西方殖民者维护或合法化其在非洲殖民统治的理论工具，也为西方文化中心主义和白人文化优越理论的盛行起到了重要的推动作用。它们在全世界大肆传播，影响恶劣，非洲人民逐渐丧失了民族自尊心和自信心，“以白人文化为高贵之代名词，以黑人皮肤为低贱耻辱的象征，成为在世界上也在非洲黑人间流行的观念”①。在20世纪非洲大陆的民族解放运动中，这些种族主义谬论成为强加于非洲人民的精神枷锁，“在非洲人民心灵上布下了重重的阴霾，建起了沉重的心狱，摧残着压抑着黑人的反抗精神和独立意识。”②成为非洲人民获得真正自由解放的精神障碍。

二　重生之火

火是人类文明的象征，代表温暖、明亮，给人带来希望。古希腊神话中，盗火英雄普罗米修斯为了人类的光明幸福而献身，这让“盗火”成为对于至高无上权力体系的一种挑战，让火具有了反传统、反专制的反抗斗争特质。火亦可象征着对人类的救赎和洗礼，人类走过黑暗、经受历练，最后获得新生。正如加斯东·巴什拉（Gaston Bachelard）所说：“火可以是内在的或外在的，外在的火是机械的火，具有腐蚀性、毁灭性，内在的火是精子的火，是生育的火和使之成熟的火”③。从一定意义上说，火孕育着生命的萌芽，生命的力量在火中积蓄和聚集。

作为时代的见证者、有责任感和使命感的诗人，乌·塔姆西将祖国乃至非洲大陆的伤口艺术化地展现给世人，发出正义的声音；同时作为民族和时代的良心，他站在时代政治、社会文化的最前沿，以诗歌为载

① 刘鸿武：《非洲文化与当代发展》，人民出版社2014年版，第237页。
② 刘鸿武：《非洲文化与当代发展》，人民出版社2014年版，第237页。
③ ［法］加斯东·巴什拉：《火的精神分析》，顾嘉琛译，商务印书馆2010年版，第75页。

体，肯定非洲民族文化价值，唤起非洲人民自我意识，号召他们为改变自己压迫奴役的命运而抗争，为非洲的复兴和发展提供动力。因此，他的诗歌中不乏“武装”“反抗”“抵抗命运”等字眼，而具有不可逆转的破坏性的火也被赋予了反抗和重生的意义。

具有反抗和重生力量的火折射了以诗人为代表的非洲人民在苦难之后对新生活和美好未来的渴求与追寻。在其第一部诗集《坏血统》中，乌·塔姆西借助火的形象，呈现了肩负复兴非洲重大历史使命非洲新生代的坚毅决心：

> 我用头对抗虚假的虚无
> 为了重新发现巨人的史诗……
> 我是硬化的钢铁，新种族的火
> 在我鲜红的血液中除去河流中不安的泡沫①

“虚无”是对存在的否定，暗指西方殖民者对非洲大陆及其人民的否定，“虚假”更是揭示了这种否定的无稽，对抗这种虚无的目的是“重新发现巨人的史诗”，也就意味着抗争是为了重现非洲的辉煌，让非洲大陆重获新生。那么，肩负此重任的是谁呢？是“我”，是经受高温锤炼的“钢铁”，是具有强大创造能力的“新种族的火”，是千千万万渴望自由平等的非洲人民，他们的身体和灵魂历经考验，充满了斗志和力量，他们是非洲复兴的希望。这是乌·塔姆西对非洲人民的一种动员，因为他清醒地意识到没有了民族自信心和心灵归属的非洲人民就好似失去了灵魂，只有非洲人民自我意识和民族意识的觉醒才能清除非洲人民的精神障碍，才能摆脱西方殖民统治，获得独立、自由和新生，争取自身、民族乃至整个非洲大陆的解放和独立。

在20世纪上半叶兴起的非洲文化复兴运动中，许多非洲普通民众是通过非洲知识分子对非洲文化的倡导而开始意识到自己的尊严、价值和

① Tchicaya U Tam'si, *Le Mauvais sang* suivi de *Feu de brousse* et *à triche-cœur*, *op. cit.*, p. 43.

权利，从而投身到非洲独立解放运动当中的。这场文化复兴运动旨在重新建立起非洲人民与自己历史文化的联系，“在殖民主义宗主国和世界面前证明非洲历史与文化的存在及其合法权利，证明非洲文化的独特价值及其与世界其他文化包括欧洲文化的平等地位，从而唤起殖民地社会民众对于自己文化个性、文化归属的自尊、自信和认同”[1]。

诗人作为非洲知识分子精英，高举非洲文化复兴运动的旗帜，通过诗歌号召祖国人民抑或整个非洲人民用民族主义和现代民主主义作为斗争武器，实现现代意义上的文化觉醒，直接反抗殖民主义和种族主义的压迫奴役，争取自由平等权利，为非洲大陆政治、经济、社会、文化等全面发展开辟道路。

这种具有强大创造力、促使走向重生的火也在诗集《丛林之火》中延续，它作为一种标志，指引非洲人民前进的方向：

> 我看见人们
> 超越自己的视野
> 我将火理解为我的存在
> 我是那些支撑我的人
> 的血肉
> 我明白我的源头如同洗刷耻辱
> 的欲望之火。[2]

非洲人民在多灾多难的历史中得到了锤炼和净化，他们不再是火的拥有者而是火本身，蕴含着一种顽强的生命力量以及不屈不挠的精神，渴望重获新生的“欲望之火”熊熊燃烧，他们在苦难中超越自我，积蓄力量，等待那一个终将到来的时机，如凤凰涅槃般重生，一雪前耻。乌·塔姆西深知这股蓄势待发之力的强大，他反复在诗中刺激这种力量

① 刘鸿武：《非洲文化与当代发展》，人民出版社2014年版，第242页。

② Tchicaya U Tam'si, *Le Mauvais sang* suivi de *Feu de brousse* età *triche-cœur*, *op. cit.*, p. 64.

的迸发：

我们是暴风雨
闪电拉长了火线
在你我的手中①

第一人称复数“我们”的使用彰显了诗人团结非洲人民的用心，展现大自然巨大力量的“暴风雨”的“闪电”昭示了非洲人民的团结势必会凝聚一股无法阻挡的威力，而“你我手中的火线”象征着每一位非洲人民的共同期盼——圆复兴梦想、谋发展繁荣。

三　和平之火

火既可表达毁灭和重生的力量，也可消灭一切人类追寻自由的障碍，它“使一切变得纯洁，火分离材料并摧毁无知的不纯性”②，“它把取消恶果和产生善行的思想会聚在一起”③。因此火通常还代表着净化与升华，预示着人类摆脱罪恶，走向和平。乌·塔姆西亦借助火的意象，站在人类与世界未来的角度，表达了包括非洲人民在内的世界人民期盼实现和平与繁荣的梦想。在其后期的诗作中，尤其在诗集《肚子》中，毁灭与重生之火化身为和平之火，承载着诗人对和平深切的呼唤：

我只想从鱼塘里来
为了在
指定时间说
这场盛宴缺少潮汐和

① Tchicaya U Tam'si, *Le Mauvais sang* suivi de *Feu de brousse età triche-cœur*, *op. cit.*, p. 84.
② ［法］加斯东·巴什拉：《火的精神分析》，顾嘉琛译，商务印书馆2010年版，第105页。
③ ［法］加斯东·巴什拉：《火的精神分析》，顾嘉琛译，商务印书馆2010年版，第106页。

只有血肉可以给予心的火。①

这是《肚子》第四首诗《盛宴》（*Le Festin*）里的诗句，名为盛宴，实为一场肮脏和致命的狂欢，是殖民主义在刚果历史前所犯暴行的变相呈现。诗人运用一系列暴力血腥的词汇展示了一个被死亡威胁的可怕世界，营造了一种恐怖不安的氛围。在这里，生命的希望被剥夺，整个国家成为罪行和暴力的受害者，呈现出一种死气沉沉的荒芜状态。潮汐蕴含着巨大的能量，给人带来光明和动力，火亦象征着生之希望，乌·塔姆西以第一人称“我”道出这场盛宴缺少“潮汐与火”，不仅控诉了殖民暴行对祖国的破坏，更表达了对祖国未来的期盼和对和平的向往，此处“只有血肉可以给予心的火”便是指无数鲜血与生命换来的可贵和平。

凝结着和平期盼的火在另一部诗集《音乐之弓》（*Arc musical*）中再次出现，通过揭秘火山底部的内容，诗人在不经意间完成了从“毁灭之火”到“和平之火”的转变：

在这座火山的底部
到处都是牺牲之人
而不是红色熔岩。②

火山是一个充满破坏性的词，瞬间喷涌而出的炽热岩浆，带来的是难以抵挡的毁灭。原本储存红色熔岩的火山底部充满了“牺牲之人”，这些人正是为了民族、为了国家、为了和平而牺牲，他们占据了熔岩的位置意味着他们战胜了可怕的毁灭力量。这座火山喷发时，也就是和平来临之时，“和平之火”会在非洲大陆以及全世界蔓延，见证“非洲梦”的实现，推动世界共同发展。

---

① Tchicaya U Tam'si, *Le Ventre*suivi de *Le Pain ou la Cendre*, Paris: Présenceafricaine, 2007, p. 55.

② Tchicaya U Tam'si, *Arc musical* précédé de*épitomé*, Paris, L'Harmattan, 2007, p. 159.

结　语

“毁灭之火”代表了殖民入侵给非洲带来的毁灭和灾难，“重生之火”意味着非洲在劫难之后的重生和发展，“和平之火”承载着诗人对历史的反思和对世界和平的向往与追求。这些集中于火意象的含义展现了乌·塔姆西的一个创作历程：由揭露殖民主义的罪恶到反抗殖民主义、捍卫民族尊严，再到最后站在全人类的角度，着眼于全世界的和平，体现了他的诗歌不仅带有强有力的政治性，也闪烁着人道主义的光辉。

【作者简介】

彭晖，法语文学博士，国际关系学院讲师，研究方向：法语文学、法语国家与地区文化。

通讯地址：北京市海淀区坡上村12号18号楼414，邮编：100091。

手机：15011270698　　邮箱：penghui_ 302@163. com

刚果作家拉布·坦西述评

中国社会科学院外文所
■史忠义

【摘　要】刚果作家拉布·坦西一生著有六部小说。面对其作品，批评界出现了两种极端的阅读：一种把他当作偶像来崇拜，另一种终极性地彻底抛弃他。本文前三部分分别介绍了关于刚果当代作家拉布·坦西的三部批评著作并指出它们的不足。第四部分从文学与再现、反思、时空体三个方面评述了作家独特的写作风格[①]，并指出战斗的现实主义以很好的方式存在于这位作家的作品里。小说展现了非洲政治专制的令人焦虑和嗜血般的蜕化方式，任何人间的交流都碰上了不可交际性。现代小说家拥有阐释不可交际性的悖论功能。小说的终极悖论是，任何交际的重复失败变成了让小说得以交际的工具。小说家本人变成了邪恶和语词的天才修补者。拉布·坦西的小说为寻求自己形式的非洲小说打下了基础，书写方式的转移导向使该体裁更深刻，有力地建构了一种新型自由，小说更具可塑性，但也更趋向形式和题材的图示化。

【关键词】索尼·拉布·坦西　书写中的互动体系　刚果河的羞耻　持续追寻意义　讲现代故事

On the Congolese writer Sony Labou Tansi

【Abstract】Sony Labou Tansi, a Congolese writer, wrote six novels in

① 本文在写作过程中参照了 *Roman Africain contemporain* écrit par Justin K. Bisanswa（Paris, Honoré Champion, 2009）中的部分章节。

his life. There have been two extreme readings in the critic world: one to worship him as an idol and the other to abandon him completely. The first three parts of this article introduce three critical works about Labou Tansi and point out their shortcomings. The fourth part reviews the writer's unique writing style from three aspects: literature and reproduction, reflection and space-time body, and then points the fighting realism exists in this writer's work in a good way. The novel shows the anxious and bloodthirsty transformation of African political dictatorship, and any communication between people encounters the non-communicability. Modern novelists have the paradox function to explain the non-communicability. The ultimate paradox of the novel is that the repeated failure of any communication becomes a tool for the novel to communicate. The novelist himself became a genius tinkerer of evil and words. Labou Tansi's novels laid the foundation for African novels seeking their own form. The transfer of writing style led to a profound update of the genre, effectively constructing a new type of freedom: novels tend to be more easily shaped, more graphical in form and subject.

【Key words】Sony Labou Tansi　interactive system in writing　shame of the Congo River　continuous search for meaning　tell modern stories

刚果作家索尼·拉布·坦西（Sony Labou Tansi）写有六部小说，分别是《一生半》（*La Vie et demie*, Paris, Seuil, 1979），《蒙羞的国家》（*L'État honteux*, Paris, Seuil, 1981），《前民族》（*L'Anté-peuple*, Paris, Seuil, 1983），《罗尔萨·洛佩的七种孤独》（*Les Sept Solitudes de Lorsa Lopez*, Paris, Seuil, 1985），《火山眼》（*Les Yeux du volcan*, Paris, Seuil, 1988）和《痛苦的开端》（*Le Commencement des douleurs*, Paris, Seuil, 1995）。作家1995年6月14日突然去世后，其作品引起了两种极端的阅读：一种把他当作偶像来崇拜，另一种终极性地彻底抛弃他。如果我们基于德韦萨（Jean-Michel Devesa）的著作，不妨以为拉布·坦西从自己的厄运中获益匪浅："他经常庆贺自己一无所有：他是一个双重的非洲人，支

持非洲的现代化，但是他心中的现代化被认为是西方世界的投影”（Devesa 8）。

卡迪玛－奈祖基（Kadima-Nzuji）、阿贝尔·库乌阿玛（Albert Kouvouama）和保尔·吉邦古（Paul Kibangou）的合著也显示，拉布·坦西身份的分化饶有趣味。但是，这些评判更多地揭示了批评观点的历史性，而较少展示批评的“真理性”。作家吸引读者的暧昧性值得用另一种目光去关注其作品。从阿纳托尔·姆邦伽（Anatole Mbanga）到德韦萨的专著再到布拉柴维尔（Brazzaville）学术研讨会的论文，人们重新走近了拉布·坦西，确定了他在创立非洲新书写方面首屈一指的作用，以及他所接受的影响和对其他作家的影响。

一　拉布·坦西作品中的创作手法：书写中的互动体系

姆邦伽重视语言、风格和题材的分析。他提出了两条理由，即作家的文学想象和语言、作家的革新和创新。作为非洲的法语批评家，姆邦伽以为，“对作家语言甚至文化的更好了解……可以更好地感知对象文本深刻而复杂的‘多元’维度”（Mbanga 9）。他用法语的语法著书，分析作家语言的差距；综合使用多种互补的探索工具，如曼戈诺（Maingueneau）的著作、风格分析、巴赫金（Bakhtin）、克里斯蒂娃（Kristeva）、托多罗夫（Todorov）、凯尔布拉－奥瑞申奥尼（Kerbrat-Orrechioni）的理论等。姆邦伽研究的宗旨是“阐明索尼·拉布·坦西文字中的独特性……衡量非洲作家的书写文本特有的差距”（Mbanga 9）。按照他的说法，它们最大的特性就是口语与书写文字的互动。他发现口语词汇和语义在拉布·坦西的文本中频频涌现，作家喜欢“使用人们熟悉的语汇”，如 fric（钱）、type（家伙）、mec（男人，情夫，男朋友）、pognon（钱）、lascar（狡猾的人，大胆果断者）、faire pipi（撒尿）、moche（丑陋的，恶劣的）、trimbaler（拖着，笨拙）、emmerder（令人讨厌）、truc（玩意，技巧，窍门）等。“作家试图打碎文学文本或叙事通常特有的词汇和句法的严谨性”（Mbanga 71）。

姆邦伽的探索是如何擅入拉布·坦西的语言的，作者上溯到法国文学的传统，发现“这并非拉布·坦西的独占性”（Mbanga 86），“那些后来被归入新文学的非洲的法语作家们在描写世界和表达他们的想象时，让法语服从他们的心血来潮。”（Mbanga 87）“应该从追寻新颖和独特这个角度去领悟滑稽模仿的原则和拉布·坦西抨击社会现实类叙事的语言游戏。”（Mbanga 87）姆邦伽研究了作家的这些语言变形，指出它们可以使拉布·坦西进行社会政治分析。姆邦伽通过克里斯蒂娃、贡巴尼翁（Compagnon）、凯尔布拉-奥瑞申奥尼、巴赫金等人，考察这个概念的演变，并通过外部的互文性检视拉布·坦西的句子结构，肯定“comme + 品质形容词”结构赋予叙事一种诗意的印象。他研究书写文字的“重复语素”（itérèmes）、风格和异质性方面的修辞格，并分离出拉布·坦西的写作题材：死亡、动物性、色情、自然、性行为、权力等，分析作家的局限性，并得出结论：“他所谓的‘传奇小说’的一切几乎都是想象”（Mbanga 260）。

但是，姆邦伽的著作也有一些问题：他想界定标题中使用的概念，却仅解释了副标题；他所参照的基本读物是传统的法语语法书，例如马提内（Martinet）、穆南（Mounin）或丰塔尼耶（Fontanier）的语法著作，难免走向表面分析之嫌，而把新近关于书写、互动、隐性的讨论搁置一旁，这些概念本来可以帮助他更好地领会作品的主题。姆邦伽的研究宗旨也不无问题。他以探索拉布·坦西书写文字独特性的名义，试图衡量这位非洲作家文本特有的距离。这类问题不恰当的确立通常会导致种种瓶颈，一如雅各布森（Jakobson）的“文学性”的诗学功能等。姆邦伽把拉布·坦西使用的术语与格瑞维斯（Grevisse）的“正确用法”相对比（Mbanga 254），他像索绪尔（Saussure）变换字母顺序而构成新词一样，焦躁地四处寻觅“独特性”的证据，一段时间甚至承认分不清哪些是独特用法，哪些是常见用法了。（Mbanga 13）

许多情况下，批评家确实在探询拉布·坦西的种种独特性。问题是，真的可以把否定、错格的使用、把句子的节段化、把俗语的使用等视作拉布·坦西的独特性吗？姆邦伽围猎拉布·坦西的“独特用法”后，每次都上溯到法国文学传统，以证实这些形式在其他法国作家，尤其在左拉（Zola）、塞利纳（Celine）、福楼拜（Flaubert）、贝克特（Beckett）、伊奥奈斯库（Ionesco）、索莱尔斯（Sollers）等名家那里的使用情况，其著作的论点由此分散成丝缕，主要现象稀释为次要现象。

事实上，怎么让人相信“众多人们耳熟能详、属于口语性表现的语词和习语”（Mbanga 66）构成作家的书写特性呢？错格可以等同于“不连贯的宣示或口语和书面语的物质化吗？”（Mbanga 60）如何领会错格与拉布·坦西反对因循守旧表述方式之间的关系呢？转述言语注定压缩为直接引语、间接引语和自由间接引语吗？意象的题材作用是同一的吗？应该像姆邦伽那样把区别有致的意象、隐喻、比喻和语象视作同一即可以互换的概念吗？互文性是源泉还是影响研究的传统吗？我们发现作者对这一概念的生成和区分有颇多混淆。

众所周知，互文性是克里斯蒂娃受巴赫金论述陀思妥耶夫斯基（Dostoevsky）和拉伯雷（Rabelais）著作的启发而界定的小说与其内涵之间的关系类型，肯定小说内部蕴含着异质多元性的文本存在。互文性是符号之间的互动，形式主义方法用这个概念来寻觅意指。它既不同于信息发出者对信息接受者的作用，也不同于源泉研究。

拉布·坦西的小说横向方面点缀着至少三个知识场的语汇，即宗教领域、政治领域和文学领域。拉布·坦西不仅用文学外的社会参照物点缀他的文本，还用自己的话语应对三重的互文文本（Greimas and Courtès 194），宗教性、政治性和文学性交替出现在作家自己的话语中。拉布·坦西无意引入这些言语并复制这些意见，不认为从中找到了与自己意味相投的表述。那么他为什么要优先转向这些领域的三种言语呢？除了它们以互动方式发挥的陪衬作用外，它们还是作家自己的破坏性话语可以乘虚而入的借鉴性言语。当他在一文本内部挑出这样或那样的同语素，经常是为了破坏他所谓的和谐。这三种知识言语的任何一种都没有丰富他的话语，而是扭转了他所瞄准的方向。“神秘修辞”徒劳地隐喻欲望范式和性，政治言语徒劳地反映进步和现代性的无意义，而文学言语徒劳地导向一种病态观念，三种言语共同构成一种“异质的”语言带，作家的话语一直寻求跳出这个语言带。不管是信仰还是政治言语抑或艺术，都未能抗衡拉布·坦西根本性的虚无主义。相反，借鉴并散乱地把这些语汇塞进自己的文本中，意味着他试图摆脱任何信仰。性没有神秘主义的光环，而神秘主义反倒浸透着色情。性、政治和宗教的言语地位逐渐被毁灭，它们产生的讽喻过程使拉布·坦西得以抨击神秘主义的种种哑剧。

拉布·坦西通过扭曲意群规则和聚合规则，建立了一种可以耦合在社会规约之上的诗学，动摇社会规约的符号权力，并瞄准言语的独立性。这些借鉴而来的言语或被抄袭或被改造成一种独特的符号体系，它们通过所指的明晰化和重新划分，足以颠覆话语的意指而锻造成一种个人的习惯用语，使任何外延性和参照性价值失去中肯性。他的话语辩证地游移于肯定自我与贬低世界的价值之间，自由地虚构这种饶舌的祛魅言语。

二　拉布·坦西，刚果河的羞耻和魔幻河岸的作家

让-米歇尔·德韦萨的著作完全是另一种类型，它包含大量认识拉布·坦西的人们提供的见证和信息。作者本人也是拉布·坦西的朋友，对刚果非常熟悉。德韦萨的著作是一部见证、同时也是拉布·坦西作品的批评之作。

德韦萨承认“索尼·拉布·坦西与契卡亚·乌·塔姆西（Tchicaya U Tam’si）似乎是国际舞台上最伟大的刚果作家”（Devesa 7）。他指的是1979年发表的《一生半》，这部小说被批评界和媒体誉为非洲小说的创新之作：格调新颖，对社会的讽喻很辛辣，且语言自由潇洒。

但是德韦萨认为“索尼的文字……是一个谜团”（Devesa 7-8）。他指出，“人们对他的承认表明，一个作家死后永远比生前伟大”（Devesa 8），德韦萨想远离“那些近乎模板似的赞美和悼念词”，直言不讳地表达自己写作这部书的宗旨，并指出当时的写作条件：“拙著本想避开情绪化这个暗礁，但基本上还是对索尼·拉布·坦西作品的情绪化分析。拙著还想向大学生们、研究人员和大学老师们甚至广大读者，提供对作家文学路径和个人行旅的第一部总体分析……”（Devesa 9-10）。

确实，这部著作的很多地方都给人“热情程度很高”的印象。此外，作为调查刚果生活的人种学家，德韦萨承认他无法理解这个民族，这个“隐言的刚果社会”：“刚果的知识分子大部分都是在西方接受教育或者与西方接触中培养起来的，他们不仅仅获得了学位证书和专门知识。他们也理解我们的心理。我们无法说得再多了”（Devesa 10－11）。

简要叙述导致自己1993年六七月份返回法国的社会政治背景后，德韦萨描述自己1989年至1993年观察了索尼四年，“他感觉碰到了一个自由人，即一个不自我吹嘘而实实在在战斗的人”。据他说，“法国与刚果的关系史可以照亮索尼·拉布·坦西的路程。索尼不满足于做‘国王’的疯子”（Devesa 14）。

他补充了有利于了解拉布·坦西作家生涯的材料：他与地区一些朋友建立了团结一致的深厚友情；“刚果膨胀那些年”的国际行情。据他说，《一生半》“首先是通过某些合作办公室传到巴黎，然后才通过一个标志并不明显的旅程到达瑟伊出版社”（Devesa 21）。

事实上，德韦萨宣称参照种种材料并描述拉布·坦西的形象：行审判和抨击之实，因为他的思想带有浓厚的负面看法。德韦萨的论证建立在三个轴线上：男子马塞尔·奈特索尼（Marcel Ntsoni）的虚伪；他的人际关系网；最后是拉丁美洲小说家加西亚·马尔克斯（García Márquez）的显著影响。在他的推论中，人的双重性粉饰着另两个论据，每节都重新出现，以至于作品的阅读压缩为揭示和表述人的契机。情感的这种膨胀淡化了某些意识分析的光彩和力量。这些分析的大部分是作家在世时作者向各种研讨会提交的论文或后来发表的文章，但这些文章根据新著的需要进行了加工，并陷入了作者所说的对作品的“情绪化分析”。

对德韦萨的研究方法稍做补充——德韦萨几乎总依据拉布·坦西的“亲近者”的见证。人们经常能从脚注里读到某日“对作者问题清单的回答”，或“与作者的交谈”。但是直到其著作的结尾，甚至在附件里，我们也没有看到作为“多次调查之对象和持之以恒的宗旨”的这份著名的问题清单。它一直是德韦萨卷首承认的向大学生和研究人员提供的、帮助他们理解作家个人旅程和作品的“材料”吗？人种学解释经常掩饰土著人士的言行，他们忙于用自己的言语戳穿这些言语的宗旨。那么德韦萨犯了一个典型的错误，一种文明类型的错误，把一种分析性阐释应用于一种他不了解其象征性特征的描述。因而德韦萨的这部著作代表着一种几乎哑叙的极端情况，对于并非致力于破解书中陈词滥调的学者，那是“不忍卒读”的，因为这些老生常谈存在于著作的所有层面，乍看上去，它们似乎就是著作的唯一素材。

德韦萨所用老套手法首先令人震惊的是其功能的暧昧性。它“把玩”文本时，犹如一个“不适用的木楔”，同时又超出文本。作为能指体系，它似乎融入著作的叙述中，同时又参与另一文本，一部外在于叙事的文化文本赋予老套手法某种独立性。德韦萨的老套似乎由此接近双重的符号体系[①]：事实上，这是一个反复思考语词、承认其性需要和性欲望的索尼，读者发现，他像自己的弟兄们一样，是肉欲的囚徒；作家（拉布·坦西）区别于他的弟兄们，他腾跃、言辞热烈；索尼在语言方面机灵而狡黠，因而，他碰到外人时也机灵而狡黠（Devesa 144，238，321，161，217）。

德韦萨解释索尼·拉布·坦西的姓名时，从中读到的是因生于父亲第二房而深感羞耻的不幸作家，他“试图一边承认丑闻，一边小心翼翼地搅浑线索”（Devesa 58，79）；解释拉布·坦西寄往法国国际电台的参赛剧作署名索尼－西亚诺·索因卡（Sony-Ciano Soyinka）的原因，是因为欣赏尼日利亚作家（Devesa 218）。但是，德韦萨书中散布的作家的生平材料却显示，拉布·坦西的社会和家庭旅程的特点是缺乏社会根基：身份的丢失和母系单位的崩溃。动荡不安就是这种状态的体现。拉布·坦西上学时就进入了文学领域。他参加法国国际电台组织的比赛说明作家既追求一技之长，也追求声誉或者“自封地位”。“自封”开始于匿名竞赛。这样，我们就可以明白拉布·坦西为何要一再建立剧团、创立杂志和阅读组织。这叫作单方面通过实验进入文学领域。这也解释了年轻的马塞尔·奈特索尼或索尼与西尔万·邦巴（Sylvain Bemba）、亨利·洛

① 罗兰·巴特（Roland Barthes）曾分离出双重符号体系的结构，这里无须赘述。

佩（Henri Lopes）、塔提·卢塔尔（Tati Loutard）、契卡亚·乌·塔姆西和桑戈尔（Senghor）等作家的关系。只需读读布尔迪厄（Bourdieu）关于19世纪末这类书就足够了。德韦萨甚至谈论到“很少家庭链接”，但却不满足于这个来自作家本人的解释。

德韦萨选择的节段在他的书中投下一个奇特的新注解。它们从主题中找到了它的双重位置：心理标志和氛围标志。拉布·坦西并非西方文化认识的第一位黑人作家（“懦夫”“骗子”“谄媚者”“暧昧者”等）。这个主题在德韦萨之前就存在，长期以文学或漫画形式传播，充斥着审美功能、气象功能和潜伏程度不同的意识形态功能。德韦萨接过先前使用广泛的沉重的题材形式，让其充满着他的所有意指，并通过这个程序，反馈到文化现象中，充实该现象的意指，迫使自己的文本具有不可避免的所指的暧昧性，导致读者从双重角度阅读文本，哪一方都无法战胜另一方。德韦萨正是在把玩这种模糊性。作为老套的主题呈现出双重的意指体系。

但是，德韦萨的全书都建构在索尼·拉布·坦西之疾病的隐喻上，而作家本人有意保持这个隐私：“像他的许多罹患同样疾病的同胞一样，他隐藏侵蚀他身体的疾病。他更希望默默忍受，以避免这种疾病的羞耻，在中部非洲，人们把这种疾病视为上帝对放荡者和权力持有者的惩罚”（Devesa 34）。

这是否意味着应该用夺取作家生命的疾病来解读他的文本？

显然，我们更应该拷问作家的书写游戏、作品风格、文学的独特表述、文学自身没有表述但以独特方式在象征体系中产生的种种确定和断裂，不断地参照文学本身。在这条轨迹上，人们显然可以询问作家的政治介入、他的生死、疾病、爱情活动以何种方式决断或丰富他的文学作品。

德韦萨提出的另一论据是他从索尼作品中读到的互文性。他基于西尔万·邦巴有关索尼书写的“文学重组”（Devesa 221）、阿兰·里卡尔（Alain Ricard）关于坦西的巨大贡献、塞瓦努·达不拉（Séwanou Dabla）提出的对马尔克斯范式的模仿（而他的论证更多显示的是某种启示）（Devesa 221）、基于塞尔日·姆不拉（Serge M'Bourra）（Devesa 221）、达尼埃尔–亨利·巴柔（Daniel-Henri Pageaux）、瓦莱里·莱洛（Valérie Layraud）等人的论述，甚至反问拉布·坦西盛名的根源难道不是对这些“盲目范式”的模仿吗？他得出了下述论断：“细想起来，索尼·拉布·坦西的历史很可能属于法语文学界另一个不幸者马里人扬博·乌奥洛盖姆（Yambo Ouologuem）的历史；真正代表非洲身份的冠军显然多年来一直藏而不露：他向自己的读者们建议一种模仿的文学，而非真正想陈述他的意向和动机。”（Devesa 227–228）

这几段话似乎很雄辩。拉布·坦西作品中的互文性值得写一本书。笔者发现，德韦萨的论证属于媒体言语。作者吁请研究人员和大学生们了解拉布·坦西的双重性，不要满足于表象。许多语词即是这种双重性的标志（“操作”“策略”“掩盖”等）。德韦萨似乎满足于“布拉柴维尔（等地）的传言”，怀疑当事人言语的真实性，过于相信推断和假设。

有一件事至少是确定无疑的：德韦萨以前经常拜访拉布·坦西，他似乎对后者的作品非常熟悉。当他在给作家的卷首题词或章前题词借鉴其著作所有章节的用语时，人们有时甚至感到他对自己这位“受难者”好友的某种友情和感谢。他以这种方式喜欢他，就像拉伯雷喜欢他的庞大固埃（Pantagruel）和莫里哀（Molière）喜欢他的斯卡潘（Scapin）一样。

当拉布·坦西把自己的话语交给虚构的人物时，确实就让自己的理想主义和与他者关系的理想观念经受着考验。相互性和同一性之间的辩证关系是其虚构作品的核心；虚构作品的作用就是象征（寓意）并诉诸各种关系的痛苦整合。在这些交流的背后，可以读到一个几近孤儿、被社会视为另类、苦心孤诣想重新进入社会的孩子的全部问题。这些对话既非作家缺失之物的模仿剧，亦非对过去缺乏解释或至少缺乏慰藉这种实在的迁移。被凌辱的丈夫愤而报复，甚至杀了自己的妻子（《罗尔萨·洛佩的七种孤独》），强奸、卖淫、猥亵或强暴，难道不是古老分裂的夸张和幻觉形象的漫画般建构的多重类型吗？它们难道不是作品中隐约与死亡相伴随的循环往复的素材吗？夏怡达娜（Chaïdana）被她的父亲强奸，随后又被三百多男人强奸，39岁的达杜（Dadou）经理被一些17

岁的女孩骚扰，阿纳（Hana）与玛雅（Maya）神奇般的接吻，想想小说人物间的关系，全部问题就在于弄清楚，当话语呈现为自我与他者之间的“媒介”时，他们的身份（尊严）变成了什么。每次都能发现同样的现象：每个人都是自说自话，那么进行交流的话语注定揭示出整体的不完整。因为他们只有构成整体，主体与他者才能共处。正如芙拉沃（Flahaut）所说，“倘若他者就是一切，我就什么也不是。倘若我是一切，他就什么也不是”（Flahaut 105）。把他者作为完善自己的手段和目的，拉布·坦西的主体同时消解了，打碎了他与他者的关系。

三　持续追寻意义的索尼·拉布·坦西

卡迪玛－奈祖基、库乌阿玛和吉邦古的合著基本上收集了拉布·坦西逝世一周年时布拉柴维尔学术研讨会（1996年6月13日至16日）上的论文。持续追寻意义预设了布朗绍（Blanchot）想象的被对话主义、互文性和互动理论所丰富的文学空间，这种空间牺牲了形体、卖淫嫖娼的形体、作者的形体、评论家的形体和文本本身，其实质是对规约和媒介的僭越。

利耶·姆达巴·尧卡（Lye Mudaba Yoka）观察到，拉布·坦西以自己的方式赋予无意义以意义。奈伽尔（Ngal）通过断裂概念，显示了作家词汇创造的丰富性和他的热带特点，它们赋予法语以青春活力。皮埃尔·蒙萨尔（Pierre Monsard）勾勒了作家的喜剧诗学和反言语诗学。作者研究喜剧性的运作和功能，这种喜剧性突出一种人物特点的描述并将其漫画化，显示缠绕人物的单一性格，从而创造类型人物。

保尔·奈宰特（Paul Nzete）关心小说中所指与能指的游戏，发现拉布·坦西把语词或表述方式的设计义和感知义重叠起来。更准确的说法是，超越两种意义的重叠，引申义超过忠实义而占上风。例如“一个成熟的民族，然而您要求我们将其搞垮[①]”（Kadima-Nzuji et al. 62）。在这

① 在上面的例句中，“mûr”是熟了的意思，这里作“成熟”使用；“tomber”是跌落的意思，小说用其引申义“搞垮”。

个例句中，后边的陈述行为否定了前边陈述节段的语义。这种翻转走向讽喻意义并创造了滑稽模仿。吉尔贝·隆巴莱－巴雷（Gilbert Lombalé-Baré）从《蒙羞的国家》起，分析并重构了两类句子的句法，以显示复杂语句的分支和生产过程。该分析尤其通过累积和并列技巧，凸显了拉布·坦西创作时的用心。但是，把句子称作阅读单位即罗兰·巴特所谓的“词汇”（Barthes），似乎更恰当一些。还有，这些句子的语法重构是方法论层面的一个诱饵，因为作者采用了别样的书写程序。它至少可以展示，拉布·坦西的书写不是自动书写，尽管作者分解了上述语句的结构和逻辑。应该把菲利普·马吉塔（Philippe Makita）对《前民族》的拼写分析与上述句法分析关联起来。但是把人物雅维尔德（Yavelde）等同于并压缩为长女的阐释显得简单化了，很难令人接受。

艾罗·达西（Elo Dacy）上溯到滑稽传统并显示拉布·坦西是怎样通过使用该传统，通过结构时间、空间和人物而更新非洲文学的。萨克韦耶·加尼耶（Xavier Garnier）、安德烈·奈童佛（André Ntonfo）、夏尔·岱炯古－散巴（Charles Djungu-Simba）和尼科拉·马丁－格拉奈尔（Nicolas Martin-Granel）恰恰也占据了空间和时间的高地。第一位讨论作家后三部小说中的空间问题，第二位则讨论《火山眼》中的同样问题。加尼耶观察悬崖、洞穴、暴风雪、峭壁、花岗岩、岛屿群、石头的出现频率。“这些空间成分作为常态之可能性的表述，可以维持一个混沌世界的历史”（Kadima-Nzuji et al. 93）。这个空间里没有人的地位，“人是摇晃于历史常态与事件流动之间的遇难者”（Kadima-Nzuji et al. 94）。

在奈童佛看来，空间承载着世界观：空间的渐弱犹如渐弱的人类的提喻，而空间的占领与周围的无序相关。奈童佛勾勒了作家通过空间向读者的多次示意，发现“索尼·拉布·坦西的关注点明显在于抹掉地点的真实名称和人物的身份，虽然他暗示的某些具体物品可以圈定行为发生的空间”（Kadima-Nzuji et al. 152）。

马丁－格拉奈尔的研究基于一些未发表的手稿。他以为爵士乐是“从本原上隐性主导全部作品的原则。作家的全部作品属于一种音乐书写和创作，某种常态的运动把即兴创作的风姿和风格镌刻在这些作品中”（Kadima-Nzuji et al. 212）。他从自己论文的标题中分离出三个概念：历史的进步，时间是作品挥之不去的形象，作品的内在进展。拉布·坦西的许多读者都盯着作家的重复和叙述的停滞，马丁－格拉奈尔第一个发现他的文本在进展，作家以为“写作是一种关乎缺失的述行行为：当作家没有做他所说的事，没有唱遍他的歌，那么应该把他没做的事情写出来”（Kadima-Nzuji et al. 212）。他建立了时间的静止状态与诗人的焦躁不安（诗人认为时间具有侵犯性）的鲜明对比。他认为拉布·坦西没有解决时间的哲学难题，而是将其偏移到文学领域，分解到矛盾的语词中。马丁－格拉奈尔“重构”了影响问题。用他的话说，读者“囿禁于羞愧状态的陷阱中”，而“羞愧的条件就是读者的条件：他闭目消费现实的景观，一任自己受制于压缩为尸体之羞愧状态的语词”（Kadima-Nzuji et al. 226－27）。同样，阿里西亚·琼斯（Alicia Jones）展示加西亚·马尔克斯与拉布·坦西在处理孤独题材时的聚合点和不同，从而质疑急躁的读者们得出的仿作结论。

正如我们看到的那样，时空体在拉布·坦西那儿第一次得到了很好的分析。在这位作家的作品里，时空体不满足于表示叙事或故事的地点；它总蕴含着某种类型的叙述塑形。它的重要性在这里得到了异乎寻常的凸显，似乎拥抱着历史，趋向于把拉布·坦西无法叙述的小说故事带回它们基本的时空体：只有微妙的变形中才有曲折（这条河、这座森林、这处悬崖、这片花岗岩等）。给予读者的示意寓意如下：倘若故事挺烦人，错误在于读者不理解它。流水、石头、峭壁被隐喻为已经永久被摧毁的地域，该行为最终把循环永驻的目光归化为几乎一成不变的重复。无为点缀着凝视的美德（而凝视的单调导致性的膨胀）。人们肯定自己优于自然。沼泽地、被冲断的道路、污秽物、按蚊象征着悲惨和社会斗争，与生产的思想背道而驰；流水、火山、森林、石头等强化社会的生产力量。这是审美活动、道德或精神活动理想的无代价状态。

爱玛·克里斯蒂亚娜·乌阿马比亚（Emma Christiane Ouamabia）和穆卡拉·卡迪玛－奈祖基检视人们很少分析的一种风貌，即人物的动作和态度。两位作者在观察沉默与话语的辩证性中，发现沉默即是话语，而诱惑程序展现为连续的策略：微笑、目光、眼泪、沉默、舞姿、抚摸。阿尔法－诺埃尔·马龙噶（Alpha-Noël Malonga）对《蒙羞的国家》里女性身体的分析处于同一视野。

读者接着读到的是安托万·伊拉（Antoine Yila）、阿贝尔·库乌阿玛、达维德·玛乌昂基（David Mavouangi）对拉布·坦西作品进行的哲学分析。库乌阿玛从《关于血液的题外话》（*La Parenthèse de sang*）的阐释学阅读开始，谈论作家的乌托邦。他展示了个别性与普遍性的混淆及通过叙事的片断化颠覆世界的错综路径。伊拉借鉴巴亚尔（Bayart）、巴郎蒂耶（Balandier）和穆拉利（Mouralis）等人的理论，挖掘非洲的某些意识形态。帕特里斯·尼昂博乌·泽库芒比拉（Patrice Nyembwe Tshikumambila）和里夏尔－热拉尔·刚布（Richard-Gérard Gambou）关注人权和民主的品德。在他们那里，文学作品提供了阅读非洲民主原则破产及西方与非洲之冲突和暧昧关系的契机。

安德烈－帕相·博济巴（André-Patient Bokiba）从作家的生平事迹中获取灵感，询问作家的政治言语，探索拉布·坦西政治言语的暴力倾向是否可以用此前已经存在于其文学创作中的粗暴言语来解释。但是，人们并非总能看到根源，并承认与他界定的真谛之间的关系。（Kadima-Nzuji et al. 256）作者冒着很大的风险仅仅驻足于真实之景观、真实人士变形的表象。通过人物茜尔薇和亨利而显露的真的就是茜尔薇·邦巴（Sylvain Bemba）或亨利·洛佩（Henri Lopes）吗？同样，应该相信《前民族》的地方就是金沙萨（Kinshasa），因为地名就是这么叫的吗？作者的这句话“真实在虚构作品中稀释，虚构完全模糊了定位的任何意图”（Kadima-Nzuji et al. 262）是什么意思呢？在这篇论文中，拉布·坦西的作品乃是探索政治维度的一个前文本。

关于拉布·坦西之批评言语的浏览显示了非洲小说在虚构与实在、历史与幻象、想象与真实、象征与经历、生活与幻想之间的彷徨。那么考察拉布·坦西创作的艺术作品成功地把真实社会与小说世界重叠起来的方式，就是很有意义的。

四 讲现代故事

当人们告诉一向鄙视“现实主义”的拉布·坦西，《一生半》是部政治讽喻作品时，他却回复说，读者为什么只看到这一点呢？我们应该怎样看待他的现实主义作家的盛名呢？

1. 文学与再现

然而，战斗的现实主义还是以很好的方式存在于这位作家的作品里。1979年，随着他的处女作《一生半》的发表，拉布·坦西赢得了当下，前途也看好。他的小说为寻求个人风格的非洲新型小说打下了基础，因为它们驻足于一种根基失范的氛围中，拉布·坦西使小说的书写方式深刻更新，有力地建构了一种新型自由，小说变得更具可塑性，但也更趋向形式和题材的图式化。

说起后殖民主义的非洲，人们立即就会想到对非洲社会的负面再现（专制、腐败、部族制、种族灭绝、拉拢风气、坐标缺失、国家的衰败等）。但是小说必然要参与历史，卢卡奇（Lukács）界定的批判现实主义的现代小说必然会碰到社会问题。小说形式与社会的堕落观似乎相互镶嵌在一起。观照社会的堕落视野很容易出现一种后果：非洲小说家变成了记者、檄文作者或诗人。拉布·坦西发现，他的文本远未进入该领域的逻辑，即过于失范、远离典型而无法扎实地进入文学建构的体制中。

众多题材和隐形幻象影响着拉布·坦西的所有小说。在《一生半》里身处何种地位与持论是相互分离的，它们为文学战斗增添了一种伦理维度，这些立场和持论在其他小说里却以娱乐的方式混淆在一起。其实，拉布·坦西想知道人们怎样可以走出（非洲）文学的瓶颈。内在于其作品中的批评言语和元言语受到一种拯救动力的支撑，这种动力由于缺乏负载任何正面纲领的能力，而转向流失和失败。这是一种奇怪的逻辑，但却是小说革新的前奏，革新来自于反思。通过这些暴力，小说表达了告别现状、进入纪德（Gide）所谓的乌托邦的愿望。

2. 反思

让我们逐一检视拉布·坦西的小说作品给出的方向。在《痛苦的开端》里，阿纳不写作，但他是一个才华横溢的作家。拉布·坦西之所以没有让他的英雄人物当作家，那是为了让他更适合批评家的角色，从那里转向更多的审美活动：在实验室里收集世界全图、论点、设论、综合、岩石、脸甲、装饰、阅读、整理、分类等，它们假冒真正的文学实践之名。《火山眼》的巨人也不写，他把一部包含“未来将发生之事”的奇书（*Les Yeux du volcan* 75）交给了主人邦伽·费尔南德（Banga Fernandez）。阿纳和巨人通过神话效果，与作家保持着投射和理想化的暧昧关系。作家的英雄人物在某种程度上体现着被净化后的作家观。我们知道，拉布·坦西的文学生涯是在刚果作家整体的道路内展开的，后来又逆袭这种道路，后生不断地成为前驱们的对手。从这个视角看，阿纳是一个与作家群体的斗争同时也保持距离的作家，他坚持批评他们的虚荣，甚至不想再写作了。拉布·坦西以其著名的告示，向那些非洲现实主义的狂热信徒、他的先驱者们喻示，他将粉碎和破坏小说的制式。这样他就进入了巨大的论争游戏，后来还多次发起攻击，不仅在人物的行动方面，还在人物的言语方面。

拉布·坦西通过在文化史上切割的办法，把他的审美倾向书写在特别纯洁的传统上。奇怪的是，他的每部作品里，由人物重构的趋势都有显著的现代性的楷模，即对腐朽没落和结构的审美。更重要的是，在重商主义的文学中展示自己良好的经济条件和社会地位时，拉布·坦西为自己的美学增添了很少的幻想色彩，这种选择显现出一种独特的自我正名运动，可成为非洲现实主义的美学声明。

拉布·坦西的《痛苦的开端》是关于停滞和终结的故事，“于是开始了所有终结之终结的开始”。终结中的开始这种辩证法为他赢得了先锋派作家的美誉。如果说它的重心具有声明的夸张性，包含的参照物却是当代整个百科全书的熔炉。从这个意义上说，它构成一部缩写，取消了自己匡救时弊的意义，将其折返到对自身的怀疑。小说没有提出一项纲领，但充斥着多重标签的形象：自我、男女主人公、语言的形象。现代与古老的辩证法甚至也是莎伊达娜美学的核心。女主人公以要求区分的名义，把最久远的过去与现代关联起来，形成一种静止的时间、一种反时间性。这样创造出来的整个世界都是个体的，《一生半》的女主人公与《痛苦的开端》的主人公所代表的断裂造成停滞的局面，其意图在于把世界穷尽为唯一的一个人，他是行程终结、人种灭绝时的蜕化者典范。于是，莎伊达娜隐居森林建构一种乌托邦的想法也失败了。其特征是：远离世界；重新造就一个与世无争、属于个人的封闭世界；建立一种远离社会的生活态度。

作家把民主国家建立在森林里，在那里不同的社会团体共存，森林成为自由空间；在那里，生活重新获得了神圣的价值，这是一个“与种种指南和专制秩序决裂”（Lombalé-Baré 258－282）的国家。另外，森林也是意义的矢量，抵制人和物的衰退。个体的理想重新出现，躲过了环境的宿命。人对个性化空间躬身反思的重要性正在于此。森林摧毁了情节。躲藏其间的主人公变身隐性的观察家。他的隐退是彻底的、终极的。他仅与自己或者与一个由像他一样的人构成的特殊社会沟通。这种森林与任何城市和农村绝缘。它是拉布·坦西的乌托邦观念的结晶。森林把小说世界空间化，同时也损害了叙述的进展。

因此，我们可以把悠闲无作为者视作文学孤独活动的隐喻形象，或者还可以看作单身思想的隐喻。我们还可以把无处不在的爱情失败或性无能题材视作标示小说瓶颈的一种方式。

阿纳象征着对另一文学流派的歧视和心安理得，象征着对凝视的放弃和与社会躁动格格不入的绝对自由。他不屑于承载任何神话，没有任何小说命运的前程。他是超级否定性的典范，否定所有主人公，否定任何英雄人物。拉布·坦西在他最后一部小说里书写了一个没有历史的主人公。阿纳闭门不出，满足于无所作为地活着，活着就是功德圆满。叙述者想把世界的单调都集中在阿纳身上。阿纳无根，没有终结，也没有限制，他只有行尸走肉。《痛苦的开端》首先是关于某种缺失的神秘物质的话语的汇集：它的主人公是地地道道地反符号主义。那么这部小说在讽喻什么呢？讽喻任何小说。拉布·坦西小说中的多余人物既呈现为小说的崩溃符号，又是这个所谓现代世界里社会关系的漫画。活力的缺失，人物的孤独和他们之间的不理解把叙事投放在对现实的不满中。作者犀利地指出，文学领域整体上属于这个丛林世界，由于一些身居要位的人们仅仅捍卫他们自身的地位和权力，其规则已经不再运转。

3. 金沙萨、布拉柴维尔、刚果等时空体的诗学

在拉布·坦西的小说里，文本和章节的规模，虚构的时间和被再现的空间，一切都向时空体收缩。小说中插入的小叙事或次要片段，以各种方式对抗宏大，美化微小事物和最缓慢的戏剧场景。主人公避开了任何事件。时间对章节的承继没有影响，且大部分章节是可以互换的，微不足道的叙述承接通过性放荡和权力的滥用将它们串联起来。生活片段不再遵循社会时间的发展规律和忙闲节奏。这些叙事的时间是死亡的，作者用静止主义的叙述停滞了小说，使小说没有能力建构情节。

为了补偿叙事的疲软和时间秩序的近乎完全消失，拉布·坦西用空间来抗衡时间：并非为了装点生活，而是填充家庭空间、小说空间和精神空间。小说本身不再发展，而是环绕一个峭壁或一片森林，后者既是小说描述的对象，也是小说自我展现的介质。每个细节都发挥着诗学功能，都在制造意义。

诚然，作家在《前民族》里提到了金沙萨。《火山眼》位于布拉柴维尔，而其他小说似乎都参照了古老的刚果王国。但是，金沙萨和布拉柴维尔仅存在于叙述者大脑里飞速闪过的电影里，作家用精神里的建筑对抗城市的建筑。“我”的意识是叙事唯一的聚焦点。

从卷首起，《蒙羞的国家》就从根本上偏移了小说视野，像《一生半》一样。那里展示的是非洲政治专制的令人焦虑的和嗜血般的蜕化方式。拉布·坦西没有书写一个自身完整且外在于小说的世界，而是一个与书无法分开的世界。这说明，任何人间的交流碰上了不可交际性，只能通过小说的中介，只能依靠作家来表达社会上被拒绝的东西。现代小说家拥有阐释不可交际性的悖论功能。小说的终极悖论是，任何交际的重复失败变成了让小说得以交际的工具。小说家本人变成了邪恶和语词的天才修补者。

【参考文献】

Barthes, Roland, *S/Z*, Paris: Seuil, 1970.

Bourdieu, Pierre, *Les Règles de l'art. Genèse et structure du champ littéraire*, Paris: Seuil, 1992.

Devesa, Jean-Michel, *Sony Labou Tansi. écrivain de la honte et des rives magiques du Kongo*, Paris: L'Harmttan, 1996.

Flahaut, François, *La Parole intermédiaire*, Paris: Seuil, 1989.

Greimas, Algirdas Julien and Joseph Courtes, *Dictionnaire raisonné de la théorie du langage*, Paris: Hachette, 1979.

Kadima-Nzuji, Kouvouama et al., *Sony Labou Tansi ou la quête permanente du sens*, Paris: L'Harmattan, 1997.

Lombalé-Baré, Gilbert, "La littérature congolaise et le rêve de changement", *Présence Africaine*, 154 (1996): 258 – 282.

Mbanga, Anatole, *Les Procédés de création dans l'œuvre de S. Labou Tansi*, *Systèmes d'interactions dans l'écriture*, Paris: L'Harmattan, 1996.

Tansi, Sony Labou, *Le Commencement des douleurs*, Paris: Seuil, 1995.

Tansi, Sony Labou, *Les Yeux du volcan*, Paris: Seuil, 1988.

Author: Shi Zhongyi, Professor, Foreign Languages and Cultures College, Zhejiang Yuexiu University of Foreign Languages, Shaoxing, China. Email: shizhongyi51@126.com

比较研究

波斯－阿拉伯文化与法国骑士抒情诗和中国词的起源

厦门大学外文学院
■杨胜强

【摘　要】骑士抒情诗是法国中世纪以罗曼语为创作语言的诗歌，诞生于公元十一世纪的法国南部，后逐渐扩展到法国北方，十二世纪至十三世纪达到顶峰，十四世纪式微。词产生于隋唐，发展、成熟于五代，至两宋达到顶峰。两种相隔甚远的诗歌形式在其起源的过程中都受到中西亚波斯阿拉伯文化圈的影响。本论文从时代背景出发，探究该文化圈以何种途径进入二者所在的文明圈并进而影响其诞生的历史过程；结合部分阿拉伯诗歌、骑士抒情诗和中国词，通过分析三者在主题、格律等方面的相似性，论述中国词和骑士抒情诗在起源问题上所具有的波斯－阿拉伯因素，证明存在于中世纪亚欧大陆不同文化之间的文化交流。

【关键词】波斯－阿拉伯文化　法国骑士抒情诗　中国词　诞生　文化交流

Persia-Arabic culture and the origin of the lyrical poetry of *troubadours* and the *ci* poetry

【Abstract】The lyrical poetry of the *troubadours*, a poetic form composed in the Romance language in the Middle Ages in France, was born in the 11th century in the South of France, spread to the North a few decades later, flourished in the 12th and 13th centuries and declined in the 14th century. The *ci* poetry, appeared under the Tang, developed and perfected under the Five Dynasties, climbed to the top under the Song. Although these two poems are separated by an immense distance, the influence of Persia-Arabic cultural field can be seen during their birth. Initially, this research, while specifying the historical context, consists in discovering by what means the Arab culture could enter the sphere of civilization of these two types of poetries and influence their birth. Then, combining some typical works of Arabic poems, troubadours' poems and *ci*, analyze the Persia-Arabic factors embodied in the origin of the *ci* poetry and the poetry of *troubadours*, and explore the cultural exchanges between different cultures in Asia and Europe in the Middle Ages.

【Key words】Persia-Arabic culture French lyric poetry of *troubadours* Chinese *ci* origin cultural exchange

一 起源问题概述

骑士抒情诗（la poésie lyrique des troubadours）以中世纪法国南方方言作为创作语言，诗歌的创作者被称为行吟诗人（troubadour），主要以歌颂典雅爱情（amour courtois）为主题。骑士抒情诗属于配乐诗歌，行吟诗人大都掌握作诗、谱曲和演奏乐器的技能。

公元476年西罗马帝国崩溃之后，北方游牧民族建立的法兰克王国的卡佩王朝（987—1328）初期形成了以分封制为架构的封建制度，通用罗曼语（langue romane），一种介于拉丁语和现代法语之间的过渡性语言。由于封建割据，各地方言差异较大，至公元十世纪前后，大致以法国中部卢瓦河为界，分为北方奥依语区（langue d'oïl）和南方奥克语区（langue d'oc），oïl和oc为肯定副词，表示“是”。奥克语也称奥克西坦语（occitan），本文探讨的骑士抒情诗就诞生在位于奥克语区的阿基坦公爵领地（duché d'Aquitaine）。

近代行吟诗人研究兴起于十八世纪末十九世纪初，法兰西学术院院士让－巴蒂斯特·德·拉昆纳·德·圣－巴莱（Jean-Baptiste de La Curne de Sainte-Palaye，1697—1789）和弗朗索瓦·莱诺亚尔（François Raynouard，1761—1836）、索邦大学教授夏尔-克鲁德·傅里叶（Charles-Claude Fauriel，1772—1884）、德国学者弗里德里希·克里斯蒂安·迪亚茨（Friedrich Christian Diez，1794—1876）等人对骑士抒情诗进行了文本考据、诗歌语言、作者生平等方面的初步研究。作为“罗曼语最早的抒情诗”[①]，十九世纪以来，学界就起源问题提出三种假说：民间起源说、宗教起源说和阿拉伯起源说。

第一种观点由法国学者加斯通·帕里斯（Gaston Paris，1839—1903）及其弟子阿尔弗雷德·让洛瓦（Alfred Jeanroy，1859—1953）提出，前者在《中世纪抒情诗》（*La poésie du Moyen Age*）一书中提出骑士抒情诗起源于高卢地区凯尔特人时代流传下来民间歌曲；后者在其专著《法国中世纪抒情诗的起源》（*Origine de la poésie lyrique en France au Moyen Age*）和《骑士抒情诗》（*La poésie lyrique des troubadours*）中提出骑士抒情诗是封建主因生活雅化而形成的喜好文艺的风潮与应时而生的职业诗人如行吟诗人和街头艺人（jongleur）相结合的产物。第二种观点由瑞士籍学者莱托·哈多夫·本佐拉（Reto Raduolf Bezzola，1898—1983）提出，在其长篇论文《纪尧姆九世与典雅爱情的溯源》（*Guillaume IX et les origines de l'amour courtois*）和专著《西方典雅文学的溯源与成形—公元500—1200》（*Les origines et la formation de la littérature courtoise en Occident* 500—1200）中，他认为中世纪基督教会借鉴古罗马诗歌的风格，用罗曼语把基督教义编成配乐诗歌，富于节奏，易于传唱，便于向识字率不高的民众传教，是骑士抒情诗的灵感来源。第三种观点由精通阿拉伯语言文化的学者提出，如西班牙学者胡里安·利贝拉（Julián Ribera，1858—1934）、拉蒙·梅内德斯·比达尔（Ramón Menéndez Pidal，1869-1968）和埃米利奥·加西亚·戈麦斯（Emilio García Gómez）、捷克裔美籍学者阿洛伊斯·理查·尼柯（Aloïs Richard Nykl，1885—1958）、匈牙利裔英

① Michel Zink，*Littérature française du Moyen Age*，Paris：Presses Universitaires de France，2017，p. 101.

籍学者塞缪·密克罗斯·施坦因（Samuel Miklos Stern，1920—1960）、法国学者理查·勒梅（Richard Lemay）等。他们通过音乐、格律、题材等方面的比较研究，发现许多古代阿拉伯语诗歌和骑士抒情诗的相似之处，认为后者受到西班牙穆斯林时代诗歌的直接影响。二十世纪后半叶，学界普遍放弃单一来源说，罗伯特·拉封（Robert Lafont）与克里斯蒂安·安纳托尔（Christian Anatole）在二人合著的《新奥克西坦文学史》（*Nouvelle histoire de la littérature occitane*）一书中总结道："骑士抒情诗的兴盛是当时多重因素整合浓缩的结果。首先，具有人道主义精神的高级教士根据拉丁语赞美诗创造了带有世俗化倾向的诗歌。其次，伊斯兰文明的影响不容忽视，诗人显然接受了来自西班牙阿拉伯语爱情诗歌的启发。"①

词是中国古代诗乐一体观的再现，作为宋朝"一代之文学"②，词的体制特点是"依曲调为词调，依乐段分片，依'均'押韵，依曲拍为句，依唱腔用词。"③ "词为依声"，"声"是隋唐时期盛行的"燕乐"（也称宴乐）。燕乐二字最早出现于周代："凡祭祀飨食，奏燕乐。"④ 郑玄注："燕乐，房中之乐"，贾公彦疏："此即《关雎》、《二南》也。谓之房中者，房中谓妇人后妃以风喻君子之诗，故谓之房中之乐。"⑤ 燕乐属于"俗乐"范畴，与先秦以来庙堂文化在音乐中的体现——"雅乐"不同。从先秦《诗经》的"风"开始，经历两汉魏晋南北朝时期的相和歌、清商乐，燕乐在隋唐之际得到极大发展，地位得到统治者的"钦定"："始开皇初定令，置七部乐：一曰国伎，二曰清商，三曰高丽伎，四曰天竺伎，五曰安国伎，六曰龟兹伎，七曰康伎，又杂有疏勒、扶南、康国、百济、突厥、新罗、倭国等伎。其后牛弘请存鞞、绎、巾、拂等

① Robert Lafont & Christian Anatole, *Nouvelle histoire de la littérature occitane*, Paris: Presses Universitaires de France, 1970, p. 44.

② 王国维：《宋元戏曲史一序》，山东画报出版社2017年版，第1页。

③ 张宏生：《中国词小史》，辽海出版社2012年版，第10页。

④ 阮元：《十三经注疏》，中华书局1980年版，第800页。

⑤ 阮元：《十三经注疏》，中华书局1980年版，第800页。

四舞，与新伎并陈。”[①] 隋炀帝时定九部乐：“及大业中，隋帝乃定《清乐》、《西凉》、《龟兹》、《天竺》、《康国》、《疏勒》、《安国》、《高丽》、《礼毕》，以为《九部》。”[②] 唐承隋制，贞观年间定为十部乐：“《讌乐》、《清商》、《西凉》、《扶南》、《高丽》、《龟兹》、《安国》、《天竺》、《疏勒》、《康国》、《高昌》。”[③] 燕乐滥觞，唐玄宗在长安设立“教坊”，负责制作新乐，并为之配以唱词。词学大家杨海明认为这是继《诗经》与上古音乐、乐府诗与清商乐之后中国诗歌史上第三次诗与音乐的合作：“隋唐以来，新兴的‘燕乐’取代了‘前世新声’的清商乐，成为了当时风靡一时的流行俗乐。它的盛行，就导致了音乐与诗之间的第三次大‘合作’，从而诞生了‘词’。”[④] 从乐名来源地即可得知，燕乐的盛行与外来音乐的输入密切相关。

综上，骑士抒情诗和词的诞生都受外来因素的影响，而且都指向位于亚欧大陆衔接带的波斯-阿拉伯文化圈。本文的目的旨在梳理该文化圈向东西两方辐射文艺养分的历史脉络，探究其在两种诗歌诞生过程中的作用。词的诞生早于骑士抒情诗，下面先从词谈起。

二　胡乐入华与词的诞生

唐开元二年（714 年），喜好文艺的唐玄宗下令设立教坊，负责创作和表演燕乐作品：“开元二年春正月……上精晓音律，以太常礼乐之词，不应典倡优杂伎，乃更置左右教坊以教俗乐，命右骁卫将军范及为之使。又选乐工数百人，自教法曲于梨园，谓之‘皇帝梨园弟子’，又教宫中使习之。又选伎女，置宜春院，给赐其家。”[⑤] 至开元中后期，教坊已经积累了一批曲式结构完整、调式旋律齐备的乐曲，即“曲子”。“依声”

① 魏征：《隋书·音乐志》，上海古籍出版社 1986 年版，第 2297 页。
② 魏征：《隋书·音乐志》，上海古籍出版社 1986 年版，第 2297 页。
③ 王溥：《唐会要·讌乐》卷三三，中华书局 1955 年版，第 609 页。
④ 杨海明：《唐宋词史》，天津古籍出版社 1998 年版，第 40 页。
⑤ 司马光：《资治通鉴》卷二一一，中华书局 1956 年版，第 6694 页。

于教坊曲子的歌词叫作“曲子词”，是词艺术的源头：“曲子这一形式，是中唐以后和整个宋代的主要形式。它在唐代奠定文学上的一种新兴体裁，到了宋代就成为诗歌的主要形式即宋词，而在音乐上，也就是词调了。”①

唐代崔令钦编撰，成书于天宝年间的《教坊记》残本记载了二百余首曲子。据任半塘考证，有七十三种在后世演变为词调，包括不少耳熟能详的词牌：清平乐、浣溪沙、浪淘沙、望江南、木兰花、菩萨蛮、临江仙、虞美人、长相思、西江月、鹊踏枝、苏幕遮、诉衷情等。词所依之燕乐是在魏晋南北朝民族大融合的历史背景下，随着隋唐的统一而发展壮大的：“隋、唐燕乐中间，也吸收了一部分外来音乐。这种外来音乐，很多是先和边区少数民族音乐长期融合，然后流传到中原地区的。”② 与“边区少数民族音乐长期融合”的“外来音乐”中，西域“胡乐”贡献最大：隋《七部乐》有安国伎、龟兹伎二部；隋《九部乐》有龟兹、疏勒、康国、安国四部；唐《九部乐》有西凉、龟兹、疏勒、康国、安国五部；唐《十部乐》有西凉、高昌、龟兹、疏勒、康国、安国六部。由隋至唐，胡乐在中原地区的影响力呈显著的上升态势，乐曲方面，隋《九部乐》中就已涵括相当数量的胡乐曲目：

表一　　《九部乐》中的胡乐曲目③

	歌曲	解曲	舞曲
清　商	杨伴		明君、并契
西　凉	永世乐	万世丰	于阗佛曲
龟　兹	善善摩尼	婆伽儿	小天、疏勒盐
疏　勒	亢利死让	盐曲	远服
康　国	戢殿农和正		贺兰钵鼻始，末奚波地，农惠钵鼻始，前拔地惠地
安　国	附萨单时	居和祇	末奚
天　竺	沙石疆		天曲

① 金文达：《中国古代音乐史》，人民音乐出版社1994年版，第180页。
② 杨荫浏：《中国古代音乐史稿》上册，人民音乐出版社1981年版，第214页。
③ 金文达：《中国古代音乐史》，人民音乐出版社1994年版，第194页。

续表

	歌曲	解曲	舞曲
高　丽	芝栖		歌芝栖
礼　毕		行曲单交路	散花

乐器方面，唐玄宗时期，根据表演形式的不同，音乐被划分为室内表演的《立部伎》八部（《安乐》《太平乐》《破阵乐》《庆善乐》《大定乐》《上元乐》《圣寿乐》《光圣乐》）和室外表演的《坐部伎》六部（《谯乐》《长寿乐》《天授乐》《鸟歌万岁乐》《龙池乐》《小破阵乐》）。《旧唐书·音乐志》讲到《立部伎》时说："自《破阵乐》一下，皆擂大鼓，杂以龟兹之乐，声震百里，动荡山谷；唯《庆善乐》独用西凉乐，最为闲雅。"讲到《坐部伎》时说："自《长寿乐》一下，皆用龟兹乐。"许多乐器来自域外文化，如"筚篥、贝、箜篌、琵琶、五弦、拔、腰鼓、羯鼓、毛员鼓、都昙鼓、答蜡鼓、鸡娄鼓、铜鼓等，有些可能是少数民族乐器，有些可能是阿拉伯系和印度系的外来乐器"[①]。

由上表可知，康国（今乌兹别克斯坦撒马尔罕 Samarqand，"康"是粟特－波斯语 kand 的音译）和安国（今乌兹别克斯坦布哈拉 Bukhara）是两个重要的来源国。两国位于中亚阿姆河和锡尔河流域，是粟特人（Sogdiane 或 Sogdie）的故乡。粟特人是东伊朗人的一支，文化上属波斯文明系。在被阿拉伯帝国吞并之前，这一地区是萨珊王朝的藩属。粟特人在中亚荒漠绿洲建立了一系列的小国，《北史·西域传》称之为"昭武九姓"。地处荒漠，生活必需品无法自给，粟特人因而有经商的传统："他们的足迹东到中原汉地，北到蒙古草原和欧亚草原，南及印度，西到大食（阿拉伯）。"[②] 带有波斯风格的音乐艺术随着能歌善舞的粟特人商队东移，经历疏勒、龟兹、西凉等丝路和河西走廊诸国与当地民乐融合，至南北朝时进入中原，经过吸收和改造，称为燕乐的重要组成部分。表一中所列《戢殿农和正》《贺兰钵鼻始》《未奚波地》《农惠钵鼻始》

① 杨荫浏：《中国古代音乐史稿》上册，人民音乐出版社 1981 年版，第 220 页。

② 刘迎胜：《丝绸之路》，江苏人民出版社 2014 年版，第 129 页。

《前拔地惠地》《附萨单时》《盐曲》和《末奚》等曲名应当由粟特语音译而来[①]。“昭武九姓”地狭国弱，先后依附波斯帝国、亚历山大帝国、贵霜、突厥、萨珊波斯等强权。七世纪中叶，唐军灭东突厥，在粟特地区设立羁縻州府，经略西域、中亚。阿拉伯帝国兴起后东扩，击败萨珊波斯，吞并中亚诸国：“在东方旋风般的出征，举着先知的旗帜越过乌浒水（阿姆河），指向外蒙古……布哈拉、塔什干、撒马尔罕等中世纪时代的历史名城，都立约投降了穆斯林，伊斯兰教在中亚细亚的霸权，就这样坚固的建立的起来，连中国人也不加阻止。”[②]

“连中国人也不加阻止”此言有待商榷，公元 751 年，唐朝和阿拉伯帝国在怛罗斯（Talas，今哈萨克斯坦塔拉兹 Taraz 附近）爆发一场战役。唐军战败，随军的杜环和许多被俘官兵被押送至阿拉伯后方。杜环在阿拉伯帝国核心地带生活了 12 年，公元 762 年搭乘商船回国。他把见闻写成《经行记》一书，全本已散佚，其族叔杜佑编撰的《通典》中引用了一些文字，约 1770 余字，介绍了许多阿拉伯的文化和风俗，比如：“女子出门必拥蔽其面。无问贵贱，一日五时礼天”。更为重要的是，杜佑在阿拉伯帝国境内遇到不少来自中国的手艺人：“金银匠、画匠、汉匠起作画者，京兆人樊淑、刘泚，织络者，河东人乐隈、吕礼。”[③] 可见，中阿之间人员、技术交流可以上探至更早世代，至少可以追溯到八世纪上半叶，接近教坊的设立时间公元 714 年。

《经行记》的问世说明中阿之间的主旋律并非军事对抗，正如穆罕穆德所言：“学问虽远在中国，亦当求之”，公元 851 年，有个叫苏莱曼（Sulayman）的阿拉伯商人，将自己在远东的见闻编辑成书，后经艾布·才得·哈桑（Abu Zayd Hasan）增补，名为《苏莱曼东游记》，书中这样描述中国的文字、雕刻和绘画等文化现象：

> 所有的中国人，不论穷的、富的、老的、幼的，都学习写字读书。

---

① 参见刘迎胜《丝绸之路》，江苏人民出版社 2014 年版，第 133 页。

② ［美］希提：《阿拉伯简史》，商务印书馆 1973 年版，第 101 页。

③ 杜佑：《通典·边防》，岳麓书院 1995 年版，第 713 页。

中国有许多石碑，高十吋，上面刻着些阴文的字。

中国人所具有的手最为巧妙，能于作画，能于做细工，能于做一切工作；世界上没有别的人能比他们做得更好。中国人能用他们的手，很灵巧地做成种种东西，绝没有别的人做得成。[①]

文明之间的交流历来都是在政治、经济、文化等多领域同步进行。倭马亚王朝（661—750）和阿拔斯王朝（750—1258）是阿拉伯帝国的鼎盛时期，与唐宋时代（618—1279）大致吻合，也与词诞生和兴盛的时期相契合。盛、中唐时，广州城中既已设有专供阿拉伯人经商和居住的“蕃坊”，“蕃长”由当地政府从阿拉伯人中选出任命。两宋时期，来华阿拉伯人数量更多而且“无论人数，或货物的价值，都大大超过别的国家。”[②] 来自中西亚的“胡”风在词艺术中留下许多痕迹，比如词牌“苏幕遮”本音“飒么遮”，源自龟兹国，本义为“戏”[③]；周邦彦的《迎春乐—双调第二》描述了词人经常出入胡姬表演场所的情景：“桃蹊柳曲闲踪迹。俱曾是、大堤客。解春衣、贳酒城南陌。频醉卧、胡姬侧。鬓点吴霜嗟早白。更谁念、玉溪消息。他日水云身，相望处、无南北”；欧阳修的《蕙香囊》描述了歌姬表演琵琶曲“梁州”（即凉州曲，今甘肃武威）的情景：“身作琵琶，调全宫羽，佳人自然用意。宝檀槽在雪胸前，倚香脐、横枕琼臂。组带金钩，背垂红绶，纤指转弦韵细。愿伊只恁拨梁州，且多时、得在怀里”。异域的文化因素会以潜移默化的方式，赋予艺术家以灵感和濡养，最终和移入国的艺术融为一体。古时西域已经被中原文人视为异域了。

三　从波斯到阿拉伯

阿拉伯地处亚非欧衔接带，早在马因王国（约公元前1200年—公元

① ［阿］苏莱曼、艾布·才得·哈桑：《苏莱曼东游记》，华文出版社2016年版，第17—19页。

② 纳忠：《阿拉伯通史》下卷，商务印书馆1997年版，第398页。

③ 杨文生：《词谱简编》，四川人民出版社2004年版，第103页。

前630年）和赛伯邑王国（公元前115年—公元525年）时期，阿拉伯商人就从东方进口货物，先由海路运抵阿拉伯南部港口，沿“汉志商道”（也称西贾兹，指红海沿岸地区）向北，经叙利亚到达欧洲。《古兰经》中就有关于商业活动中“短斤少两者”的经文：“可叹啊！缺斤短两者。那些人，在他们称取人们的时，则要求足称足量。在量给他们或称给他们时，则缺称短量……绝不可呀！”[①] 把谴责不法商人的话作为“圣训”写在《古兰经》中，足以说明商业活动对阿拉伯人民的重要意义。由于地处罗马帝国和波斯帝国之间，数百年来阿拉伯半岛时常成为大国角力的战场，波斯人曾一度占据也门，拜占庭帝国也曾联合埃塞俄比亚进攻麦加。外部力量的干预促使阿拉伯人走向联合，以伊斯兰教为旗帜，统一阿拉伯半岛，随即开始对外扩张。向东，灭掉萨珊波斯，势力波及唐朝西界。向北，打败拜占庭帝国，占据两河流域、叙利亚地区和小亚细亚的部分地区。向西，攻占埃及、北非，北渡直布罗陀海峡进入伊比利亚半岛，灭掉西哥特王国，并数度北越比利牛斯山，进入法兰克王国境内。阿拉伯帝国在文化领域的成就也并不逊色，它一方面主动吸收外来文化成果，另一方面积极输出本族文化，扮演了亚欧大陆文化桥梁的角色。

包括粟特地区在内的萨珊波斯被纳入阿拉伯帝国版图后，波斯的音乐艺术引起了阿拉伯人的注意。倭马亚王朝时期，阿拉伯音乐家密斯哈吉（Mishaj）因为偶然听到在麦加工作的波斯工匠的歌曲而对波斯音乐产生了浓厚的兴趣。后来他“赴波斯和叙利亚，吸取波斯人和希腊人的歌曲，然后扬弃一些与阿拉伯人的习性不相适应的部分；再用阿拉伯诗词，谱出阿拉伯歌曲，在麦加和麦地那传布开来。不少人跟随他学习唱歌、谱曲。密斯哈吉成为阿拉伯第一个音乐家，为后人开创了阿拉伯音乐的新时代。”[②] 阿拔斯王朝时的百年翻译运动（拉希德－麦蒙时代）中，阿拉伯学者翻译了许多音乐书籍，系统性地吸收外国音乐：“穆斯

① ［阿］穆罕默德：《古兰经》，宁夏人民出版社2016年版，第473—474页。

② 纳忠：《阿拉伯通史》下卷，商务印书馆1997年版，第342页。

林音乐家，调和波斯、印度、希腊以及阿拉伯的旋律，创造出一种阿拉伯人的新歌曲，产生了大量的音乐家……阿拉伯人的乐器，多采用或仿制波斯、希腊、奈伯特乃至印度的乐器……引进其中与本民族习性相近的成分再加以改造。”①

吸收了大量外来音乐元素的基础上发展起来的阿拉伯音乐艺术，随着阿拉伯人征战的步伐进入伊比利亚半岛，与当地文化相结合，产生了全新的诗歌艺术。

四　阿拉伯文化与法国骑士抒情诗

公元714年，倭马亚王朝吞并西哥特王国，命名为安达卢西亚（Antalusia），推行了一套较为温和的伊斯兰化政策：“阿拉伯人对占领区的居民并没有强迫他们皈依伊斯兰教，允许他们保留自己的信仰，对犹太人也是如此。但是，那些不愿意改宗的基督教徒和犹太人必须缴纳特别税。”② 相对宽松的民族、宗教政策，使得阿拉伯统治下的西班牙各民族总体和谐相处，有利于孕育新的文化。公元751年，阿布·阿拔斯建立阿拔斯王朝，取代了倭马亚王朝。公元756年，倭马亚家族的阿卜杜勒·拉赫曼·伊本·穆阿维叶逃至安达卢西亚科尔多瓦宣布复国，史称后倭马亚王朝（756—1031），与阿巴斯王朝并立。后倭马亚王朝十分重视文化建设，在科尔多瓦、托莱多、塞维利亚和格拉纳达等城市设立大学，全境累计建设六十余座公共图书馆。十一世纪初，西班牙基督徒掀起“收复失地运动”（reconquista）。1085年，莱昂国王阿方索六世收复名城托莱多，雷蒙大主教（1126—1152年在位）于1130年在城内建立翻译学校，翻译活动持续近一个半世纪。莱昂王国“荟萃了不同民族、不同宗教信仰的行吟诗人、科学家、法学家和历史学家，他们把大量的

① 纳忠：《阿拉伯通史》下卷，商务印书馆1997年版，第343—345页。

② 许昌财：《西班牙通史》，世界知识出版社2009年版，第149页。

阿拉伯文、希伯来文、拉丁文的作品译成西班牙文。”[①] 法国伊斯兰文化专家安德烈·克劳（André Clot）在其《穆斯林西班牙》一书中高度评价了这场翻译运动：

> 地理上毗邻而精神上疏离的阿拉伯文化与拉丁文化，在西班牙首次相遇。各种文化在此地汇聚融合。这是人类思想史上一个至关重要的时刻。亚里士多德的著作，在阿拉伯科学家的研究、翻译和注释的基础上，被翻译为拉丁语；欧洲的学者终于有机会一览先贤思想的全貌，而在此之前，他们手上只有零散的只言片语。对于这些称得上是拉丁文明源头的伟大著作，法国以及其他西方国家的学术大家群体意识到了他们认识上的不足，于是纷纷前往西班牙……整个欧洲文化都接受了来自穆斯林西班牙文化的滋养……一切都要归功于善于继承文化和创造文化的西班牙穆斯林文明与急于摆脱思想桎梏和渴求新知识的西方拉丁文明的历史性相遇……[②]

在“历史性相遇”的宏观背景下，诗歌领域也绽放出新的花朵。阿拉伯诗歌在西班牙广为流传，仲跻昆《阿拉伯古代文学史》中介绍的一百五十余位阿拉伯文学家中，诗人有一百二十余位，涉及安达卢西亚的十九位文学家全部为诗人。传统的阿拉伯诗歌采用一韵到底的格律，整齐划一，颇似柱子，故名“柱形诗”。公元822年，阿拉伯歌唱家齐尔雅卜（Ziryab）从巴格达来到科尔多瓦创办音乐学校，歌词如采用“柱形诗”模式，演唱时就显得呆板、单调。于是，安达卢西亚艺术家在实践中，结合引入的诗乐艺术，创造了彩锦诗（muwashsha或mouachah，阿拉伯语为موشحة，字面意思为饰有金箔和宝石的皮质饰带）和俚谣（zajal或zadjal，阿拉伯语为زجل）。

一首彩锦诗多由五“片”（bayt）加一“尾”（al-kharjah或jarchas）

① 纳忠：《阿拉伯通史》下卷，商务印书馆1997年版，第219页。

② André Clot, *L'Espagne musulmane*, Paris: Editions Perrin, 2004, pp. 272－273.

组成，每片由两部分组成：一部分重复同一韵尾，称为“锁”（qufl），一部分因“片”而异，称为“番”（dawr），全诗开始的“锁”称“头”（al-matla 或 al-madhhab）；格律富于变化，仿佛斑斓的饰带，因而得名彩锦诗。俚谣格律与彩锦诗相似，数段诗节中也有重复出现的主韵和不断变化的副韵。彩锦诗除“尾”和个别诗句使用以阿拉伯字母书写的安达卢西亚方言以外，其他诗句都是正规的阿拉伯语；俚谣大都使用方言，注重使用口语表达方式，属于通俗易懂、利于传唱的民谣。下面这首彩锦诗，由米利奥·加西亚·戈麦斯从阿拉伯语译为西班牙语，保留了彩锦诗的格律特征：

Lunas nuevas salen entre cielos de seda: （a）（锁）（头）
guían a los hombres, aun cuando eje no tengan （a）（锁）（头）
Sólo con los rubios se deleitan mis ojos: （b）（番）
ramos son de plata que echan hojas de oro. （b）（番）
¡Si besar pudiera de esas perlas el chorro! （b）（番）

¿Y por qué mi amigo a besarme se niega （a）（锁）
si es su boca dulce y la sed me atormenta? （a）（锁）
Es, entre jazmines, su carillo amapola. （c）（番）
Rayas de jaloque y de algalia la adornan （c）（番）
Si también añado cornalina, no importa （c）（番）

No obra bien si espanta su galán la gacela, （a）（锁）
cuando de censores las hablillas acepta. （a）（锁）
¿Con mi amigo áhmad _ hay, decid, quien compita? （d）（番）
único en belleza, de gacela es cual cría. （d）（番）
Hiere su mirada todo aquel a quien mira. （d）（番）

¡Cuántos corazones bien traspasa con flechas, （a）（锁）

que empenacha su ojo con pestañas espesas?　（a）（锁）
Mientras del amigo yo encontrábame al lado　（e）（番）
y le ponderaba mi dolencia y maltrato,　（e）（番）
ya que él es el médico que pudiera curarlos,　（e）（番）

vió el espía que, sin que nos diéramos cuenta,　（a）（锁）
vínose a nostros, y le entró la verguenza.　（a）（锁）
Cuánta hermosa moza, que de amor desatina,　（f）（番）
ve sus labios rojos, que besar bien querría,　（f）（番）
y su lindo cuello, y a su madre los pinta:　（f）（番）

¡Mammà, 'ay habibe! so l-ymmella saqrella,　（a）（锁）（尾）
el-quello albo e bokélla hamrella. ①　（a）（锁）（尾）

每“片”前两句韵脚相同：“-a”，其余三句依次是“-o”“-a”“-a”“-o”“-a”。“尾”段二句译者使用拉丁字母音译了原阿拉伯字母书写的安达卢西亚方言。施坦因在二十世纪五十年代将50余首彩锦诗的“尾”译为现代语言，下面（表二）例子的作者为亚伯拉罕·本·艾孜里（Abraham ben'Ezra，1092—1167）：

表二　彩锦诗的“尾”现代语译文释例②

拉丁化拼写	读音	法语译文	汉语译文
1. g'r kfry 2. km bbryw 3. 'št 'l ḥ byb 'šb'r bwry lmrryw	1. Gar que farayu 2. Com vivirayu 3. este 'l-ḥabib espero por el morirayu	1. Dis-moi, que ferai-je? 2. Comment pourrai-je vivre? 3. J'attends cet ami, pour lui je mourrai	1. 告诉我，我须做什么？ 2. 我怎能活得下去？ 3. 等待着这位朋友，为了他我愿死

① Emilio García Gómez, *Las jarchas de la serie árabe en su marco*, Madrid: Aufl 1965 & Barcelone: Seix Barral, 1975, pp. 176 - 177.

② Samuel Miklos Stern, *Les Chansons mozarabes*, Okford: Bruno Cassirer, 1965, pp. 15 - 16. 中文为作者自译。

彩锦诗大多表现女子的恋情："年轻女孩偎依在母亲身旁，为心仪的男子哭泣，把内心的自省、秘密和思念化为充满渴望和激情的诗句。"① 安达卢西亚诗歌的格律和世俗性的主题"早在纪尧姆九世及其传承者之前，便已传播到法国诗人所在的基督教赞美诗的领地。"② 理查·勒梅总结道：

> 关于普罗旺斯抒情诗，或者说行吟诗人的诗歌，受到来自伊比利亚半岛文学潮流影响的观点并不新鲜。这种观点在十六世纪的意大利就已经出现。1570 年，意大利人巴尔比耶里（Barbieri）撰文称罗曼语诗人所采用的韵脚，就是借鉴了阿拉伯诗歌。这一观点为后人开辟了许多研究方向，可以肯定的是，行吟诗人笔下的诗节、副歌中韵脚的使用模式，深受安达卢西亚的"彩锦诗"和"俚谣"的影响。③

勒氏的主张是建立在客观历史背景之上的。阿拉伯人虽占据伊比利亚半岛大部，但比利牛斯山南北麓，一直存在一些基督教小国，其中的卡斯蒂利亚的王国便是今天西班牙王室的前身。从 1031 年基督教王国掀起收复失地运动至 1492 年卡斯蒂利亚军队攻克阿拉伯人最后据点格拉纳达，两个半世纪内，许多民间艺人、诗人为了躲避战火，不断迁移到比利牛斯山的北侧的法兰克王国境内，有的卖艺求食于城市乡村，有的寄身于封建主的城堡之中，把西班牙的诗乐艺术展现给了法兰克王国各个阶层的人上面前。作为两大宗教之间的战争，不少法国封建主也出兵支援收复失地运动，其中就有骑士抒情诗的鼻祖阿基坦公爵纪尧姆九世（Guillaume IX，Duc d'Aquitaine）。

---

① Jean Canavaggio, *Histoire de la littérature espagnole-Tome I*, Paris: Librairie Arthème Fayard, 1993, p. 33.

② Pierre Le Gentil, "*La strophe* '*zadjalesque*', '*les khardjas*' *et le problème des origines du lyrisme roman-2e article*", in: *Romania*, 1963 (tome 84, n°334), p. 230.

③ Richard Lemay, "*A propos de l'origine arabe de l'art des troubadours*", in: *Annales*, *Economie*, *Société*, *Civilisation*, 1966 (21e année, n° 5), p. 990.

纪尧姆九世（1071—1127）是法国封建诸侯生活方式的缩影。通过战争和联姻，他的领地囊括阿基坦、加斯科尼、普瓦蒂埃和图卢兹，与西班牙北部基督教国家接壤。他参加了第一次十字军东征，在耶路撒冷、安纳托利（小亚细亚）等地滞留一年多。他的妹妹是阿拉贡国王阿方索一世的妻子，1120年至1123年，纪尧姆派军支援阿方索一世，直接参与领土收复运动。纪尧姆九世爱好诗歌，在阿基坦的城堡中收留了许多来自安塔路西亚的诗人和歌手，本人也开始尝试使用奥克语创作用于演唱的诗歌。与宗教诗歌和歌颂英雄的"武功歌"不同，他的诗歌借鉴了彩锦诗和俚谣中的女士、爱情和性爱等世俗性主题。这种新型诗歌很快走出阿基坦的城堡，经行吟诗人模仿、充实和发展，终成蔚为大观的"la poésie lyrique des troubadours"（行吟诗人的抒情诗）。行吟诗人多是"受过教育的人士，有封建主、小贵族、教士、商人……还有一些家道中落转而靠行吟卖艺为生的贵族。"① 多以描写如何俘获贵族女士的芳心为主题的爱情诗"canso"（奥克语，意为歌曲）为主，因此我国学界将这种诗歌定名为"骑士抒情诗"；许多"troubadour"为谋生或游走于大城小镇，或拜谒王侯贵族，因而汉语中将之译为"行吟诗人"。下面是纪尧姆九世用奥克语创作的一首"canso"，六节八音步诗句：

Farai chansoneta nueva, （b）我要吟得一曲新歌，
Ans que vent ni gel ni plueva: （b）无惧狂风寒冰暴雨：
Ma dona m'assaya e-m prueva. （b）时刻期待她的考验。
Quossi de qual guiza l'am, （a）愿她看到我的真心；
E ja per plag que m'en mueva, （b）无论她会任性几何，
No-m solvera de son liam. （a）绝不松开牵连之线。

Qu'ans mi rent a lieys e-m liure, （c）我愿为她奉献一切，

① Michel Zink, *Littérature française du Moyen Age*, Paris: Presses Universitaires de France, 2017, pp. 118 – 119.

Qu'en sa carta-m pot escriure.	(c) 如同封臣忠于领主。
E no m'en tenguatz per yure,	(c) 并非一时酒后妄言,
S'ieu ma bona dompna am!	(a) 心中女神高贵卓然!
Quar senes lieys non puesc viure,	(c) 失却此情我宁死乎,
Tant ai pres de s'amor gran fam.	(a) 情思难捱灼我肺腑。
Que plus es blanca qu'evori,	(d) 胜似象牙洁白无瑕,
Per qu'ieu autra non azori:	(d) 于我心中美压群艳:
Si-m breu non ai aiutori,	(d) 谁人助我一臂之力,
Cum ma bona dompna m'am,	(a) 让我得知美人心意,
Morrai, pel cap sanh Gregori,	(d) 对着教尊发下誓愿,
Si no-m bayza en cambr'o sotz ram.	(a) 以死换得一吻花前。
Qual pro-y auretz, dompna conja,	(e) 我的真心值得垂怜,
Si vostr'amors mi deslonja,	(e) 愿君暂缓款款步伐,
Par que-us vulhatz metre monja!	(e) 舍我而去宁做修女!
E sapchatz, quar tan vos am,	(a) 我对君意天地可鉴,
Tem que la dolors me ponja,	(e) 无意之失定有冒犯,
Si no-m faitz dreg dels tortz q'ie-us clam.	(a) 最伤我心君不言语。
Qual pro i auretz s'ieu m'enclostre,	(f) 我若归隐君亦无得,
E no-m retenetz per vostre?	(f) 何如你我并肩共行?
Totz lo joys del mon es nostre,	(f) 畅游人间甜蜜永远,
Dompna, s'amduy nos amam.	(a) 但求美人将心许我。
Lay al mieu amic Daurostre,	(f) 我友多罗代我传信,
Dic e man que chan e bram.	(a) 千言万语凝于一歌。
Per aquesta fri e tremble,	(g) 坐立不安心系于她,
Quar de tam bon'amor l'am.	(a) 爱意绵绵无人可及。

Qu'anc no cug qu'en nasques semble,　（g）普天之下唯她一人，
En semblan del gran linh n'Adam.　（a）宛若人祖亚当之裔。[①]

全诗六节，前五节每节六句，第六节四句，与彩锦诗的“片”－“尾”结构高度相似；各节用韵模式依次为 bbbaba，cccaca，dddada，eeeaea，fffafa，gaga，每个诗节都有两句诗重复同一韵脚，近似于彩锦诗“锁”—“番”模式：aabbb，aaccc，aaddd，aaeee，aafff，aa；这种“诗节格律的两分法是彩锦诗/俚谣和骑士抒情诗的共同特点。”[②] 行吟诗人“troubadour”在奥克语中为“trobador”，源自其动词形式“trobar”，现代法语中意为“trouver”（发现、找到）。“行吟诗人”字面意思为掌握“发现”技巧的人，是“能够灵巧地运用奥克语创作诗歌并为之配乐的人。”[③] 据理查·勒梅考证，“trobar”一词很有可能从阿拉伯语单词演化而来：“行吟诗人能够使用乐器，比如来自阿拉伯的维埃勒琴（vielle）或拉巴巴琴（rebab）……‘trobar’词根源自一种阿拉伯弦乐器的读音，拉丁化拼写为‘drab’。”[④]

综上，骑士抒情诗在格律、主题以及表演形式方面与彩锦诗和俚谣存在明显的亲缘关系：“奥克语诗歌诞生之际，正值安达卢西亚‘俚谣’兴盛之时；伊本·古兹曼（Ibn Guzman 1078—1160，安达卢西亚阿拉伯诗人）与纪尧姆九世是同代人，我们无需惊讶于两种诗歌在题材、形式等方面的相似性。这是基督教文化与伊斯兰文化在一个全新的世俗层面上交汇的成果。”[⑤] 从诞生的历史背景推断，骑士抒情诗的起源确系受到

① Paul Fabre, *Anthologie des troubadours*, Orléans: Editions Paradigme, 2010, pp. 41 – 42. 中文为作者自译。

② Cluzel, Irénée, “*Quelques réflexions à propos des origines de la poésie lyrique des troubadours*”, in: *Cahiers de la civilisation médiévale*, avril-juin, 1961 (4e année, n° 14), p. 186.

③ Christelle Chaillou, “*La poésie lyrique des troubadours. Musique, poésie, contexte*”, in: *Annales de Vendée*, 2009 (n° 4), p. 139.

④ Richard Lemay, “*A propos de l'origine arabe de l'art des troubadours*”, in: *Annales, Economie, Société, Civilisation*, 1966 (21e année, n° 5), pp. 1010 – 1011.

⑤ Robert Lafont & Christian Anatole, *Nouvelle histoire de la littérature occitane*, Paris: Presses Universitaires de France, 1970, p. 44.

彩锦诗和俚谣等阿拉伯风格诗歌的影响。

五　结语

阿拉伯人把诗乐艺术带到西班牙，催生了融合阿拉伯风格和安达卢西亚风格的彩锦诗和俚谣。后来，这种诗歌北传至法国境内，促成了骑士抒情诗的诞生。魏晋以来，西域地区带有波斯风格的音乐进入中原，与其他外来音乐以及中国原有的音乐一起，推动了燕乐的滥觞。唐玄宗开元年间诞生的曲子词，经文人和艺人不断实践，逐渐演变为新的诗歌形式——词。亚欧大陆中部的西域诸族、波斯人和阿拉伯人所维系的丝绸之路中段保证了东西交流千年不息。显性的物质文明交流与隐性的精神文明交流必然同步进行，骑士抒情诗和中国词的诞生就是最好的佐证。中西亚波斯－阿拉伯文明圈承担了亚欧大陆文化桥梁的职能，使得中世纪地缘上看似隔绝的东西方世界有了内在的精神联结。

【作者简介】

杨胜强，厦门大学外文学院法语系讲师，瑞士洛桑大学比较文学博士在读，主要从事中法比较文学研究。

【通讯地址】厦门市思明区思明南路 422 号外文学院法语系，邮编：361005。

电话：+86 15060783161　邮箱：lucluc@ yeah. net

【同意上传知网】同意

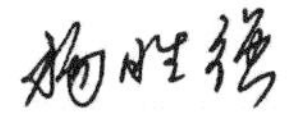

翻译研究

试论翻译的“中心偏移”[①]

——也谈梅肖尼克的法译中诗

西安外国语大学
■周　权

【摘　要】文章从“文本”概念出发，先观照梅肖尼克的若干论点：对翻译单位的界定，反对形式与意义的二元对立，随后围绕“历史性”“口语性”和“主体性”三个方面对其“节奏”说展开论述，分析他诗学思想的要点，进而得出他对翻译“相异性”的重视。最后从他的中诗法译实践研究分析其诗歌翻译的喜好倾向。实际上，翻译是一场“异的考验”，只有倾听对方的声音，才能在翻译中释放两种语言、文化和诗学的距离感，而这正是梅肖尼克心中翻译诗学的精髓所在。

【关键词】梅肖尼克　翻译诗学　历史性　中心偏移　诗歌翻译

【Abstract】Starting from the concept of “text”, the article first studies the definition of translation unit by Meschonnic, and proposes that he opposes the binary opposition between form and meaning. And then it will focus on the three aspects of “historicity”, “oral language” and “subjectivity”, explaining Meschonnic's “rhythm” theory, analyzing the main points of his poetic thought, drawing his attention to the “alterity” of translation. Finally, from his research

①　基金项目：本文系西安外国语大学博士研究生科研基金一般项目“钱拉尔·德·奈瓦尔的作品研究”（项目编号：syjsb201717）和国家留学基金委2018年建设高水平公派研究生项目（项目编号：留金发［2018］3101）的阶段性研究成果。

on the practice of Chinese poetry translation, we can analyze his preference for poetry translation. In fact, translation is a "experience of the foreign". Only by listening to the voice of the other party can the sense of distance between the two languages, cultures, and poetics be released in translation. This is exactly what Meschonnic's essence of thought lies.

【Key words】Meschonnic poetics of translation historicity center shift poetry translation

引 言

20世纪六七十年代，当文学研究因俄国形式主义、新批评和结构主义的出现发生深刻转变时，梅肖尼克的学术研究比他人显得更突出。他对话语主体性和历史性（historicité）的关注，使得他的思想与结构诗学相区分。尽管结构诗学的几个代表人物或多或少都放弃了研究文学性理论的计划（如托多罗夫转向伦理学、人类学和历史学；克里斯蒂娃迈向精神分析学），梅肖尼克仍继续将诗学作为他所有反思的起点。

梅肖尼克一生著述颇丰，其学术思想涉及诗学、翻译理论、语言学、符号学、词汇学、人类学、艺术史、历史、伦理和政治等。实际上，从一本书到另一本书，梅肖尼克总是对相同的问题、相同的概念进行探讨，展开、深化并移植到他的其他著作中，从而阐明和拓展它们的范围。梅肖尼克的理论虽然深奥，但其著作有一个很大的特点，就是理论与实践相结合。就像他给论著《翻译诗学》划分的两大部分的标题分别是"实践，就是翻译"和"翻译，就是实践"（*Poétique du traduire*，1999）。本文首先缕析他的翻译理论，看他的诗学思想要点是什么。然后再解读中国古典诗歌是以何种方式被梅肖尼克阅读、审视和思考的，他的翻译实践是否可以为我们的中华诗词外译提供有益的启发。梅肖尼克不懂中文，他对中文诗的翻译基本上是与中国学生合作而成的，同时也会参考法籍华裔学者程抱一在《中国诗语言》（*L'écriture poétique chinoise*，1996）中对中文诗的介绍和翻译。正因为如此，他的翻译思想很值得我们研究，因为在中华诗词对外译介的过程中，绝大多数西方读者并不懂中文，怎样让异域读者在接受中国古典诗词时能够感受到它的“异彩纷呈”，这个问题值得我们深思。

一　翻译“文本”要反对形式和意义的对立

我们知道，罗兰·巴特的文本理论将“文本”看成动态生成过程，因此翻译就不应该是传统意义上以单词、短语为单位的划分，而应以话语、文本为准则。梅肖尼克一直强调的“诗学”观念与非诗学的区别，就在于后者重视单词、短语、句子等语言单位，而诗学则重视文本整体，其中的历史性和主体性紧密相连。梅肖尼克以为，文本的诗性统一只能是文本本身，不能是其他，“一致性和内部系统”① 是文本和文本诗性的决定要素，所有以其他语言单位为根基进行的翻译，都是基于对语言学或修辞学的考量。

在《翻译诗学 36 条主张》（*Propositions pour une poétique de la traduction*）的第 25 条，他提出，“翻译文本不是语言的翻译，而是将文本翻译成自己的语言，即语言本身就是文本”②；第 26 条说，“如果翻译只翻译语言，那么翻译就只会从一种语言结构转移到另一种语言结构；如果我们把文本翻译成文本，我们可能会陷入两种语言结构的矛盾之中”③；第 32 条强调，“翻译应建立在文本对文本的关系上，而不是语言对语言的关系”④。从以上论述中，我们可以看出，梅肖尼克十分强调从具体话语中提取的文本和从抽象系统中提取的语言，强调两者是密不可分的，翻译文本应当保持原文的文本状态，翻译不应仅仅是从出发语到达目的语的过程，而应思考出发语和目的语文本之间的关系。

---

① Meschonnic, Henri, *Poétique du traduire*, Lagrasse: Verdier, 1999, p. 178.

② Meschonnic, Henri, *Propositions pour une poétique de la traduction*, dans *Langages*, 1972 (28): 53.

③ Meschonnic, Henri, *Propositions pour une poétique de la traduction*, dans *Langages*, p. 53.

④ Meschonnic, Henri, *Propositions pour une poétique de la traduction*, dans *Langages*, p. 53.

为此，梅肖尼克区分了“翻译”和“改编”（adaptation）两个概念。在“翻译”中，“译作的主语”不是从心理上或思想上表述的主语（这句话也可以理解为：“译者”不是从心理上或思想上进行表述的主体），而是“话语的最大主观化”①。相反，在“改编”中，译者以他的语言和文学思想，以其关于翻译的可能性和不可能性思想而存在。也就是说，改编的一个明显特征是，会特别注意文本之外的东西。在大多数情况下，文本与这种“文本外”就是索绪尔的二元概念：能指/所指，语言/言语，历时性/共时性；索绪尔的这些二元概念对翻译理论有很大的影响。文本与“文本外”的思想同时也建立在下列二元对立概念的基础上：出发语/目的语，相异性/同一性，忠实/背叛，等值/差异，源语/译语，偏离/规范。在梅肖尼克看来，传统翻译理论所包含的这些二元概念造成的后果是，要么对原作内容的单纯概括，要么导致不可译。对原作的“改编”就是这种二元性的体现，它通过混淆语言和文本来达到对内容忠实或对形式忠实。相反，根据梅肖尼克的说法，好的翻译应突出两种语言在语言表达上的矛盾和不足之处。他申明，所有建议采用“翻译单位”或“语义单位”进行翻译操作的理论都属于符号的二元理论，即“迁移性翻译”（traduction-transfert）。相反，与“迁移性翻译”相对立的“翻译—关系”（traduction-rapport，或译为“翻译兼关系”）不仅以形式和意义，而且以源文本和翻译文本之间的连续性为前提和实现条件。译事应以倾听“连贯性”（continue）表达对文本的整体关照，“节奏的、韵律的、语义的连贯。语言与主体之间的连贯，语言与文学，话语与文化，语言与历史之间的连贯”② 等，都是梅肖尼克心中的文本“连贯性”的体现。

二　“节奏”与“历史性”“口语性”“主体性”概念

上述对“连贯性”的定义实际已透露出梅肖尼克“节奏”诗学的内

① Meschonnic, Henri, *Poétique du traduire*, Lagrasse: Verdier, 1999, p. 25.

② Meschonnic, Henri, *Poétique du traduire*, Lagrasse: Verdier, 1999, p. 26.

涵。节奏概念是梅肖尼克翻译诗学理论的核心概念，他将“节奏”定义为“话语的特殊性和历史性的组织”[①]，诗学视野中的“节奏”并不仅仅是文本装饰性的形式因素，更是话语的组织方式，它统摄着文本的形式与意义，是文本价值的体现，具有特殊性、主体性等特征。因此，在翻译过程中，对节奏的翻译和忠实涉及的并不仅仅是形式上的对等，更涉及对原作价值的重构。梅肖尼克用“一致性”（concordance）形容对“节奏”的掌控：“节奏再现节奏，重复再现重复”[②]。一个真正的翻译必须保持一致，翻译原始的节奏和重复。具体到梅肖尼克对“节奏”概念的诗学思考，我们想从“历史性”“口语性”和“主体性”三方面展开探讨，但正如他用“节奏”反对西方逻各斯中心主义一样，他阐述的任何学术概念之间都是无法割裂的，它们相互缠绕、密不可分。

梅肖尼克经常强调翻译要考察“历史性”。他认为，批判性思维是对自身历史性的思考。什么是历史性？最重要的是必须区分历史主义（historicisme）与历史性两个概念。梅肖尼克批评雷蒙德·皮卡德（Raymond Picard）的翻译“阻止了拉辛的意义”[③]。因为皮卡德“混淆了拉辛时代有限的、固定的单词的意义和无限的作品的意义”[④]，拉辛时代的单词是古老的、固定的，留在历史上的（历史主义），而拉辛的作品或文本是无限的、活着的（历史性）。一个好的翻译必须翻译文本，而不是语言，否则就是混淆了“历史性”与“历史主义”的概念。正如塞尔吉·马丁（Serge Martin）在《语言的彻底的历史性》（*Historicité radicale du langage*）中所归纳的，历史主义意味着只寻找来源、先驱者，而历史性则更强调正在进行的策略：旧的总是存在于新的当中。[⑤]

梅肖尼克的“口语性”不是一个社会学、民族学或修辞学的概念，而是一个人类学和诗学的概念。梅肖尼克将“口语性”定义为：“一段

① Meschonnic, Henri, *Poétique du traduire*, Lagrasse: Verdier, 1999, p. 202.

② Meschonnic, Henri, *Poétique du traduire*, Lagrasse: Verdier, p. 203.

③ Dessons, Gérard, *Traité du rythme*, Paris: Armand Colin, 2005, p. 235.

④ Dessons, Gérard, *Traité du rythme*, Paris: Armand Colin, 2005, p. 235.

⑤ Serge Martin, «L'historicité radicale du langage», *Acta fabula*, vol. 3, n° 2, Automne 2002 [2021 - 02 - 09], http://www.fabula.org/revue/document1129.php.

言语的历史性的一种风貌，如同这段言语在个体化中的情形，是同一语言行为的另一种风貌一样（un aspect de l'historicité d'un discours，comme sa situation dans l'individuation est un autre aspect du même acte de langage）。"①口语性不再是传统的概念，它不反对书写，并且与"节奏""历史性"和"主观性"相关。梅肖尼克认为文学是唯一将语言的价值观转化为话语价值观的方式，"口语性"是"话语中节奏的第一语言"②。文学与口语性密不可分，我们甚至可以说，只有口语性才能让文学持久流传，真正的文学翻译不是把一种语言翻译成另一种语言，而是通过与源文本口语性的不断互动来建立节奏与口语性的关系。因此，翻译可以实现一场"实验诗学"（poétique expérimentale），源文本以其运动中的口语性，开放的创造力，相对的含糊性，允许读者多次阅读并继续被阅读所转化。

翻译改变诗学，诗学也同时改变翻译活动，如此形成一个循环。一般意义上的翻译概念，即视翻译为一种手工实践和书写的附属品的说法，因而变得无效。这种概念，对梅肖尼克而言，仅是应用的、被接受的和内在化的意识形态。在《诗学Ⅱ》（*Pour la poétique Ⅱ*）中，翻译被他定义为"阅读——写作的写作，主体的历史性探险"③，"主体性"只能通过一种转化活动产生，它"转化了'作者'与'译者'之间的经验的、形而上的和美学的对立"④。翻译的伦理学保证主体的主体地位。与传统伦理规范要求谦逊、忠实和透明不同，翻译诗学发现"原作与译作之间的最大差异，不是语言的差异，而是风险的差异"⑤，风险始终是对主体——译者的肯定，而不是今天仍然占主流观念的对主体和译者的抹杀。

我们从以上分析得出，"节奏"是文本连续性的基础，也是翻译的

① Meschonnic，Henri，*Les états de la poétique*，Paris：Presses Universitaires de France，1985，p. 125.

② Meschonnic，Henri，*Les états de la poétique*，Paris：Presses Universitaires de France，1985，p. 126.

③ Meschonnic，Henri，*Pour la poétique Ⅱ：épistémologie de l'écriture. Poétique de la traduction*，Paris：Gallimard，1970，p. 307.

④ Meschonnic，Henri，*Pour la poétique Ⅱ：épistémologie de l'écriture. Poétique de la traduction*，Paris：Gallimard，p. 320.

⑤ Meschonnic，Henri，*Poétique du traduire*，Lagrasse：Verdier，1999，p. 200.

定位准则。当落实到“节奏”的具体翻译实践时，前人的归纳总结也使我们的思路明晰了不少。袁筱一、许钧在许渊冲的“三美说”中找到了二者的异与同[①]。曹丹红指出，西方视野中的“节奏”概念总体受“书写、语音、语义”三方面的影响[②]。姜丹丹则在傅雷的“气韵生动”说中找到了与梅肖尼克的相似点[③]。我们也在阅读思考的过程中综合得出：钱钟书的“化境”说，傅雷的“神似说”，贝尔曼（Antoine Berman）的“字面翻译”与梅肖尼克的“节奏”概念似乎都有异曲同工之妙。这里只能粗略言之。我们更关注的还是归化和异化两种倾向在梅肖尼克言语层面上的反映。因为本质上，梅肖尼克的《翻译诗学》《诗学Ⅱ》《诗学的状态》（*Les états de la poétique*）等著作，归根结底都是在看待自我与他者的关系，探讨如何在翻译中保持原作的相异性。为此，我们引出了梅肖尼克的“中心偏移”思想。

三　翻译的“中心偏移”

“翻译完全是一种关系的活动，这一点比它的其他任何方面都重要，因为它所强调的不是术语而是关系本身，它可以强调同一性中的相异性。因此，翻译活动比翻译本身更重要，因为它说明了同一性与相异性之间的关系”。[④] 这也解释了为什么梅肖尼克更喜欢用动词的翻译（“traduire”）而不是名词的“翻译”（traduction）来形容自己的“翻译诗学”（而不是“翻译的诗学”），因为在他看来，翻译理应是一场“关系的连续体”（continu relationnel）。他列出了自己认为“畸形”翻译的三个方面：首先是不恰当的删除；其次是并非由语法差异引起的位移；最后是相同的意义单元由几个不同的意义单元呈现，或者相反，几个不同的意义单元

① 参见袁筱一、许钧《“翻译诗学”辨（续）》，载《外语研究》1995 年第 4 期。

② 参见曹丹红《西方诗学视野中的节奏与翻译》，载《中国翻译》2010 年第 4 期。

③ 参见姜丹丹《跨文化的“翻译诗学”对话：傅雷、本雅明与梅肖尼克之理论探索》，载《西北工业大学学报》（社会科学版）2019 年第 1 期。

④ Meschonnic, Henri, *Poétique du traduire*, Lagrasse: Verdier, 1999, p. 191.

由一个相同的意义单元呈现[①]。这些都属于对原作的损毁，它们破坏了原作的统一性。假设诗歌的本质在于连续体及其关系，他批评当前常见的诗歌翻译方式（他称之为“删除”式翻译）没有考虑到连续体、节奏和源文本的运动：“二元性无法考虑身体——语言、情感——概念、语言——诗歌——伦理——政治的连续体，它们当中的任何一个都可以与其他一个互相转化。”[②] 梅肖尼克建议在语言理论、语言伦理学和翻译伦理学之间建立联系，以便思考诗歌的连续性并在翻译中实现它。他将伦理学说成一种活动和伦理学之间的创造性关系，也就是“聆听诗中的连续体”。[③]

“当翻译被视为一种关系时，它考察的就是作品与语言的关系，或者是语言与作品的关系。这种关系决定我们应该把翻译进行‘兼并化’处理还是‘中心偏移化’处理。”[④] 对源文本的兼并式翻译会中断“相异性”的运动，并使它适应“同一性”。但是，“中心偏移化”本身就已经预设了“相异性”和“同一性”两组概念。“中心偏移”既不是试图对源文本进行“归化”，也没有试图对其进行“异化”，而是相反，同时将语言与源文本进行联系并加以区分。梅肖尼克将“伟大”的翻译定义为“一个持续的矛盾体”（contradiction tenue）[⑤]。根据他的说法，伟大的翻译既不忠实也非不忠实，因为这两个概念暗示着一种转移而非一种联系。

20世纪的西方翻译理论，无论是本雅明的“纯语言”，还是贝尔曼的翻译伦理，抑或德里达的“延异”说，利科的“语言好客说”，都在本质上围绕“相异性”这个哲学术语展开论述。贝尔曼很早就从伦理的角度，批判了种族中心主义的、超文本的翻译，主张建立翻译的伦理目标——按照原作、出发语的本来面貌翻译文本，将其引入到译语中，并呈现给译文读者。梅肖尼克从哲学的角度论述了翻译是一种“中心偏移”，即偏移自我的中心，这种思考实际上也是一个伦理问题，他体现

① 参见 Meschonnic, Henri, *éthique et politique du traduire*, Lagrasse: Verdier, 2007, p. 115.

② 参见 Meschonnic, Henri, *éthique et politique du traduire*, Lagrasse: Verdier, 2007, p. 9.

③ 参见 Meschonnic, Henri, *éthique et politique du traduire*, Lagrasse: Verdier, 2007, p. 33.

④ Meschonnic, Henri, *Pour la poétique II: épistémologie de l'écriture. Poétique de la traduction*, Paris: Gallimard, 1970, p. 308.

⑤ Meschonnic, Henri, *Poétique du traduire*, Lagrasse: Verdier, 1999, p. 55.

了自身是否尊重他者。梅肖尼克还引用曼苏尔·哈拉智（Mansur Hallaj）的话说：“理解另一件事并不意味着把它附在一起，而是进行中心偏移。语言的本质必须是一种交际，只有进入到对方的系统，我们才能被理解。”[①]“中心偏移”是两种文本、两种文化、两种语言系统之间的关系。翻译不是把另一个变成我，而是主动进入到另一个，把另一个文本、另一种语言文化、另一种语言系统的异国情调、独特性表现在自己的文本、自己的语言文化和自己的语言系统中。以往的有些翻译，目的是把异域的陌生感觉进行同化，这种透明的翻译目标旨在消除语言、文化和历史的差异，它彻底的透明度使翻译隐形，使他者消失。但抹去对方也是抹去自己，抹去后，只剩下符号，诗学也被抹去了。事实上，“绝对透明”只是一种错觉。在翻译中，我们必须表现出对方的陌生性、原文的陌生性、语言的陌生性以及文化和历史的差异性。

关于翻译标准的争论由来已久，可译或不可译，忠实或背叛，直译或意译，归化还是异化这些问题，都是翻译界经常争论的焦点。梅肖尼克强调翻译文本，翻译节奏，用“中心偏移”传达原作的“相异性”等这些理念的提出，都或多或少对上述问题做出了自己的解释。在他看来，拙劣的翻译是译者用惯常语法知识对翻译进行程序化和僵化的翻译，这样的译文只能是译者的“朽木之语”，而好的翻译应当最终传达诗学思想。那么，落实到翻译实践，能否有一个具体的实例来说明梅肖尼克的翻译观点，以帮助我们理论与实践相结合呢？这将是我们下一小节具体分析的重要内容。

四　梅肖尼克的法译中诗

我们找到了梅肖尼克在《翻译诗学》中以王维的《春晓》和孟浩然的《宿建德江》为例的译文分析，想看看在他眼中什么样的译文是

① Meschonnic, Henri, *Pour la poétique II: épistémologie de l'écriture. Poétique de la traduction*, Paris: Gallimard, 1970, p. 203.

“好”的译文，传统的译文有哪些弊端，他又是怎样对其进行修正的。首先，我们注意到，梅肖尼克以中诗为例进行的翻译出现在以下两个小节中：“翻译作为文本的运动，文本作为翻译的运动”；“翻译转移和相异性”，这两个标题已经多少透露出他的翻译观点的倾向性。为了理解得更明确一些，我们先陈述梅肖尼克评论的几个译本和他自己的修正译本，然后进入正文的分析。①

表一　　《春晓》和《宿建德江》译文

<table>
<tr><td>春晓
春眠不觉晓
处处闻啼鸟
夜来风雨声
花落知多少</td><td>Aube de printemps
Au printemps le dormeur, surpris par l’aube,
Entend partout gazouiller les oiseaux.
Toute la nuit, bruit de vent et de pluie:
Qui sait combien de fleurs ont dû tomber.
保尔·戴密微（Paul Demiéville）译</td></tr>
<tr><td>Matin de printemps
Un sommeil de printemps ne sait nulle aube,
Les trilles des oiseaux entourent le dormeur.
Cette nuit, bruissement du vent et de la pluie,
Combien de pétales emportés?
帕特里克·卡雷（Patrick Carré）、泽诺·比安努（Zeno Bianu）译</td><td>Aube de printemps
On a sommeil vernal même au jour haut levé
Partout se font entendre les chants d’oiseaux variés
Toute une nuit durant soufflaient vent et tempête.
De combien de pétales la terre était couverte.
王运道译</td></tr>
<tr><td colspan="2">printemps qui dort ne sent soleil qui monte
partout partout des cris d’oiseaux s’entendent
la nuit qui vient le vent la pluie leur voix
des fleurs qui tombent qui sait combien combien
梅肖尼克译②</td></tr>
<tr><td>宿建德江
移舟泊烟渚，
日暮客愁新。
野旷天低树，
江清月近人。</td><td>Une nuit sur le fleuve à Kien-tö
Près de l’îlot de brume notre bateau s’arrête,
Au couchant qui ravive toute mélancolie.
Par cette immensité, le ciel verse sous les arbres.
Sur le fleuve pur, la lune rejoint l’homme.
帕特里克·卡雷、泽诺·比安努译</td></tr>
<tr><td colspan="2">vogue la barque aborde une île de brume
soleil couche le vague à l’ame voyage
la plaine est vaste le ciel est bas sur l’arbre
le fleuve est clair la lune est proche à l’homme
梅肖尼克译</td></tr>
</table>

① 下述译文皆转引自 Meschonnic, Henri, *Poétique du traduire*, Lagrasse: Verdier, 1999, pp. 227 – 245.

② 梅肖尼克只是针对《春晓》和《宿建德江》两首诗的主体部分给出了自己的译文，并未对原诗的标题做翻译。

我们知道，西方对中国古诗的翻译传统存在以下几种方法：语义忠实、形式忠实和诗学再创造几类，还有的学者提出审美字面翻译（如程抱一）、学院派翻译（如保尔·戴密微）和诗学翻译（如克洛德·罗阿/Claude Roy）等。梅肖尼克在其著作中批评的几种翻译方法，其中就有语义忠实和学院派翻译。

保尔·戴密微的译文倾向于意译，解释和修饰性词语比较多，除了第三行，其他诗行在翻译时都使用了从属语法，明确将原诗的隐含之意翻译出来，这样做的效果在梅肖尼克看来，就只剩下“意思”了，无论在内容还是符号层面上都是对原文拙劣的模仿。梅肖尼克还引用程抱一在《中国诗语言》（*L'écriture poétique chinoise*）中对《春晓》的分析来进一步说明保尔·戴密微对诗歌的外部“评论”，以此表示后者在翻译时的画蛇添足。另外，该译本缺少对格律的考虑。我们知道，梅肖尼克对诗歌的节奏有着大量的论述，从语音角度，“格律诗的顿、音步、押韵和诗句内部的停顿、关键词和音素的重复、关键词的前后呼应”①，这些都应纳入诗歌节奏考虑的范围。保尔·戴密微的翻译，第一行按照原诗的音节计算本应是 4 +6 的节奏划分，而译文却翻译成 6 +4 的节奏，这样在梅肖尼克看来，显然是不妥的，因为格律不仅仅是对整个诗行结构的考虑，更是对整首诗歌的约束。

帕特里克·卡雷的译文（以《春晓》为例）采取折中的翻译策略。首先将动词句和名词句掺杂在一起以还原原来中文诗歌的结构特征，然后将最后一句的“花落知多少”转换为有问句修辞特征的翻译。王运道的翻译试图模仿法语诗歌制造亚历山大体，特意采用能够凑音步、凑韵脚的词语。梅肖尼克对这样的翻译进行了毫不留情的批评，这样的翻译，在梅肖尼克看来，“一点都不是诗歌”。

梅肖尼克认为《宿建德江》的两个译本都是在有意模仿法语诗歌的亚历山大体，是归化翻译的操作实践，两个译文都没能显示原诗的诗意，或者说它们压根不是翻译，是对原文拙劣的替换，“这样做无非就是一

① 曹丹红：《西方诗学视野中的节奏与翻译》，载《中国翻译》2010 年第 4 期。

种去历史性”。[1] 他反复强调，在节奏的标准下，翻译的历史性应当符合文化和诗意的关系。翻译的历史性不仅在于文本的历史性，而且在于将翻译从语言迁移到话语，以及通过翻译文本进行自我转化的能力。其他的翻译方法不会“运动”，并且它们还会让文本停止运动。而正是那不断运动超出其自身翻译范围的部分，才被叫作文本。不是通过调整诗歌来操纵的部分，而是使节奏动摇的部分，这些才能使读者、翻译者成为其运动的一部分。

那么如何修正上述翻译呢？梅肖尼克具体是这样操作的。例如在《春晓》的翻译中，他的创新做法是：首先，考虑到两种语言系统的不同，中文诗歌的单个字就是一个单音节，这在法语中是不存在的，因此梅肖尼克采用了两个音节的节奏组系统，将法语译为 4 ×5 的结构，即四行诗句，每行有五组词语，每组词语由两音节构成。其次，梅肖尼克的译文无标点和大写字母存在，他自创所谓“视觉标点”的系统，这种方法他在翻译《圣经》时就已经使用过了，他认为这样可以更好地体现中文诗歌的“不确定性”特征，即诗歌的“隐含义”。为了实现内部节奏，他还用重复“partout”两次来翻译“处处闻啼鸟”中的双音节拟声词“处处”，重复“combien”两次来翻译“花落知多少”中的“多少”。同时，他也尽量做到译文字词顺序与原文字词顺序相一致，因为在他看来，“顺序既是动机也是姿态的体现”。[2] 他的翻译方法，很大一个特点是对格律的重视，他认为只有这样才能听见对方的“声音”，只有这样，才能通过相异性创造出一种新的法语格律。

程抱一对译文的批评是尖锐的，梅肖尼克在《翻译诗学》中也参考了程抱一的译文，但未有指责的语气，说明他对程抱一的翻译还是持赞赏态度的。我们知道，程抱一对中国古诗词的翻译在西方大获成功，他的翻译也称得上是“创新翻译”，即“审美字面翻译”的一种。这当然不是简单的字对字翻译，而是建立在中国诗学基础上的异化翻译。程译

---

① Meschonnic, Henri, *Poétique du traduire*, Lagrasse: Verdier, 1999, p. 194.

② Meschonnic, Henri, *Poétique du traduire*, Lagrasse: Verdier, 1999, p. 245.

非常简洁，对仗工整，而且一个很大特点是尽量减少虚词的使用，以给译文足够的“留白”，让法国读者从中“品味”点什么。我们当然不是说梅肖尼克和程抱一二人的翻译方法相似，只是二人的精髓，译作的“相异性”是基本一致的。在这一点上，笔者非常认同法国《诗 & 歌》（*Po&sie*）杂志两位主编米歇尔·德吉（Michel Deguy）和克洛德·穆沙（Claude Mouchard）的论述：我们生活在一个普遍的翻译时代，理想的目标不是用所谓“不忠的美人”去掩盖或消除原文与译文之间的差异，而是将这种距离“表现在接受语的内部，使它变成一种对‘我们’有意义、有价值的‘距离感’”①。在语言层面上，这种“距离感”迫使译者“调动接受语的所有活力，挖掘它的所有资源，甚至挤压它、迫害它，把它推向可以承受的边缘，暴露出语法学家们不敢设想的种种可能，而这种对语言的反惰性工作本身就是诗性的。”② 正如贝尔曼所说，翻译是一场“来自异域的考验”③，只有能够经受这场考验的文学语言，才是伟大的文学语言。

结　语

梅肖尼克所提倡的翻译，绝不是传统的语法和字词翻译。翻译是话语的主观组织和历史性组织，是对“节奏”的考察，是两种历史的中心偏移。法语诗自 19 世纪起早已冲破格律诗的外壳，梅肖尼克自创翻译的体系也早已不显得陌生。语言是好客的，翻译，尤其是诗歌这种即内潜又外宣的文学体裁，更应从好客性视角被译者展开，只有于无法交流处创造交流的可能，才能在两种语言相切之处，找到翻译的“纯语言”。虽然梅肖尼克对中国古诗的翻译不免有些极端，但对“相异性”的思考却值得我们学习。正如本雅明所说，好的译文就应让“原作的生命获得

① 钱林森主编：《和而不同，中法文化对话集》，南京大学出版社 2009 年版，第 385 页。

② 钱林森主编：《和而不同，中法文化对话集》，南京大学出版社 2009 年版，第 385 页。

③ 详见［法］安托瓦纳·贝尔曼《异域的考验——德国浪漫主义时期的文化与翻译》，章文译，上海三联书店 2021 年版。

最新的、继续更新的、最完整的展开”[①]。

【作者简介】

周权，西安外国语大学与巴黎第八大学联合培养博士研究生，研究方向：法国现当代文学与诗歌翻译。

通讯地址：陕西省西安市西安外国语大学长安校区，邮编：710128。

邮箱：zhouquan6561@163. com，电话：15615231162

① ［德］瓦尔特·本雅明：《译者的任务》，陈永国译，载陈永国主编《翻译与后现代性》，中国人民大学出版社2005年版，第5页。

趋向他者的翻译：论程抱一的唐诗法译[①]

西安外国语大学
■周　权

【摘　要】程抱一在《中国诗语言研究》中利用结构主义与符号学方法分析唐诗，并通过还原对仗结构，减少虚词，“逐字直译”的翻译模式，将唐诗意趣和内涵一并展现出来。其翻译考量是出于对诗歌“节奏”的把控。本文除了探寻程抱一的翻译特点和翻译原则外，还将李商隐的《锦瑟》与法国19世纪诗人杰拉尔·德·奈瓦尔的《不幸者》进行相似性类比研究，展示译者的“延异”思想，最后从诗歌和翻译的好客性，看程抱一是怎样发挥译者主体性，经受翻译这场“异的考验”的。

【关键词】程抱一　节奏　延异　好客性　诗歌翻译

【Abstract】In the *Chinese poetic writing*, François Cheng analyzes Tang poetry with the methods of structuralism and semiotics, and shows the interest and connotation of Tang poetry by restoring the antithesis structure and reducing the number of function words. His translation consideration is to control the “rhythm” of poetry. In addition to exploring François Cheng's translation features and principles, this article also makes a comparative study of the similarities be-

---

① 基金项目：本文系西安外国语大学博士研究生科研基金一般项目“杰拉尔·德·奈瓦尔的作品研究”（项目编号：syjsb201717）和国家留学基金委2018年建设高水平公派研究生项目（项目编号：留金发［2018］3101）的阶段性研究成果。

tween Li Shangyin's *Jinse* and the 19th century French poet Nerval's *El Desdichado to show the translator's "différance" thought*. Finally, from the hospitality of poetry and translation, we will see how François Cheng exerted the translator's subjectivity and withstood the "experience of the foreign" in translation.

【Key words】François Cheng　rhythm　difference　hospitality　poetry translation

一　翻译"节奏"

按照许渊冲的说法，程抱一的翻译方法可以概括如下："首先将诗句逐字译出，然后把字联合成句，最后把句变成自由诗。"① 虽然程抱一的翻译步骤与其他译者并无差异，但他的翻译风格却明显呈现如下特点：简洁，对仗，从而避免译文的散文化倾向。所以，法国有学者就将程抱一的翻译方法定义为"审美性字面翻译"②，而另外两种常见的翻译方法则有以保尔·戴密微（Paul Demiéville）为代表的学院派翻译和以克洛德·罗阿（Claude Roy）为代表的诗学翻译。车琳在文章中对中国古诗翻译策略进行归类，她认为主要有"语义忠实""形式主义"和"诗学再创造"三类③。相比之下，程抱一的翻译方法独树一帜。

学术界之所以有人将程抱一的翻译方法归纳为"审美性字面翻译"，是因为程抱一将道家"三元论"④ 导入汉诗法译的解读过程中，这一点是对诗歌"节奏"的重视，而其他诸如"语义忠实""形式主义""学院派翻译"抑或"诗学再创造"等都或多或少陷入了语法系统和形式主

① 许渊冲：《程抱一和我》，载《文汇读书周报》2003年8月15日第5版。

② Ruvidic, Ivan, *La Traduction de la poésie chinoise classique: des pièges théoriques aux obstacles de la pratique*, thèse sous la direction de Françoise Martin à l'Université de Paris Ⅶ, 2006, p. 284.

③ 参见 CHE Lin, *Traduire l'intraduisible. Une étude de la traductibilité de la poésie classique chinoise*, dans Béatrice Bonhomme et Micéala Symington (éd.), *Le Rêve et la ruse dans la traduction de la poésie*, Paris: Honoré Champion, 2008, pp. 45 – 59.

④ 道家认为"三"生万物，有"和谐""包容万象"之意。"元"意为"开始"和"起点"。"三元"则指万事和谐发展的开端和方向。

义的圈套，试图严格按照“音美”“意美”“形美”的标准，不惜对诗歌节奏进行破坏和重组，反而在很多时候画蛇添足。而“审美性字面翻译”这个称谓起得恰到好处。这里的“字面翻译”绝不是字译、死译和硬译，而是抓住原作精髓的“译”，用乔治·斯坦纳（George Steiner）的话说，“文字翻译”是“最不容易达到的模式。真正隔行对照的翻译是终极目标……它体现了完全的理解和再现，体现了语言之间的绝对透明，这种透明无法通过经验获得，假如达到了，将代表向人类语言的亚当式的和谐回归。”① 历史上，与这种“文字翻译”相类似的概念也有很多，比如本雅明的“拱廊直译”（L'arcade de la littéralité），梅肖尼克的“翻译节奏”，贝尔曼（Antoine Berman）的“文字翻译”，进而言之，中国翻译史上钱钟书的“化境说”，傅雷的“神似说”等。这里，我们想用梅肖尼克的“节奏”概念对程抱一的翻译实践简要阐发。

众所周知，“节奏”是梅肖尼克翻译诗学的核心概念，他将“节奏”定义为“话语的特殊性和历史性的组织”②，具体来讲，这一概念与“口语性”“主体性”“历史性”“相异性”等都息息相关。一如傅雷所说，“翻译极像音乐的Interpretation，胸中没有Schumann的气息，无论如何弹不好Schumann。”③ 那么怎样才能掌握好这个气息？根本就在于翻译时是否从“文本”出发。这里我们取罗兰·巴特的“文本”概念。因为“文本”是动态无限的，只有从“文本”出发，才能保证原作的连续性。好的翻译会让原作永远流传，而坏的翻译却只能徘徊在单词与话语之间，这也是“历史主义”与“历史性”的最大区别。与此同时，对“节奏”的把控也要求译者巧妙拿捏形式与内容之间的分寸，如何操作“信”“达”“雅”的分寸，怎样进行“异化”翻译的分寸。归根结底，关键在于怎样在这场翻译的“关系”实践中渗透“中心偏移”（décentrement）的思想，这也是为什么梅肖尼克将他的大作起名为《翻译诗学》，使用

① Steiner, George, *Après Babel*, Paris: Albin Michel, 1998, p. 417.

② Meschonnic, Henri, *Les états de la poétique*, Paris: Presses Universitaires de France, 1985, p. 86.

③ 傅敏：《傅雷谈翻译》，当代世界出版社2006年版，第32页。

了动词“翻译”而非名词“翻译”，因为翻译是一场不断运动的过程。

程抱一用中国传统“三元论”层次建构中诗法译的翻译范式，“在虚实层，用语词的缺失或替代并再现原作中主体与客体和谐包容的意境特征；在阴阳层，用重音和对仗的交替呼应承继原作的内在气韵；在天地人层，重视意象系统的连贯和审美内涵的传达”[①]，不正是从“文本”出发，对中国诗语言“历史性”的反思吗？一个真正的翻译必须保持“一致性”——“节奏再现节奏，重复再现重复”[②]，理想的译诗应当是形神兼备的。施雪莹、许钧也认为，程抱一在结构主义和符号学的引导下，用“还原结构的异化翻译策略”巧妙地解决了形似与神似的问题：既然唐诗的美本就寄居在它的结构之中，那么将翻译的中心转移到结构上，用“节奏”解决美与神的问题岂不是一个很好的方法？[③] 而且，考虑到中文语言独特的“虚词、人称代词、时间词的省略，词语顺序的灵活可逆性”[④] 等特征，以及由此带来的“汉诗空间、时间等因素的不确定性造成的汉诗含义的多样性和解读的开放性”[⑤]，程抱一翻译唐诗时，努力简化句法的复杂性，少用人称代词等虚词，时态上多采用一般现在时，形式上尽可能还原原诗的“对仗”，这种“审美性字面翻译”也正具有让“朽木之语（langue de bois）”[⑥] 燃烧的快乐。比起以往经常让译文趋向散文化或过于冗赘、失衡、错位的翻译方法，程抱一的翻译思考可以说很巧妙地在进行异化的“中心偏移”了。

当然，这种不符合传统语法系统和规则的创新翻译，也与他的文化身份息息相关。同时代的译者中，梅肖尼克也曾与弟子合作，对中国古诗翻译小试牛刀。尽管二人对中国诗语言的处理方式并不完全相同，但

---

① 段贝、邵朝杨：《中国传统“三元论”层次性建构汉诗法译的分析范式——以程抱一先生的〈寻南溪常道士〉法文译本为例》，载《法国研究》2014年第2期。

② Meschonnic, Henri, *Poétique du traduire*, Lagrasse: Verdier, 1999, p. 203.

③ 参见施雪莹、许钧《论程抱一的唐诗译介与阐释》，载《文艺争鸣》2017年第3期。

④ 蒋向艳：《程抱一的唐诗翻译和唐诗研究》，华东师范大学出版社2008年版，第107页。

⑤ 蒋向艳：《程抱一的唐诗翻译和唐诗研究》，华东师范大学出版社2008年版，第107页。

⑥ Meschonnic, Henri, *Les états de la poétique*, Paris: Presses Universitaires de France, 1985, pp. 21 – 22.

却都是从文本“口语性”“历史性”“相异性”出发进行的有益尝试，其在目的语中的接受效果是有目共睹的。程抱一的匠心独运，遣词造句，从具体的诗歌语言出发，通过对结构的抽取、概括，一步步引出中国诗学与哲学的深刻内涵，生动诠释了译者主体性的概念。他在译本中试图化“自我”为“他者”，“在他者自身的语言空间内复活了一场神秘的东方文字体验”。[①] 袁莉也认为，程抱一的文字解读翻译不光满足于“意义等值”，还对“能指的游戏意味”更加关注，还原文字本身魅力的同时，也让我们发现他与本雅明“纯语言”翻译概念的高度契合[②]。研究程抱一的学者们爱用“对话”和“摆渡人”等语词概括程抱一的创作实践活动：正是在翻译的跨文化沟通与创造中，程抱一把握诗歌“节奏”，让“他者”的感觉升华，构筑中西诗学对话的桥梁。

二　思考“延异”

斯坦尼斯拉斯·富美（Stanislas Fumet）就曾在他的《一百首唐诗绝句》（*Cent quatrains des Tang*）中提到法国诗人与中国诗人之间的亲和力，并强调中国古典诗歌与法国现代诗歌的惊人巧合[③]。此类文学案例不胜枚举，比如顾城和兰波，苏曼殊和魏尔伦，克洛德·罗阿（Claude Roy）和苏东坡等。而在程抱一的唐诗翻译中，我们也发现了一个惊人的巧合：李商隐和奈瓦尔。在《中国诗语言研究》中，程抱一对李商隐的《锦瑟》进行翻译并添加注释：“将这首诗与杰拉尔·德·奈瓦尔的 *El Desdichado* 进行平行阅读，会是饶有趣味的”。[④] 杰拉尔·德·奈瓦尔（Gérard de Nerval），法国著名诗人、散文家，象征主义和超现实主义诗歌先驱，一生潦倒，情路坎坷，病患缠身，把常年的痛苦、梦幻和想象

① 参见褚孝泉主编《程抱一研究论文集》，复旦大学出版社 2013 年版，第 64 页。

② 参见褚孝泉主编《程抱一研究论文集》，复旦大学出版社 2013 年版，第 64 页。

③ 参见 Fumet，Stanislas，«Préface»，dans *Cent quatrains des T'ang*，Neuchatel：La Baconnière，1947，p. 17.

④ ［法］程抱一：《中国诗画语言研究》，涂卫群译，江苏人民出版社 2006 年版，第 225 页。

浓缩成字字珠玑的《幻象集》（*Les Chimères*）。*El Desdichado* 正选自这部诗集，也是奈瓦尔所有诗作中最著名的一首。诗人以“不幸”为主题，大量运用象征意象和神话典故，构筑一个奇异晦涩的幻象世界，烘托出儿时丧母，成年后失去恋人的无边哀痛和被外界误解为“疯子诗人”的压抑情绪。且看《锦瑟》与 *El Desdichado* 的对比展示：

锦瑟

锦瑟无端五十弦，一弦一柱思华年。
庄生晓梦迷蝴蝶，望帝春心托杜鹃。
沧海月明珠有泪，蓝田日暖玉生烟。
此情可待成追忆？只是当时已惘然。

El Desdichado[①]

我是个阴郁者，——鳏夫，——不得慰藉的人，
毁弃塔堡中的阿基坦亲王：
我唯一的星死去了，——我布满繁星的诗琴
带来忧郁的黑色太阳。

在坟墓的夜晚，你给我以安慰，
还给我吧，那波西利堡和意大利海，
那给我沉郁之心几多欢愉的花卉，
和那葡萄蔓与玫瑰交织相缠的青藤。

我是爱神，还是福玻斯？……是吕济尼昂，还是比隆？
我的额头上还留有女王亲吻的红膏；
我沉梦于美人鱼游戏其中的岩洞……

① ［法］杰拉尔·德·奈瓦尔：《幻象集》，余中先译，上海文艺出版社2014年版，第3页。

我曾两次胜利地渡过阿歇隆：
在俄尔甫斯的里拉琴上抑扬地变调
演奏出圣女的哀叹与仙女的呼叫。

在希腊语中，“天鹅之歌”比喻诗人或艺术家生命垂危之际所创作的绝美作品。在这一点上，《锦瑟》、*El Desdichado* 两首代表诗作都称得上是诗人在生命晚期所做的“天鹅之歌”。在众多对《锦瑟》的诠释版本中，程抱一尤其强调诗人所做的“爱”的层面：“这首文笔‘简练’的诗的主题是对一段爱情的回忆。”[①] 同样，*El Desdichado* 也反映了奈瓦尔对自己的命运以及对缺席和无法幻梦的心上人的忧思。归结这两首诗的相似之处，我们得出了三个共同点：自我身份的探寻；大量充斥的神话典故；托物寄情的琵琶/古筝。

在《水云之间》（*Entre source et nuage*），程抱一写道：“我们习惯于把这首诗（李商隐的《锦瑟》）与奈瓦尔的 *El Desdichado* 联系起来：同样的方式，通过咒语和回忆的画面，试图把握生活或梦想的命运，本质上是难以捉摸的。”[②] 两首诗有着基本的相似性，同一种对自我身份的探索，以梦和诗为中介。《锦瑟》有“庄生晓梦”，*El Desdichado* 有“我在美人鱼游历的岩洞里沉梦”。奈瓦尔还写道，“梦是第二种生命”。[③]《锦瑟》中，诗人把自己放置在激情存在的那一刻（“锦瑟无端五十弦”），以及相信在记忆中找到这种激情的那一刻（“一弦一柱思华年”），同时想知道它是否真的存在，加之主语的缺失，更加增强了身份的模糊性。在 *El Desdichado* 中，奈瓦尔同样以真实的、困惑的、梦幻的生活为构思，对自己的身份产生质疑，“我是个阴郁者，——鳏夫，——不得慰藉的人”，“我是爱神，还是福玻斯？……是吕济尼昂，还是比隆？”破折号和省略号的相继出现反映出诗人对自己身份的找寻过程。两位诗人都试图探索潜意识深处，打破梦想与现实的边界。

① ［法］程抱一：《中国诗画语言研究》，涂卫群译，江苏人民出版社 2006 年版，第 102 页。

② CHENG，François，*Entre source et nuage*，Paris：Albin Michel，2012，p. 239.

③ ［法］杰拉尔·德·奈瓦尔：《火的女儿》，余中先译，人民文学出版社 2011 年版，第 275 页。

《锦瑟》和 *El Desdichado* 中都充斥着大量的典故。奈瓦尔将自己比作“毁弃塔堡中的阿基坦亲王”“爱神”“福玻斯”“吕济尼昂”“比隆”甚至是“俄尔甫斯”。同样，李商隐在诗中也将自己喻为“庄生”“蝴蝶”“望帝”和“杜鹃”。不管是自伤身世，或是悼亡之作，运用几组典故，都是李商隐为表达其朦胧的内心世界的悲戚和怨愤使然。另外，两首诗在典故方面的相似之处还表现在：在 *El Desdichado* 中，古希腊的音乐神俄尔甫斯弹奏着里拉琴，并演奏出圣女的哀叹与仙女的呼叫；而在《锦瑟》中，我们的中国神话也同样流传着音乐之神伶伦“凤凰鸣音，截竹作笛”的典故。

《锦瑟》还通常被解读为一首凭悼妻子王氏的诗。首联“锦瑟无端五十弦，一弦一柱思华年”为“景”，为诗人看到素女弹五十弦而触景生情。而 *El Desdichado* 中，首个四行诗，“我是个阴郁者，——鳏夫，——不得慰藉的人……我唯一的星死去了——我布满繁星的诗琴，带来忧郁的黑色太阳”，唯一的“星”，诗人用大写的“étoile”书写，它指代奈瓦尔写这首诗时刚去世不久的心上人简妮·科隆，这“布满繁星的诗琴”，也为他带来了忧郁和怅惘。可以看出，“锦瑟”和“诗琴”两个乐器，都是诗人借以抒情的中介物。

这种界于灵魂与肉体——时间与空间的神秘感应现象，“灵犀”，是如此具有穿透力，可以超越语言的障碍。这就让我们想到克洛德·罗阿的那本《千年前的朋友》（*L'Ami qui venait de l'an mil*）。李商隐和奈瓦尔的心有灵犀不就是“我者与他者”的体现吗？正如伽利玛出版社在定义《千年前的朋友》所属系列时写下的：“有一些生命是记忆创造的，是我们的想象重塑的，是被我们的热情激活的。”①

程抱一在翻译时对李商隐和奈瓦尔两首诗歌相似性的提及自然让我们想起了德里达的“延异”观。“延异”概念是20世纪西方文论的主流思想之一，本质强调对他者的敞开。法国《诗歌》（*Po&sie*）杂志主编，2020年龚古尔诗歌奖获奖者米歇尔·德吉（Michel Deguy）的诗学思想

① 转引自［法］克洛德·罗阿《灵犀》，宁虹译，四川大学出版社2019年版，第209页。

也是德里达“延异”的延续。他将“相似”视作是“相同”与“不同”的联合体，重新审视两种事物之间的“关系”，不是混淆事物，而是尊重和理解；不是叠加或抹去，而是发现两者之间的共同之处。就像米歇尔·德吉把“commun”写成“comme-un”，把“poésie”写成“po & sie”一样，程抱一的翻译思想正是对这种“延异”观点的生动诠释。德里达认为，形而上学的“在场”不是实在的，“现时”不可能永驻在某个点上，它既是过去的继续，也是对未来的预设，而事物在某一种时态的“在场”中，掺杂过去和将来的因素，并总是形成有“差异的运动”，这无疑就是时间和空间的“延异”。“延异”因此既指某种现在已存在的“被动”差异，又指产生各种差异的“播撒”行为。而程抱一的语言图景也是一样，在他那里，文学语言处于一个跳跃、断裂的动态开放系统之中：一方面，此时的文本与彼处的文本有空间上的共时关系；另一方面，此时的文本与彼时的文本也有历时的关联，就像弗朗索瓦·朱利安（François Jullien）谈及翻译时的“之间”观点一样：

> 翻译就是同时进行同化与异化，以便让他者通过同化与异化“之间”……翻译当然要同化：必须寻找两种语言里对应的表达方式。但是翻译也要异化：要让人听见在另一种语言里那些抵抗翻译语言的成分。①

上文中我们提到，程抱一的翻译通过语词、句法和结构的简练力图实现翻译的“留白”，而正是这种“留白”可以让法国读者遐想联翩，一个简单的细节足以说明问题。在处理“只是当时已惘然”时，程抱一这样翻译：“Car à l'instant vécu，déjà-dépossédé。”翻译“惘然”一词，“dépossédé”选得巧妙，不通中文的法国读者很自然会产生一种该句与*El Desdichado*的“Je suis le ténébreux，le veuf，l'inconsolé”十分相似的感

① ［法］弗朗索瓦·朱利安：《间距与之间》，卓立、林志明译，台北五南图书出版公司2013年版，第79页。

觉。文本的“延异”由此展开，翻译的“间距”就此而生。

三　秉持“好客”

> 诗作为语言的呈现，其本质是对话，它可以是一个漂流瓶被抛向大海，付邮于信念——诚然希望并非时刻保持强烈，它可能在什么时候被冲上什么地方，也许是心里给的陆地。从此种意义来看，诗歌是一种遭遇：它朝向某事。朝向什么？向着敞开之物，可栖居之所，也许朝向一个可对话的你，朝向一个可对话的真实。[①]

诗歌有其独特的好客性，它就像这个“漂流瓶”，期待于未来或别处与他者相遇。艾略特曾说诗人“最直接的职责就是首先呵护其语言，然后延伸之并增益之”[②]，而诗歌若想达到“延伸”和“增益”，就必然得途经“摆渡”和“翻译”。殷企平教授曾指出：“摆渡性”是西方诗歌经典的核心要素。[③] 李商隐的《锦瑟》虽然晦涩，诠释版本无数，但诗在内潜的同时也向他者敞开，对他者言说，译者主体性在此过程中就发挥了对他者现身的欢迎作用。程抱一在译作中重构诗文本身并成其所是，为的只是让那个参与对话的“他者”现身。对比《锦瑟》和 *El Desdichado*，读者脑海中不断跳出我者与他者的纷纭意象，人物与时间和空间的交错此起彼伏。他的精彩移译，让我们得以倾听上下千年东西万里的心灵密语。

既然好客性寄附于诗歌之上，对等原则下诗歌的不可译问题就可以用保尔·利科（Paul Ricœur）的“语言好客性”观点进行巧妙化解。“语言好客性”是对贝尔曼“异域的考验”说法的回应，它要求译者以主体身份款待远方的来客，打开语言与文化之间的“对话”。程抱一在

① 转引自张子帆《保罗·策兰的对话诗学》，载《同济大学学报》（社会科学版）2019年第2期。

② 转引自陈敏《也谈西方诗歌经典的“摆渡性”》，载《外国文学研究》2013年第6期。

③ 殷企平：《经典即“摆渡”：当代西方诗歌的精神渊源》，载《外国文学研究》2012年第4期。

这场诗歌“摆渡”过程中，首先接受异的存在，理解文本的内涵和精髓，然后再对文本进行一番主体性解读，最后对词语和句子进行诗意重组。以这样的步骤进行的翻译操作，完美消解了诗歌表层的“不可译”，也让诗中那份“不能言说的东西”有了落脚之处。

的确，文学翻译究其本质而言是对话性的。在与钱林森教授的对话中，程抱一就曾表示说，中法两种语言在他看来“不仅是交流，而是融合、创新”[①]。众所周知，自19世纪象征主义诗派创作风格开始，法语诗就早已突破了传统的格律束缚，呈现散文化的倾向，而程抱一锐意进取，其诗歌译本也有流畅的自由诗的风格。像中国诗歌一样，他在寻找单词简洁性的同时，从风格角度使诗歌的基本线条尽可能地接近原始文本。减少句法障碍，特别是通过消除连词等语言要素，提取任何可能是虚词的成分，例如人称代词、介词、比较词和助词，以捕捉真正的空隙。对吉尔·儒安纳（Gil Jouanard）而言，程抱一的“字面翻译”“显然是最接近中国诗歌奇迹的本质”，[②] 正是这样让本不可译的东方文字变得可译。程抱一是成功的，尽管他不喜欢进行动词变位，也不愿在译文中添加修饰性的语言要素如“冠词”等，但正是这种直译，让法国读者有更多的想象空间：“我有接近原始语言的感觉”。[③] 儒安纳还指出，尤其是通过成文的字面翻译，他才能深入了解他最爱的诗人王维的诗意世界。关于程抱一的翻译过程，费迪南·史托斯（Ferdinand Stoces）还将其与雕塑过程做比较：“逐字翻译可以与一块稍加打磨的石头相提并论，从而揭示出作品的轮廓。”[④] 克洛德·罗阿更认为，程抱一的翻译给读者敞开无尽的创作空间，读者可以以此发明自己的对等作品，或者将自己置

① ［法］程抱一、钱林森：《文化汇通、精神提升与艺术创造》，载《跨文化对话》2005年总第17辑。

② 转引自 Yu，WANG，*La Réception des anthologies de poésie chinoise classique par les poètes français*（1735—2008），Paris：Classiques Garnier，2017，p. 637.

③ 转引自 Yu，WANG，*La Réception des anthologies de poésie chinoise classique par les poètes français*（1735—2008），Paris：Classiques Garnier，2017，p. 637.

④ Stoces，Ferdinand，*Neige sur la montagne du lotus：chants et vers de la Chine ancienne*，Arles：P. Picquier，2006，Préface.

于通过程抱一提供给我们的元素来想象原始诗歌[①]。简言之，我们可以用《诗 & 歌》杂志的两位主编米歇尔·德吉和克洛德·穆沙（Claude Mouchard）的论述概括程抱一的翻译操作本质：

> 理想的翻译不是用所谓的“不忠的美人”的标准去掩盖或消除原文和译文之间的距离，而是将这种距离表现在接受语的内部，使它变成一种对“我们”有意义、有价值的“距离感”。在语言的层面上，这种“距离感”的塑造，迫使译者去调动接受语的所有活力，开掘它的所有资源，甚至挤压它、迫害它，把它推向可以承受的边缘，暴露出语法学家们不敢设想的种种可能性，而这种对语言的反惰性工作本身就是诗性的。[②]

“水云之间”很好地定义了程抱一的翻译实践活动。翻译就像在“水云之间”，因为它不仅仅是对两个空间的叠加。译者的任务远远超出了简单的意义传递范围：声音、韵味、节奏、间距、单词、格律和韵律等复杂问题。译者是一个真正的纽带，文本复杂的空间在接待“他者”的地方创建了一个好客之家。翻译的文本应当允许两种语言和两种诗学的相互沟通。

每一次书写体验对程抱一来说都是一次独特的旅程。他的作品将我们带到了东西方思想、汉语和法语共生的想象中，他的翻译邀请读者探索另一个世界、另一个知识的奥秘。遥远的应和在程抱一的翻译中进行传递，把读者带到意识的觉醒和存在的充实之处。程抱一创作的精髓也正在于此。这也是格里桑（Glissant）“关系诗学”（poétique de la relation）所强调的：“我”和“另一个”的相遇是在一种对他人开放的情况下发生的，或者每个人——作家、读者——都在关系中珍惜自我。程抱一的翻译并非是一种失去文化独特性的融合主义，而是在自己和他人之

① 转引自 Yu，WANG，*La Réception des anthologies de poésie chinoise classique par les poètes français* (1735—2008)，Paris：Classiques Garnier，2017，p. 536.

② 钱林森主编：《和而不同，中法文化对话集》，南京大学出版社 2009 年版，第 385 页。

间建立“对话”，试图废除空间和时间的界限，使之永远处在文化的“这里”和“那里”“之间”，现在的书写时间和过去的经验“之间”。他赋予其翻译创作一种语言的魔力，就像柏拉图的“灵魂转向说”一样，在悄无声息中改变一切，创造跨越时间和空间的“对话”。就在翻译的过程中，在程抱一的笔下，唐诗的“生命”也跃然纸面之上，时间之外，在法语世界中“延续”，并在对法国作家的影响中不断“再生”。正如本雅明所言，在好的译文中，“原作的生命获得了最新的、继续更新的、更完整的展开”。①

四 结语

程抱一通过结构主义与符号学方法分析唐诗，将道家传统“三元论”导入对法汉译诗的解读，背后体现的是译者主体性的有效发挥。一反传统“不忠的美人”的翻译策略，采用“审美性字面翻译”，译诗风格简洁，有意制造“译文”与“原文”之间的距离感，反对语法和句法的惰性，其实质是作为中法文化“摆渡人”的译者自觉，完成一场来自“异的考验”。他独树一帜的翻译手法，巧借还原结构的异化翻译策略，将本就寄居于结构中的唐诗内涵和风格一并翻译出来。减少句法障碍，抽取虚词成分，捕捉语言空隙，让法国读者利用译文的“留白”展开联想，细琢其味。形神矛盾，信达雅的问题在他的译文中得到了有效化解。其翻译活动的本质，与梅肖尼克的翻译“节奏”有诸多相似之处，重视历史性、主体性，还原口语性。翻译的同时，始终秉持“相异性”的原则，从诗学的角度，对译作进行“中心偏移”。不仅如此，他对唐诗的译介也联系与中国古典诗词的相似之处，更大程度地调动读者的感知力和创造力。《锦瑟》与 *El Desdichado* 这个跨越国界，相距千年的朋友间的“灵犀”在他的笔下熠熠生辉。这种“延异”思想，从诗歌的角度来

① ［德］瓦尔特·本雅明:《译者的任务》，陈永国译，载陈永国主编《翻译与后现代性》，中国人民大学出版社 2005 年版，第 5 页。

看，是诗歌趋向他者的“好客性”本质使然，虽然隐秘晦涩，但就像漂流瓶一样，对遥远时空的另一位朋友言说。兰波说，天下诗人是一家，而正是程抱一“对话”的翻译思想，让这种遥远的“应和”被唤醒。历史上，《鲁拜集》的创意翻译有数十种，程氏翻译是否也是创意翻译的一种呢？所不同的是，程抱一的翻译是颠覆性的，形译、意译、衍译，用以上哪种说辞都无法恰当概括他的翻译特征。有人将他的翻译与贝尔曼所说的字面译相提并论，只有经受过“异域考验”的语言，才是一种伟大的文学语言。

【作者简介】

周权，西安外国语大学与巴黎第八大学联合培养的博士研究生，研究方向：法国现当代文学与诗歌翻译。

通讯地址：陕西省西安市西安外国语大学长安校区，邮编：710128。

邮箱：zhouquan6561@163.com　电话：15615231162

学术总结与展望

陕西外国文学研究的现状与展望①

——基于陕西省外国文学学会发展史的整理研究

西安外国语大学英语师范学院　西安外国语大学中国语言文学学院
西安外国语大学中国语言文学学院
■刘一静　李雪凤　惠　欣

【摘　要】改革开放之后，我国外国文学研究大规模兴起，陕西省作为紧跟学术前沿的重要省份，迅速展开了外国文学研究相关工作。本文通过梳理1980年陕西省外国文学学会成立以来的研究成果，阐明四十年来陕西外国文学研究现状，进而思考陕西外国文学研究的特点及由此产生的现实意义，并尝试对陕西外国文学研究前景进行展望。

【关键词】陕西　外国文学研究　特点　展望

The Present situation and prospect of foreign literature studies in shaanxi

——A Study on the Development History of Shaanxi Foreign Literature Society

【Abstract】After the reform and opening, the study of foreign literature has risen on a large scale in China. As an important province closely following the academic frontier, Shaanxi Province has rapidly launched the related work of foreign literature research. By sorting out the research achievements of Shaanxi Foreign Literature Association since its establishment in 1980, this paper clarifies the research status of foreign literature in Shaanxi Province in the

① 基金项目：本文为2021年度陕西省哲学社会科学重大理论与现实问题研究项目“当代陕西外国文学研究的传承与创新”（立项号：2021ND 0497）的阶段性研究成果。

past 40 years, and will help to analyze the characteristics and the practical significance of cultural construction in Shaanxi Province, and make a reasonable prospect for it.

【Key words】Shaanxi Province　Research on foreign literature　characteristics　prospect

中国学者开始关注到外国作家作品始于19世纪中叶。彼时，面对西方经济、科技、文化等多方面的冲击，中国学者为探索一条“师夷长技以制夷”的道路而多方求索，外国文学研究初步兴起。1918年，周作人编著了中国首部外国文学史——《欧洲文学史》，随后，中国青年知识分子们通过访学交流、译介外国作品等活动，推动我国外国文学研究的发展。但“对外国文学的译介和接受，我们最初的状态总是随意、凭直觉、情不自禁、散乱、缺乏体系的。至少在19世纪末至20世纪初是这样”①。尽管中国学者早已关注到“外国文学”这一领域，但其成果的显现却经历了近百年的发育阶段。中华人民共和国成立后最初十年，国内外国文学研究依然未能“百花齐放”，而是主要按照苏联模式进行。1961年6月，国家决定组织编写全国高等学校学科教材，自此，新一代外国文学研究书目方才纷纷涌现，我国真正意义上的外国文学研究才被提上日程。进入改革开放以后，我国外国文学研究进入大规模发展阶段，怎样构建具有中国特色的外国文学史新模式成为学界关注的主要问题。陕西作为紧跟学术前沿的重要省份，很早就关注到了外国文学研究这一重要领域。随着1980年陕西外国文学学会正式成立，一批外国文学研究领域的专家学者在此会聚，经过了四十余年的更迭和发展取得了一定成果，为陕西外国文学研究打下了坚实的基础。本文将对陕西外国文学研究进程及现有成果进行梳理，并在此基础上对未来发展前景做出相应展望。

① 陈跃红：《外国文学研究的历史梳理与主体性建构——由〈新中国60年外国文学研究〉的出版所想到的》，《出版广角》2016年1月上，第83页。

一　陕西外国文学研究的时代背景与发展进程

尽管我国的外国文学研究步入20世纪后已开始有所作为，但中华人民共和国成立之前，陕西省的外国文学研究尚且处于空白状态。据陕西师范大学中文系教授马家骏回忆，1949年前，学界尽管活跃着吴宓、郑伯奇、李赋宁等陕西学者，他们的研究与翻译工作却多集中在省外；而另一些外省学者如曹靖华、余振、魏真等人，在陕西只有过短暂居留；除此之外，在延安鲁艺进行外国文学授课的周立波同志，80年代以来才在外省的刊物上发表讲授提纲等内容，更不用说长居陕西的刁汝钧、周骏章教授，1949年前从事的外国文学研究与翻译都是在外省进行的[①]。到了中华人民共和国成立至“文化大革命”开始以前，陕西外国文学研究有了初步的成绩，如“周骏章关于巴尔扎克、刘思虹关于古希腊文学、安旗关于外国叙事诗、石昭贤关于高尔基、马家骏关于俄罗斯－苏联文学的文章与论文”[②] 等。尽管这些成果大多发表于省内刊物，在全国范围内影响不大，但已经开始有了起色。

“文化大革命”浩劫之后，沉寂十年之久的陕西外国文学界终于得以焕发真正的生机，其标志性的事件便是陕西省外国文学学会的成立。1980年11月3日，陕西外国文学学会经省社科联批准正式成立，本着“广泛联络我省各地的外国文学研究与教学力量，为发展陕西外国文学教学与研究事业，促进对外文化交流，建设有高度科学文化水平的现代化社会主义祖国做出贡献”的宗旨，学会在团结全省外国文学研究工作者、活跃学术研究和培养新生力等方面做出过许多积极有益的贡献。时至今日，该学会已举行了二十一届年会暨学术研讨会，编辑出版《外国文学论丛》（原名《外国文学学刊》）十二辑。历任会长陕西师范大学周骏章教授（1980年—1984年第一届）、陕西师范大学马家骏教授（1984

① 参见马家骏《十年来陕西省的外国文学研究》，《陕西文学界》1989年第1期。
② 参见马家骏《十年来陕西省的外国文学研究》，《陕西文学界》1989年第1期。

年—1988年第二届、1988年—1992年第三届、1992年—1996年第四届、1996年—2000年第五届）、西北大学薛迪之教授（2000年—2004年第六届）、西安外国语大学原校长户思社教授（2004年—2012年第七届、2012年—2014年第八届）、西安外国语大学聂军教授（2014年第八届、2016年第九届）等均为陕西外国文学研究领域的代表性专家，而学会历届主要人员苏成全、曹汾、雷成德、祖淑珍、杨昌龙、韩瑞祥、王宏印、杜瑞清、吴麟绶、陈斌、陶玉平、仵从巨、安危、叶舒宪、韦建国、梅晓云、王文、南健翀、胡宗锋等人也均在外国文学研究方面有过突出成绩。在几代专家学者的精心组织下，陕西省外国文学学会获评“全国社科联先进社会组织”（2017），成为陕西国外人文社会科学研究领域的重要学术交流平台，为陕西外国文学研究做出了十分重要的贡献。甚至可以说，陕西外国文学学会的会史，便是改革开放后陕西外国文学研究四十年的发展史。

20世纪八九十年代开始，陕西外国文学学术界十分活跃，涌现出许多在外国文学研究领域建树颇丰的老一辈学者，如马家骏、周骏章、曹汾、杨昌龙、薛迪之、石昭贤，以及后来离陕的史忠义、韩瑞祥、王宏印、叶舒宪等人，产生了一批影响深远的科研成果。从时间层面上看，马家骏撰写了《十年来陕西省的外国文学研究》（1988）、《近年来陕西省的外国文学教学与研究》（1994）、《近年来陕西省的外国文学研究成果》（1996）、《二十年来陕西省的外国文学研究》（2000）等文章对陕西外国文学研究状况进行梳理；从空间层面上看，部分学者的国别研究成果也颇为丰富，如曹汾等人的《东方文学五十五讲》、马家骏的《十九世纪俄罗斯文学》等，此外亦有对西方文学脉络的整体性概述，如石昭贤等人的《欧美现代派文学三十讲》、周骏章的《外国文学五十五讲》、杨昌龙等人的《外国浪漫主义文学三十讲》、仵从巨等人的《西方文艺思潮概观》、苏成全的《二十世纪西方文学》等。这些重要著作为陕西外国文学研究打下了良好而扎实的基础。

进入21世纪后，我国外国文学研究持续发展，并有越来越多的学者开始对国内外国文学研究历程进行回顾与反思，如黄子平、陈平原、钱理群的《论二十世纪中国文学》、韩加明的《外国文学史编纂史与时代变迁》、王忠祥的《构建中国特色外国文学史的新范式》、申丹、王邦维的《新中国60年外国文学研究》、乔国强的《1978—2018：外国文学研究40年的回顾与反思》等。但由于多方因素，陕西省的外国文学研究系统性整理却未能持续进行，尽管21世纪以来的陕西外国文学学界出版了众多专著、论文、译著及教材等，但因缺乏系统性整理而使得2000年以来的陕西外国文学的历史性研究出现了空白。在这样的背景环境下，如何在把握历史发展脉络的基础上勾勒陕西外国文学研究的方向、梳理其发展历程中的成绩和不足，并探索陕西外国文学在我国外国文学研究过程中发挥的作用，成为陕西外国文学研究整理工作者们急需面对的重要问题。

二　陕西外国文学研究的主要特点

陕西外国文学发展至今，无论在拓宽研究领域方面、学术成果方面还是学术活动举办方面，都取得了许多有益的成果。相较于我国其他省份，陕西外国文学研究也呈现出了以下两方面主要特点。

一是从外国作家作品的引进研究到对陕西本土作家的译介推广。20世纪80年代，依托于时代背景和西北俄文专科学校（现西安外国语大学）的学科优势，许多现如今耳熟能详的苏联作家、俄罗斯作家的作品陆续译介进国内。随着改革开放与时代发展，陕西省与其他省份的外国文学研究团体联系日益紧密，学者们已不满足于单纯的译介，评述类论文及作家专题研究得到重视且发展迅速。21世纪以来，在前人丰硕的成果基础上，陕西专家学者开始探索一条多维视野的外国文学研究之路，相关专著和教材有序出版，译者的视野也不再局限于单一地域和西方经典作家，越来越多的西方当代作家作品开始为国人熟知，极大地丰富了中国的文学市场，研究动力也进一步加强。随着国家对文化自信的弘扬和倡导，陕西外国文学研究者们开始更加注重挖掘以贾平凹、陈忠实为代表的陕西作家作品的影响接受研究以及译介传播研究，并在这一领域取得了一定成果，形成了陕西外国文学研究的独有特色，其中代表性成果有胡宗锋等专家的系列译著贾平凹《废都》《土门》、叶广芩作品选《山地故事》、杨争光作品选《老旦是一棵树》、红柯作品集《狼嗥》、吴克敬作品集《血太阳》等。

二是译介研究比重较大，且在此基础上的西方文学教材成果显著。陕西外国文学研究学者积极引进外国优秀作品，如周骏章译《文化的传播》（1991）、张成柱译《黑与红：雄心勃勃的密特朗》（1991）、《巴黎之恋》（1995）、《小酒店》（1998），并与户思社合译《新爱洛伊丝》（1995）；韩瑞祥译《巴赫曼作品集》（2006）、《卡夫卡小说全集》（2003），并参编《卡夫卡中短篇小说选》（2003）、《德语文学选集（2005）》、《未终结的故事福尔克·布劳恩作品集》（2015）等。韩瑞祥与顾牧、聂军合译的《无欲的悲歌（2013）》及独译的《去往第九王国》（2014）、《缓慢的归乡》（2015），为我国彼得·汉德克研究提供了优质的文本资料；此外，南健翀译《红与黑》（2005）、陶玉平译马尔克斯《爱情和其他魔鬼》（2015）、《蓝狗的眼睛》（2015）和《世上最美的溺水者》（2015）等，也为我国经典作家研究贡献了一分力量。教材成果上，周骏章的《外国现代文学作品选读》（1961）、石昭贤的《欧美现代派文学三十讲》（1982）和《现当代外国现实主义文学40讲》（1984），以及张成柱的《文学翻译教程》（1998）等较早出现，随后，曹汾的《东方文学通论》（2006）、陶玉华与朱建华的《新编大学德语·学生用书·2》（2003，并于2011年出版第2版）、方汉文的《东西方比较文学史（上下）》（2005）和《西方文化概论》（2006）、吴舜立的《外国文学教程》（2009）等相继出版，为陕西省高校外国文学相关课程的开设提供了宝贵的教材资料。此外，胡宗锋同姚超英编著的《欧洲文化精要问答》（2011）和独立编著的《英美文学精要问答》（2011）也是学习外国文学的学生的常备书籍。

三　陕西外国文学研究的前景展望

纵观其发展历程，陕西外国文学研究在这四十年来取得了突破性的进展，当前的陕西外国文学研究仍处于蓬勃发展、成果不断涌现的上升阶段，但陕西外国文学研究依然存在一些需要解决的实际问题，如陕西省位于西北地区，相较于沿海地区，外国文学相关译者、学术交流活动和学术资源均较少等。如何一一克服这些现存劣势，让陕西外国文学研究更上一层楼，在未来的陕西外国文学研究中，应当注意到以下三点：

首先，研究领域与研究方法的探索。中华人民共和国成立后，国内并没有一套科学可行的外国文学研究发展经验以供国内参考，历史证明按照苏联模式进行外国文学史的学科建设是不可行的。因此，未来的外国文学研究需要摒除抛弃基本国情和时代环境等因素不谈的错误经验，聚焦这四十年来的立足于中国实际的、带有中国特色的发展经验。当今时代，文化的交流、碰撞日益加速加深，外国文学研究更应该站在更高的高度进行整体性的审视，交互使用多种研究方法，在跨学科、跨文化等理念下，拓展文学研究视野，更新文学研究观念。无论是社会学、文化学、民族学的传统视角，还是传播学、生态学、女性主义层面的现代维度，或是形式本位、比较研究的综合观察，都可以放置在陕西外国文学研究的视野当中，从而激活陕西外国文学研究的新可能。

其次，学术梯队的搭建与培养。陕西外国文学学会成立以来，陕西外国文学工作者队伍空前壮大，众多老一辈的学者与多位优秀青年学者构成的学术团队为陕西外国文学研究工作付出了巨大的努力，也取得了显著成果。但是如相较于一线城市，陕西外国文学研究标志性成果和具有全国范围影响力甚至国际影响力的学者依然较少，因而，未来陕西外国文学研究专家学者们的重视和付出是十分必要的条件。陕西外国文学研究应集中力量建设具有一定数量与质量的学术梯队，积极引导省内学者开展教学和科研工作；主动吸收和培养优秀青年学者，为陕西外国文学研究注入新鲜血液；整合资源，突出特色，不断推出新的更好的研究成果。

最后，培养文化自信，将地域特色与世界眼光有效结合，正确对待外国文学研究。陕西外国文学研究需要继续推进深度和广度，发挥地域特色，并重视相近学科研究。中外文化交流史的诸多事实证明了异质文化之间的碰撞、交流和吸收在文学研究中具有诸多可借鉴之处，陕西外国文学研究应当紧跟时代步伐，具有世界眼光和包容开放的态度；同时，如何重新认识和理解本民族文学，如何培养陕西省地方文学（地域文学）的主体意识，也是陕西省青年学者们应当思考的问题。尽管“从地域文化角度透视文学仅仅是一个角度，一种研究途径，局限在所难免”①，但发挥出它的应有之义对于外国文学研究的意义是不言而喻的。对独特地域环境与深厚历史文化积淀的重视在陕西外国文学研究中应当得到加强，世界眼光对于陕西省乃至全国的外国文学研究发展也同样十分重要，因而如何做好“在研究中既要体现自身立场，又要从容应对文化世界主义等的挑战”②，是我们面临的一个重要话题。因而，我们应当将自我的文化因子付诸文化实践，将陕西省地方特色与外国文学研究相结合，培养文化自信，正确对待外国文学研究。

【作者简介】

刘一静，女，硕士，讲师，研究方向为比较文学与世界文学，西安外国语大学英语师范学院。发表学术论文十余篇，主持地厅级项目 4 项，出版译著 1 部，合著出版教材、论文集 4 部；获陕西省社会科学界第八届学术年汇优秀论文奖（2014）、陕西省第十四次哲学社会科学优秀成果奖三等奖（2019）。

李雪凤，女，硕士在读，研究方向为比较文学与世界文学，西安外国语大学中国语言文学学院。发表学术论文近十篇，主持校研究生科研

① 李继凯：《文学与地域文化》，载《民族艺术》1998 年第 4 期。

② 任立侠：《中国外国文学学会第十三届年会综述》，第 10 页。

基金项目 1 项，参与教育部及地厅级项目 2 项。

惠欣，女，硕士在读，研究方向为比较文学与世界文学，西安外国语大学中国语言文学学院。发表学术论文 5 篇，参与省级项目 1 项。

通讯地址：陕西省西安市文苑南路西安外国语大学英语师范学院，邮编：710128。

电话：13659249386　邮箱：liuyijing@ xisu. edu. cn